谨以此书向改革开放40周年献礼

改革开放以来，一大批优秀企业家在市场竞争中迅速成长，一大批具有核心竞争力的企业不断涌现，为积累社会财富、创造就业岗位、促进经济社会发展、增强综合国力作出了重要贡献。营造企业家健康成长环境，弘扬优秀企业家精神，更好发挥企业家作用，对深化供给侧结构性改革、激发市场活力、实现经济社会持续健康发展具有重要意义。

——《中共中央 国务院关于营造企业家健康成长环境弘扬优秀企业家精神 更好发挥企业家作用的意见》

江西省民营经济研究会　组撰

詹慧珍

当代赣商

蒋常香　著

江西人民出版社
Jiangxi People's Publishing House
全国百佳出版社

赣西科技职业学院南大门

总序

以党的十一届三中全会召开为重大标志，中国改革开放的大幕徐徐拉开，一个波澜壮阔的伟大时代奔涌向前。

时代宏音犹在耳际，改革开放的伟大进程已经走过了整整四十个年轮。

四十年来，民营经济从无到有、由弱而强，写就了我国经济社会发展中令人瞩目的辉煌篇章。改革开放的历史，在某种意义上就是一部民营经济发展壮大的历史。

企业是市场的重要主体，企业和市场的发展都有赖于创新实干的企业家精神。这种精神是企业成长的原动力，也是发展社会主义市场经济最为宝贵的稀缺资源和强大竞争力。习近平总书记指出："全面深化改革，就要激发市场蕴藏的活力。市场活力来自于人，特别是来自于企业家，来自于企业家精神。"

改革开放以来，党中央、国务院和社会各界一直高度重视对企业家的培育和鼓励。进入新时代，培育好企业家队伍，弘扬好企业家精神，已经成为坚持和发展中国特色社会主义的重大选择。2017 年，在中央全面深化改革领导小组第三十四次会议上，习近平总书记又指出："企业家是经济活动的重要主体，要深度挖掘优秀企业家精神特质和典型案例，弘扬企业家精神，发挥企业家示范作用，造就优秀企业家队伍。"2017 年 9 月，中共中央、国务院发布《关于营造企业家健康成长环境　弘扬优秀企业家

精神　更好发挥企业家作用的意见》，这是中华人民共和国成立以来中央首次以专门文件明确企业家精神的地位和价值。

伟大时代对企业家地位和企业家精神的充分肯定，不仅促使中国民营经济在发展的过程中涌现出一大批优秀企业家，为企业发展开辟了广阔天地，更赋予了企业家奋力开创事业的强大力量。

伟大的时代也使江西民营经济如沐春风。在历届江西省委、省政府的领导下，江西民营经济迅猛发展，如今已占据全省经济的"半壁江山"。民营经济现已成为江西市场经济中最有活力、最具潜力、最富创造力的主体，成为推动江西省加速崛起的主力军、改革开放的主动力、增收富民的主渠道。伴随着江西民营经济的发展，在江西这片红土地上，一批创业先行者以敢为人先的勇气汇入了时代洪流。他们顺应时代发展，勇于拼搏进取，艰苦创业，锐意奋进，在伟大时代的进程中成就了人生事业的精彩。同时，在企业不断发展的进程中，他们积极履行社会责任，把企业的发展和社会责任的履行自觉统一起来，展现出企业家良好的时代精神风貌。

抚今追昔，我们在被当代赣商精神感染的时候，不由想起了以敢为人先、艰苦创业、义利兼顾等商业精神与商道品格著称的江右商帮，并深切地感受到赣商精神的传承和发扬光大。江右商帮曾纵横中华商界九百年，明清时期达到鼎盛，以人数之众、操业之广和讲究贾德著称于世，与晋商、徽商等并列为中国古代十大商帮。

历史深处有未来。

任何一个国家的崛起，都是政治、经济、文化、科技等领域的整体崛起。对社会发展和人类文明进步作出杰出贡献的代表者，历史总是以铭记的方式表达着敬意，其卓越贡献与思想精神的不断衍续，也成为永远闪耀于历史长空的精神启迪之星。

然而纵观历史，人们不难发现这样一个事实：青史留名的历史卓越贡献者多为思想家、文学家与科学家；而对社会物质文明进步作出了巨大贡献的企业家，在浩瀚的历史著述中却寥寥无几。

商道长河谁著史。

正是基于这一视野高度，江西省工商联（总商会）在雷元江主席领导下，于2014年研究重塑赣商大品牌、引领赣商新崛起的工作部署，把发掘、传承、弘扬江右商帮精神和树立新时代赣商文化自信紧密结合。具体而言，就是把历史上誉满华夏的江右商帮和改革开放进程中稳健崛起的新时代赣商群体整体纳入历史与现实的宏大视野，把传承与弘扬赣商精神作为立意高远方向，把激励赣商群体在改革开放新阶段更加奋发有为作为新起点，着力开创赣商在改革开放新阶段、新时代的大发展格局。

在此过程中，雷元江同志又进一步提出，激励赣商群体在改革开放新阶段更加奋发有为，不但要体现于财富创造上，而且要体现于精神风貌上。他强调在打造同心谷·赣商之家（商联中心）物质载体大厦的同时，还要打造一座赣商精神载体大厦，把改革开放以来赣商与时代脉搏同跃动、共奋进的壮怀激烈创业历程与精神风采真实完整再现出来，汇聚成一部宏大的赣商创业奋进史。由此，形成了组织撰写《当代赣商》大型报告文学丛书的整体创作构想。

在雷元江主席的直接领导和悉心指导下，这部体制宏大的报告文学系列丛书作品，选取一批在改革开放进程中敢为人先、勇于探索、成就大业且具有深厚家国情怀的优秀企业家作为赣商杰出代表，每位企业家自成一卷，以报告文学的形式再现他们的创业历程，展现他们的商业智慧、商道品格和人生情怀。其全部的归旨，就在于忠实呈现改革开放四十多年来的宏大赣商人物志与奋进史。

从2014年至2017年，《当代赣商》大型报告文学系列丛书的组织撰写工作展开样本创作。在形成蓝本的基础上，于2018年正式全面展开。

《当代赣商》大型报告文学系列丛书的组撰工作，既为改革开放进程中崛起的赣商群体著录了宏大创业史，同时也与江西省工商联（总商会）

部署实施的《赣商志》《赣商会馆志》《江右人家》《历史的铭记》等编撰创作，共同构建起一部完整而宏大的赣商发展传承史，矗立起一座赣商文化精神大厦。

为改革开放进程中的赣商群体著录宏大创业史，本就是一项具有开创性的工作。更为重要的是，在新时代大力弘扬优秀企业家精神的主旋律中，构建赣商文化精神大厦这一深远立意，又赋予了《当代赣商》大型报告文学丛书深刻的历史与现实意义。

赣商尤其是以江西知名民营企业家为代表的优秀赣商，他们以与江右商帮一脉相承的艰苦创业、义利兼顾精神，在开拓奋进、勇于担当中积淀了宝贵经验和深厚感召力，厚德实干、义利天下是当代赣商最明显的特征。因此，本丛书的出版，必将汇聚成激励和引导广大江西非公经济人士健康成长的强大正能量。

在改革开放的新时期，江西省工商联（总商会）在引领赣商奋发有为、再创新辉煌的整体谋划部署中，通过赣商精神大厦的打造，也必将为全体赣商在新的奋进征程中注入强大动力。

《当代赣商》大型报告文学丛书在江西省工商联（总商会）的领导部署下，由江西省民营经济研究会承担组织撰写和出版工作。其间，得到了各级领导的大力支持和热情指导，作者们付出了大量心血，在此一并表达诚挚感谢！

江西省民营经济研究会

2018 年 5 月 28 日

目录

概述

一

江西省新余市，曾因国家建立钢铁生产基地而设市，被誉为"钢城"。

世纪之交，新余顺应新兴产业大潮、蓬勃发展的大势，抢抓发展重大战略机遇期，由钢铁工业城向新兴工业产业、高等职业教育、新能源新材料科技产业城，逐步实施创新转型发展。

这座位于赣西大地上的魅力之都引人注目！

这其中，享誉全国的教育品牌——曾被国家教育部誉为"职业教育、新余现象"的全国职业教育现代学徒制办学模式的试点城市，又为这座文化底蕴悠久深厚的赣西美丽之都增添了现代教育人文气息。

而新余高等职业教育，尤其是现代学徒制人才培养模式的声誉渐起与百花齐放、百家争鸣，与一位优秀女企业家的执着奋进紧密相连。

这位优秀女企业家就是赣西教育集团董事长、现任江西省第十三届人大代表、江西省工商联副主席、新余市九届人大常委詹慧珍。

岁月深处，赣西大地延绵群山中的沙土公社东陂大队刁坑村，静美犹如一幅世外桃源般的风景画，改革开放之前，这个贫瘠的小山村也偏寂得仿佛被外界遗忘了一般。

詹慧珍就出生于东陂刁坑村的一个贫寒农家。

童年时光，家境贫寒，生活艰辛苦涩，但一个如童话般美丽的梦想种子却悄然在詹慧珍心底萌生——"等我长大了，也要当一名裁缝师傅！"

这个梦想，其时朴实简单得令人心生酸楚。

那时家里请来做新衣过年的乡村裁缝，当亲眼看到乡村裁缝在做活计时不但受到主人家的礼遇，而且能吃上主人家备上的有鱼有肉的丰盛饭菜，这让她充满了无限的羡慕与遐想。

就是这乡村手艺人受到的尊重和待遇，触动了詹慧珍童稚内心里的遐想，她想长大了也成为一名受人尊敬的裁缝师傅。

贫穷对有志者而言是人生的一笔财富，它点燃人们心底对于改变命运的热切渴望，同时也激起人们为实现梦想而奋力前行的巨大力量。

年少初心，就这样开始在寂寞年轮里充满对山外世界的向往。

当已长成少女的詹慧珍发现，自己童年内心里的那种希望与憧憬变得越来越热切时，她也开始逐渐明白，那是自己希冀摆脱贫窘的生存处境、拥有美好人生未来的强烈渴望。

于是，在为实现"成为一名裁缝师傅"的梦想而艰难行进的过程中，詹慧珍一步步走出了山沟，走向了渐行渐远的远方。

学校毕业后，她继而又进入北京服装学院学习服装设计与制作。

学成归来后的詹慧珍，如愿成为家乡的一名乡村裁缝师傅。

20世纪80年代初，改革开放大幕徐徐展开，对于美好生活热切追求正日益改变人们的衣着观念，服饰的崭新潮流气息奔涌而来。

詹慧珍敏锐感知到山沟之外的强烈召唤力——山沟之外定有可以实现自己年少时愿望的天地，也定有属于自己人生精彩的天地！

1983年，詹慧珍决定在新余市开一家服装缝纫店。

她租下位于新余西街的一间10多平方米的废弃猪圈，将其整修为一间简陋的店面，从姑妈那里借来一台缝纫机，就这样挂出了"新余华丽服装店"的招牌。

詹慧珍由此迈出了艰辛的创业第一步。

在那间由废弃猪圈改建而成的油毡屋面、简陋的缝纫店里，她忍酷热严寒，吃粗茶淡饭，坚守心中的期望。创业初期这些深刻记忆，在此后的岁月里历久弥新，都凝聚成了詹慧珍心底执着追梦的不竭动力。

然而，付出的辛劳和执着的坚守，却并未给予詹慧珍丰饶的回报。

为此，詹慧珍一度困惑不已。

"服装款式和风格的流行元素变化日新月异，不深谙服饰潮流时尚，怎能赢得市场的青睐？"终于解悟出其中的原因后，詹慧珍做出了一个大胆的决定——前往上海拜师学习时装设计与制作。

怀揣着借来的六千元学费，詹慧珍又一次为梦想而坚定远行。

在中国服饰潮流时尚前沿的上海，詹慧珍披星戴月，如饥似渴潜心苦学服装设计与制作工艺，不仅完成了对潮流服饰设计专业知识全面提升的重要一程，而且也打开了她在服装领域创业的广阔视野。

1985 年那个郁郁葱葱的五月，学成归来的詹慧珍在新余重新开张"华丽服装店"。

她选择了以全新方式打开一片天地，将开设服装设计培训班与开办服装店结合起来，以服装培训带动服装制作，同时又以服装制作促进培训。为了吸引更多的社会青年，她做出了"学一项交一项钱，学不会不收钱，这一期学不会下一期免费再学"的承诺。这一次，詹慧珍收获着无限欣喜，第一期就招收学员 60 余人。

此后，服装设计培训班与华丽服装店规模同步扩大。

在逐渐累积实力品牌的过程中，詹慧珍又不失时机地抓住服装行业蓬勃发展的良机，趁势而行创办了新余华丽服装厂，后又实行多元化经营，创就了新余华丽集团。

到 1995 年，新余华丽服装厂已发展成为江西乃至全国服装界中的一家明星企业，1992 年被评为江西省"优秀乡镇企业"，詹慧珍本人也被评为全省"明星企业家"。

以新余华丽服装厂为发展起点，此后企业一步步壮大崛起成为实力雄厚的华丽集团。创办企业的成功，为詹慧珍后来办学打下了坚实基础。

与此同时，詹慧珍也逐渐成为江西和全国女商界中的翘楚：

2000年，江西省妇联授予她"江西十大杰出妇女""省三八红旗手""省巾帼英豪"荣誉称号；

2001年，全国妇联授予她"全国城镇妇女巾帼创业带头人"荣誉称号；

2002年，荣获"江西省首届十大杰出进城和返乡青年创业明星"；

2004年，江西省工商联等七部门联合授予她"1999—2003年度服务经济建设先进个人""优秀中国特色社会主义事业建设者奖章"；

2007年，全国妇联、中国女企业家协会授予她"2007年杰出创业女性"荣誉称号；

2008年，被江西日报社、江西省妇联评为"江西十大创业巾帼英豪"；

2009年，被全国妇联授予"全国三八红旗手"荣誉称号；

2010年，全国妇联、中国女企业家协会授予她"中国优秀女企业家"荣誉称号；同年，江西省总工会授予她"江西省女创业带头人"荣誉称号；

2011年，被中华全国总工会授予"全国五一巾帼标兵"荣誉称号；

2012年至今，詹慧珍先后荣获"中国工业十大杰出女性""中国杰出贡献女企业家""江西省十大杰出民营企业家""江西政协委员十大创业典型"等诸多荣誉。

二

时代大潮中，机遇总是垂青那些目光敏锐的果敢先行者。

新余华丽服装厂的快速发展，出现了设计与技术人才大量短缺的问题。为解决这一难题，詹慧珍从借鉴服装培训班的思路出发，最终找到了开设企业培训班的模式途径。

却不曾料到，这也让詹慧珍逐渐走向了一方壮美的事业新天地！

华丽服装培训班，既解决了服装厂招工的实际所需，又让学员们在学得服装裁剪技术的同时拥有了稳定的工作，深受社会青年尤其是城乡待业青年欢迎。而这种企业生产实践与理论教学相结合的培训班，正与20世纪90年代我国民办职业教育的探索发展方向不谋而合。

由此，从"服装培训班"到"服装厂培训班"，詹慧珍实际上悄然迈向了"产教结合"的民办职业教育新领域。

恰逢这一时期，历经改革开放以来十多年的探索，我国的民办教育正迎来生机盎然的发展春天。国家鼓励社会力量办学，尤其大力支持民营企业投资民办职业教育事业。

与此同时，20世纪90年代中期开始，随着改革开放步伐加快，经济社会快速发展，社会人才需求也逐渐发生变化。既有一技之长又有一定文化程度的新型职业技术人才，开始越来越"走俏"。

1996年，顺应服装市场人才需求新变化，詹慧珍顺势创办起了新余市华丽服装中等专业学校，走上了产教结合的民办职业教育办学之路。

这是她人生事业的一次升华！

办学，为国家和社会培养人才的神圣事业。詹慧珍为自己的事业跃入这样的高度而倍感荣光，为她人生事业的这一重要转折点而激情满怀。

认准教育办学事业方向的詹慧珍，以无比强烈的使命感凤夜奋力，探索求进。"产教结合"的办学特色，把准人才市场需求的脉搏，让新余市华丽服装中等专业学校在短短几年中声名鹊起。

1998年，学校办学层次升格为学历教育层次，更名为赣西专修学院。

同年，詹慧珍投资8000多万元开始规划建设第一校园的新校区。

与办学条件大提升同步，学院的师资队伍实力逐步雄厚，学科专业设置范围逐年拓阔，"产教结合"的办学特色日益鲜明……

2004年，再投资3亿元兴建第二校区，将赣西专修学院的办学层次再次升格为列入国家统招的高等职业院校，学院更名为赣西科技职业学院。

这是詹慧珍办学历程中，实现的人生创业道路中又一次重大飞跃。

站在高等职业院校的新起点，詹慧珍引领学院管理与师资团队，稳健立足"产教结合"这一职业教育基点。同时，积极顺应国际国内高等职业教育进入新时期发展的新特点、新趋势与人才市场新需求，倾力探索创新。

探索创新的方向，就是以现代学徒制为中心的现代高等职业教育特色体系——涵盖办学思路理念、人才培养模式、教学实训模式及"双师型"师资队伍建设、学科专业的科学设置、校企互动人才合作培养机制等等。

在这一发展过程中，学院陆续斥巨资建设与配备高标准的计算机操作中心，电子技术实验中心，服装设计操作中心，现代学徒实训大楼，新能源（太阳能）实验中心，服装设计CAD室，模具设计CAD室，数控车床、铣床、线切割、模具实训车间，汽车维修检测车间，驾驶员培训中心。

学院加强现代学徒制教学的探索改革，始终砥砺先行且硕果累累：

在全国同类院校率先开设了现代学徒制试点专业，先后与大众、华为、雅戈尔、杉杉、京东商城、富士康科技集团、上海华硕、长林机械、瑞晶太阳能等200多家企业建立人才培养合作机制。

现代职业教育发展新模式，逐渐形成和凸显。

师资力量雄厚，名师云集，拥有一支以博士、教授、副教授、研究生、高级工程师、讲师及"双师型"教师为主的业务素质高、结构合理的教师队伍，为学院发展奠定坚实基础。

学院形成多层次办学格局，以理工为主，文、管、经、法综合发展的8大教学系部、40多个特色品牌专业，构建成了科学合理的学科专业体系。

……

到2016年，值办学20多年之际，赣西科技职业学院已崛起为一所多层次办学格局的高等职业院校!

从沪昆高速公路驶入新余区段，映入眼帘的是孔目江浩渺的碧波、仰天岗葱茏的群峰、体育公园靓丽的雄姿。还有赣西科技职业学院林立的教学楼群，舒展着新余这座生态之城、文明之城、平安之城、教育之城的瑰丽画卷……赣西大地，中国高等职业教育的一颗璀璨明珠正冉冉升起!

20多年办学历程，一段流光溢彩的事业征程。

赣西科技职业学院的卓越办学成就和办学特色，得到了党和政府的充分肯定。历年来,学院先后被授予"全国十佳院校""全国办学先进单位""江西省人民满意的十大品牌高校""江西省优秀学校"等各类荣誉称号和奖项达100多（次）项。中央电视台、中央人民广播电台、《人民日报》《中国教育报》《江西日报》、江西电视台等中央和省市重要新闻媒体，先后对学院作专题报道。

梅花香自苦寒来，硕果飘香盈满枝，满园桃李竞芬芳。

春华秋实二十多载，学院现已为社会输送了近10万名高素质、高技能的应用型人才。很多毕业生成了企事业单位的技术骨干、技能专家和中高层管理者。

同样引人注目的还有，相当一部分毕业生走向了创业之路，成就了自己的企业。一批毕业生中的"创业明星"，成了赣西科技职业学院桃李百花园中的一道靓丽风景。

詹慧珍突出的办学成绩，赢得了各级部门的高度肯定与褒奖。

2000年，民建中央授予她"办学先进个人"荣誉称号。

2002年，江西省教育厅分别授予她"全省社会力量举办高校先进办学者""民办高校先进工作者"荣誉称号。

……

2009年，荣获"江西省教育系统巾帼建功标兵"。

2011年，在首届中国网民最受尊敬的十大高校校长评选活动中，她被评为"最受网民尊敬的江西十大高校校长"之一。同年，又荣获"中国民办高等教育先进个人"。

2017年，她因卓越的办学成就荣膺"第五届黄炎培职业教育奖杰出校长奖"。这是我国职业教育界广泛认可、具有极高荣誉感的知名奖项！

梦想笃定，矢志教育办学是詹慧珍坚定的事业远方。

以办学二十年为全新起点，2016年，詹慧珍再次把学院下一阶段发展的蓝图目标升格为本科院校的办学层次。在"十三五"至"十四五"期间的教育发展规划中，学院计划再投资10亿元，按照应用型本科院校标准规划建设一所占地约2000亩，在校生达到两万名的现代应用型大学城。

不忘初心，砥砺前行。

詹慧珍志在将学院创办成为特色鲜明的一流应用型本科院校。

三

为实现梦想的一路风雨兼程中，詹慧珍深切地感悟着人生与事业价值。

创业初成之时，在关于人生价值的深思中，詹慧珍开始把个人事业的成功与对社会责任的承担紧密相连。从那时起，她推己及人，想到了那些心中有梦想却读不起书、上不起学的贫困学子、想到了那些渴望走出人生困境却因为种种原因而无力改变的下岗职工、身患残疾等人们。

由此，詹慧珍悄然走上了倾情举善之路。

在此后的事业奋进拼搏历程中，詹慧珍心怀感恩之心与真情大爱，视社会责任担当为企业家义不容辞之责任。从助学、助残、敬老到帮助社会困难群体，再到社会救急救灾、支持革命老区建设与精准扶贫行动等等，詹慧珍贡献己力，慷慨而为。

"是改革开放的伟大时代成就了我的人生事业，我理当感恩回报社会。我要做社会的奉献者，弘扬中华民族的传统美德。"

詹慧珍的肺腑之言情真意切，她的真情善举义薄云天。

据不完全统计，到2017年，詹慧珍以个人和企业名义直接向各类社会公益事业的捐赠达到了3000多万元。此外，加上20多年来为残疾人、孤儿、下岗职工及失地农民等社会群体举办各类实用技术免费培训班，对家境困难学生减免学杂费等间接付出，共计5000万元。

赚得来财富，担得起责任！

詹慧珍崇尚这种事业之境，这样深切企业家对社会责任的担当。她也因此赢得了社会的广泛赞誉。她的爱心事迹广为传播，学生们更是亲切地称她为"詹妈妈""爱心天使"。

对詹慧珍的社会责任担当，人们这样评价——如果说风雨兼程的执着奋进历程中，詹慧珍创就了一片属于自己人生事业的靓丽天空，那么，她三十年来心怀大爱的倾情举善就是一道感人至深的绚丽彩虹。

习近平总书记说，"幸福是奋斗出来的。"人生只有融入时代的大潮与使命，并与之同奋进、共命运，才能真正取得大成就，臻于大境界。

詹慧珍把自己人生事业的梦想深融于时代的进程，一步步向着更为高远的目标迈进，也不断把事业奋进的价值与对国家和社会发展的意义紧密相融。她把"办人民满意的教育"这一目标视为自己对教育事业的不懈追求，以为国家社会培养更多优秀人才为己任，以对社会责任更多担当作为人生事业奋斗的价值意义。

从1993年至今，詹慧珍已连续多届担任新余市和江西省政协委员、人大代表：江西省新余市第四届政协常委；江西省新余市第五届人大常委；江西省新余市第六届人大常委；江西省新余市第七届人大常委；江西省新余市第八届政协常委；江西省新余市第九届人大常委；江西省第十届人大代表；江西省第十三届人大代表。此外，从2012年至今，连续两届担任江西省工商联副主席。与此同时，至今已连续两届担任民建新余市副主委、新余市妇联兼职副主席，还担任了江西省妇女儿童基金会副理事长、江西省光彩事业副会长等社会职务。担任政协委员、人大代表以来，她积极参政议政，这些提案和议案对社会民生尤其是教育领域的发展起到了积极推动作用。

在改革开放的伟大时代，詹慧珍以奋斗创就了精彩人生，以大爱真情为事业书写了厚重感人的家国情怀篇章！

第一章
苦乐花样年华

对年少时心底萌生的那个素朴向往，詹慧珍始终都充满了无限感怀。

她怎么也没有想到，正是那个犹如童话般美丽的梦想，赋予了自己后来强大而执着的人生奋进力量。

童年与少年岁月，山沟深处的农家生活艰辛贫苦。

然而，詹慧珍对于那贫苦年代里自己家境的艰辛，对于自己年少岁月里生活艰苦的感知，并无太多的印记。事实上，在那家境贫寒的年轮里，她的年少岁月充满了艰苦。

相反，她对自己年少岁月时光里的难忘记忆，却洒满了欢快阳光。

这一切都缘于心底里那个童话般美丽的梦想。

那是一个怎样的童话般美丽的梦想，让詹慧珍拥有了童年与少年时代的苦乐花样年华，让她关于自己年少岁月的记忆洒满欢快阳光，让詹慧珍内心深处至今仍充满着深切地感怀……

沿着这样的时光记忆，我们走进了詹慧珍的童年与少年岁月。

第一节　温情的贫困童年

早春时节，处处跃动着浅绿的赣西城乡大地，生机勃勃、绿意葱葱。

汽车驶过视野开阔的丘陵地带，开始沿着蜿蜒于山区的公路爬坡缓慢行进，我们的目的地在群山深处的一个山村。

车窗之外，一派葱茏的景象让人感到这绵连的群山深广而莽远。

我们要去的地方，是一个名字叫着东陂村刁坑村民小组的小山村，隶属于新余沙土乡。

这是一个只有十来户人家的小山村。

掩映在春山中的刁坑村，显得十分宁静，甚至似乎还让人感到有些寂寥。但这里分外清新的空气，有一种纤毫不染的透明，空气中到处弥漫着的泥土清新气息和花朵含苞欲放的馨香，又让人感到那样的心旷神怡。

最触动内心的景致，总是在不经意间进入我们的视野。

放眼村外绵延伸向远方的山岭、谷涧或是向阳的山坡，明丽的春阳照耀之下，满山绿意盎然之中，很多地方跃动着一簇簇嫩黄的、紫红的新叶，其间尽是含苞待放的花蕾，而已绽放的，浅紫色的花朵很是抢眼。

村民们说，待到满山遍野的山花逐渐开放后，山里的景致特别美。

凝望这群山深处的山坡山峦，脑海里想象着这样的景象——一簇簇的春花满树盛开，朵朵向上，香气芬芳扑鼻而来……这些色彩朴实、热烈奔放的山花，以挺立和幽香的花朵传递着春天的讯息。

……

"是呵，记得小时候，整个山峦上都开满了各种山花，这个时节也就是我们一年里最快乐的时光……"

就这样，与詹慧珍谈起了她家乡这小山村的景致与年少往事来，也在不经意间触发了她对童年时光的遥望。

于是，那些珍藏于她心底的童年时光记忆仿佛纷飞而来，那样真切地跃动于眼前。

"小时候，每到早春时节，就十分期盼着山花的含苞和绽放，我们其实也是在期望着春天的早日到来……"

詹慧珍说，春天的到来，那就意味着山里一年中最难熬的寒冬即将过去。

对于一个在漫长寒冬里，因衣单鞋薄而常身体瑟缩的山里小女孩来说，眼里是没有山沟里一片芬芳世界那样童话般的想象力的。有的，只是幼小心灵过早地真切体验到了家境贫寒的滋味。

20 世纪 60 年代的那个阳春三月，在詹慧珍出生时，她上面已有了一个姐姐，后来又有了一个妹妹和弟弟。

那个年代里农村贫苦，山沟深处的村民们的生活也相对朴素。

在詹慧珍关于自己童年往事的记忆里，同龄伙伴们衣不新、食也仅仅是勉强够饱而已。而自己和姐、妹、弟弟四人，却是冬季里衣不暖，有时连饭也吃不饱。

她依然那样清晰地记得，一件衣服总是在姐姐长高了，不能再穿了，就往下传给詹慧珍。等詹慧珍个子长高了、穿不下了，又再接着传给妹妹和弟弟。

最难熬的还是漫长的冬季时日。

一到冬天，虽然身上套着几件洗得发白、打着补丁的衣服，可还是感到寒冷直透进身体。而脚上穿的鞋子，就是妈妈用破布做的纳底的布鞋，在冬天的雨雪天里走路，会因鞋底浸水而使得双脚整天好像都踩在冰冷泥水里的感觉，双脚也失去了知觉一般。

身上不暖、脚上冰冷，进入冬季不久，两只手的手背上就开始生出许多处冻疮来。

那些开始分散在手掌面上的小块冻疮，会一天天逐渐扩大且往皮肉深处长，后来两个手掌面上的冻疮渐渐蔓延连成一片，整个手掌面肿得老高而且通红，还生出难以忍受的奇痒来。于是，不停地抓挠和揉搓，导致冻疮溃烂面积越来越大……

由此，年幼的詹慧珍总是在心底期盼着春天的早日到来。

因为，春天的到来，就意味着将远离寒冷和疮痛。

春天萌发出遍山姹紫嫣红时，在通向村后山岭的那条山路上，扎着两根小辫子的童年詹慧珍提着小竹篮，和村里的同龄小伙伴们迎着温煦的春风，轻盈地奔跑于这山路间，翻越春光里的一座又一座的山峦。

在那些山峦上，鲜嫩而修长的野竹笋正竞相生长着，这是开春后山里人的山珍美味。年少的詹慧珍每次就能拔得满满的一小竹篮，用她那双勤劳的巧手为家里增添一道鲜嫩可口的菜肴。

夏天雨过放晴后，到前面的小山上采蘑菇，晚上，大人们点着烟火驱蚊，在一起闲聊，小伙伴也不闲着，大家不是玩捉迷藏，就是玩老鹰捉小鸡游戏。

秋季的大山深处，在绚烂的景致之外，留在詹慧珍的记忆里的，那时是自己和同龄伙伴们最留恋的时节。山上长满了好多野果，诸如野酸枣、野猕猴桃、野桑葚和山钉子，这些味道或甜或酸的山里野果，都在吃后有不尽的回味……

……

大山深处的贫寒岁月，年复一年，有饥饿寒冷，也有秀丽的风景，还有淳朴的乡情，这一切都悄然在童年詹慧珍的心灵留痕。

然而，童年时光里让詹慧珍感到最为快乐的事情，还是对于上学读书的记忆。

在那贫穷年代里的中国各地乡村，农民们对于孩子们上学读书的意识普遍淡薄。而让女孩子读书，在其时是一件了不起的事情。

刁坑村，偏寂贫穷，长久以来，这里的大多数山民们对于自家子女上学读书这件事情的认识，仅停留在"只要能识点字就可以了"的层面上。对于女孩子上学读书的事，则就更加是抱着"可有可无"的态度了。

但童年的詹慧珍却是无比幸运的。

因为，她的父母将自己每一个子女都能上学读书，视为极为重要的一件事情。

这或许首先是在他们的人生阅历中，对于知识便能改变自己生活的境况，有着亲身的感受。

詹慧珍父母因人处事诚恳热忱，深受村民的敬重与信赖，父亲曾担任生产队队长，母亲也曾担任过生产队妇女主任。

因为"有文化"而深得村民们敬重，并被推选为村干部，尽管这并没有让詹慧珍的父母在经济上有所受益，但他们那样真切地感受到了文化的重要。

贫寒农家供养子女读书艰辛不易。

为了让孩子读书，詹慧珍的父母历经千辛万苦。在那艰难年轮里，这对勤劳忠厚的农民夫妇，他们用艰苦劳作为坚强支撑，在艰辛维持一家人生活的同时，也为他们的子女支撑起对未来梦想的无限憧憬。

也正因为如此，当到了稍稍懂事的年龄，年少的詹慧珍也深深懂得了父母的殷切希望。

"父母无比期望我和姊妹弟弟们好好念书，在他们内心深处，是那么殷切希望，有朝一日我们姊妹兄弟能藉读书这条路径走出山沟，以此摆脱山沟深处沉重艰辛生活。"

在那样贫苦的年月里，对于父母把自己和姊妹弟弟们读书看得那样重，现在想起来，詹慧珍内心总是充满了温情感怀。

年少的詹慧珍读书十分用功努力，也逐渐显现出读书的天分来，老师特别喜欢她。

山村里的清贫年月，从走进小学的那年开始，因为上学念书，让詹慧珍拥有了快乐的童年时光。

第二节　手艺人一顿饭引发的遐想

纵然是飘落在再贫瘠的荒原土地上，一粒生命力顽强的种子，在春天里也会悄然倔强萌发，破土而出。

春去秋来、寒来暑往，大山深处的山花开了又谢，草木枯了又荣。

在那寂寞而清贫的年轮交替里，童年岁月里的詹慧珍，与她的姊妹、弟弟以及村里的同龄伙伴们，身心悄然成长。

或许是基因遗传方面的原因，尽管常年衣食单薄粗糙，但小慧珍的个头却很肯长。到了五六岁的时候，小慧珍的个头相比村里同龄小伙伴都明显要高不少。

不止是个头成长在村里同龄小伙伴中显得出众，自从上学念书后，小慧珍在心智成长方面也显得比一般同龄人要快一些。

"放牛时，站在山岭上遥望远方，会在心里突然想，山外面是什么样子的？山外的世界一定好大好大吧。"

"在课本上学到了'北京天安门'这一课，后来就总是在心里想啊，祖国首都北京该是多么神圣而遥远，天安门又是怎样的宏伟。"

……

童真的那些想象，开始从心底一点点萌发。

很多年以后，詹慧珍才那样深刻而真切地意识到，正是从心底无端萌发出那些童真想象时开始，年少的自己在内心深处其实正在一点点生发出渴望改变命运、走出山沟的愿望。

在那些对应童真想象而生发出的改变命运、走出大山的各种愿望中，后来成为现实并深刻改变自己一生命运、成为自己人生事业的发端，就是那时心底产生"长大后要学手艺当一位裁缝师傅"的想象。

而那时，触发年少的自己在心底悄然萌生出这念头的，是家中招待裁缝师傅的一餐饭。

对改革开放前出生于农村的人们来说，关于乡村手艺人，如今或深或浅都有着一种特别的记忆和怀旧情愫。甚至可以说，在一定程度上，正渐行渐远的乡村手艺人，已是一个时代符号了。

在那时的中国农村，手艺人是作为一个行业群体而存在的。而且，这个群体在广大农村和农村人的生产生活中有着很是重要的地位，从日常生活到农业生产方方面面都离不开手艺人。人们要理发，找剃头师傅。要穿衣，找裁缝师傅。要做房子，就得找泥工师傅。家里要添几样家什，那就得请木匠师傅……而在生产和生活中，从日常生活用的菜刀、铁锅、火钳、水桶等到农业生产不可或缺的锄头、镰刀、耕犁、风车、水车等等，就更是离不开铁匠、木匠、补锅匠、圆木匠等这些手艺人来制作和修理了。

由此，手艺人在那时乡村人们生产和生活中的重要性，也就不言而喻了。

而手艺人对于那时乡村人们生产和生活的重要性，也为他们在乡村赢得了比一般普通农民更好一些的生活，还有来自农民们对他们高看一眼的尊敬。对于乡村手艺人的称呼，那时人们一般都会在他们的姓名后统一加上"师傅"这两个字，以示对于手艺人的尊敬。

其实，乡村手艺人绝大多数都是地道的农民。因为有一门技术，在依靠土地争取工分生存的同时，他们平时可通过做手艺来挣得一些现钱，所以，他们的日子过得相对一般农民要好。

值得一提的是，在整个乡村手艺人这个群体中，也是因他们各自从事的手艺技术难易、水平高低或是手艺活所包含的"体面"成分多与少等这些因素，而显出客观存在的差别来的。而这，也就有了那时乡村土话所说的"吃香"或是"不吃香"手艺的区别。自然，那些从事"吃香"手艺的手艺人，在乡村的地位也就更高、辛劳所得也就更多一些，得到人们的尊重自然也就更多了几分。

做衣服的裁缝师傅，在当时的中国农村，是颇为"吃香"的一类手艺人。

计划经济年代里，在广袤的中国城乡都少有自由集市，而在绝大多数的供销社和百货大楼里，几乎难觅到专门卖服装的柜台。农民也是没有买衣服穿的概念。

从城市到乡村，人们一般都是到商店的布匹柜台拿着分配到的布票，扯来布料，请裁缝师傅来家里做新衣服。与城里不同的是，农村很少有本身就是"兼职"的裁缝师傅开的服装店，每户农家要做新衣服，就请裁缝师傅临时到家里来做。

过年，再缺也不能缺孩子们的一身新衣服。或许，这是许多人珍藏在心里的对于乡村温情记忆遥想的一部分。

时至今日，詹慧珍依然还记得，在自己小的时候，家里少食缺穿，在长长的一年里，全家人也就只能做那么一两件衣服。

裁缝师傅来家做新衣服的时候，是童年里詹慧珍最欢快的时候。

"一般每年过年过节之前，父母就会请来裁缝师傅为我和姐姐、弟妹们做新衣服。"在詹慧珍童稚的心里，对于过新年的期盼，其实，就从裁缝师傅来家里做新衣服的那一天开始的。

乡村裁缝，一般都是一个师傅带一个或几个徒弟。

说到请裁缝师傅上门做新衣服，过去在农村是很有讲究的。

一户人家若要请裁缝师傅上门干活了，先要到裁缝师傅家里上门来请，相当于预约日子，具体日子则由裁缝师傅来定。出一趟活，一般都要一两天。

通常到一户人家干活后，同村人都会上门来请，于是，到一个村后，总会连续干上十天半个月。

根据乡间约定俗成的乡俗，那时请裁缝师傅或其他手艺师傅到家里来做手艺，主人家是要管手艺师傅们的饭的。

而且，主人家对于招待手艺师傅们的饭菜，一般都会比较丰盛，以招待贵客饭菜的礼节来准备。

招待裁缝师傅的饭菜，不能没有荤菜。首先，肉是一定要有的。如果有肉、有鱼、有豆腐，那才算是显示出主人家的真诚和客道。如此，师傅的手艺也做得细致，质量好。

那时无论是对一个孩子还是一个大人来说，能吃上一顿肉，是多么让人渴盼的事情。那时农村的一般家庭，只有在年节或者是一些特别重要的日子才能全家人吃上一顿肉。

而且，在看到裁缝师傅在自己家里所受到的相待后，詹慧珍幼小的心灵着实吃惊：招待裁缝师傅，不仅有鱼有肉有豆腐等，一天要管三顿饭，早饭、中饭、晚饭。

请裁缝到家里做衣服，要好酒好肉招待，还要花上几天时间耐心等待。

然后，终于等来了。裁缝师傅一头挑着缝纫机桌、一头挑着缝纫机头进门了。

在第一次的记忆深处，对于自己家里请裁缝师傅上门来做过新年新衣服的情景，詹慧珍有着难以抹去的记忆。

还记得，裁缝师傅上门来做新衣服的头一天，父母就为招待裁缝师傅的饭菜开始做准备了。最郑重的是，父亲特意去公社食品站买猪肉。

翌日，裁缝师傅上门来做衣服了，待到吃中饭时，小慧珍望着桌上饱含油分、色香诱人的红烧肉、红烧鱼还有金黄色的煎豆腐，禁不住直咽口水。是啊，这些美味菜肴，对于一年到头难以见到荤腥的农家孩子来说，产生的诱惑力简直是无法抗拒的！

小慧珍多么期盼能得到母亲的准许，自己能品尝到几口这美味佳肴。

但母亲却始终不开口。其实，母亲又何尝不知道小慧珍的渴盼。

"妈妈，为什么裁缝师傅来家里，要做这么多好吃的菜呢？"晚上，等裁缝师傅收工回去后，小慧珍终于忍不住向母亲发问起来。

"乖孩子，裁缝师傅来家里给你们做新衣服过年，我们当然要拿出最好的饭菜来好好招待裁缝师傅呀。"母亲告诉女儿小慧珍，不仅要拿出家里平时舍不得吃的好饭菜招待师傅，而且，还要对裁缝师傅有礼貌客客气气。

"嗯，是这样的呀，那当一个裁缝师傅可真好呀……"

母亲何曾会想到，自己这样的一番实情解释和作答，竟会对幼小女儿的童稚内心深处产生那么大的触动，以至于在后来，那样深刻地影响着女儿人生成长道路。

"等长大了，要是我也能当一个裁缝师傅，那该有多好，有好吃的饭菜不说，而且还能得到主人家这样客气的相待……"

正是从那一天起，在小慧珍的心里，开始对"裁缝师傅"生出无尽的斑斓遐想来：等自己将来长大了，也要当一名裁缝师傅！

"家里有金有玉，不如子女有门手艺"。在那时的农村，一直流传着这样一句俗话。这一方面反映出了乡村手艺人相对于一般农民较好的社会地位和生活处境，另一方面更折射出农家子弟为改变未来生活境况的一条现实出路——通过学一门手艺来改善生存的境况。

小慧珍心底悄然萌发的"等长大后要当裁缝师傅"的念头，或许正是那乡村对手艺人价值认同的潜移默化影响。

当然，童年的詹慧珍，还并不能对自己未来的人生之路做出这样的深层思考。然而，对于乡村手艺人受到主人家丰盛饭菜招待等而心生的羡慕和向往，却在詹慧珍幼小的心灵深处播撒下了一颗梦想的种子。

这梦想就是，寄希望于将来能成为一位裁缝师傅，从而实现自己心目中的美好生活。

在今天看来，童年詹慧珍珍藏进心底的，其实只不过是一个朴实、简单得让人心生酸楚和感动的美好愿望而已。

但就是这颗朴素愿望层面的梦想种子，却在年轮向前的进程里悄然萌发，渐渐成为少年詹慧珍眼里极为认真对待的事情。

多年以后，每当回望那已遥远的起点，詹慧珍的内心里总是情难自禁地涌起真情感怀。

当初，自己之所以会由开一家服装店而走向渐行渐远的创业之路，都是与年少时就在心灵深处悄然种下的那粒朴素梦想的种子密不可分的。

第三节 心灵手巧的"小裁缝"

自从产生出对裁缝师傅羡慕不已的愿望后，在此后逢年过节家里请裁缝师傅来做衣服时，小慧珍就喜欢一直站在裁缝师傅的旁边，聚精会神地盯着裁缝师傅手里的剪刀或者缝纫机桌板，神情是那样沉浸而专注。

到上小学三四年级的时候，小慧珍便开始尝试着动手做起"裁缝"来。

"特别喜欢收集一些碎布条和小布块，没事的时候，就爱一个人琢磨着左比画、右搭配，用家里那把旧剪刀裁裁剪剪，然后十分投入，全神贯注地去一针一线缝呀、拆呀，也不知道要做成什么……"

起初，母亲对小慧珍这样的举动并没有太在意，仅将此当作是大多数女孩子共同的天性使然而已。这只不过是小慧珍比一般小女孩对针线活的喜爱投入得更多一些而已，这种喜爱，似乎很多人家的女孩子都是与生俱来的。

然而，小慧珍读小学五年级那年初冬时节发生的一件事，却让母亲对此前认为女儿是"和别人家的女儿一样天生就喜爱针线活"的看法，发生了很大改变。

那一天，大山深处的人们第一次感受了冬季寒流的来袭——对于他们来说，这意味着又将进入漫长而难挨的冬天了。

"爸爸、妈妈天冷了，这是我给你们做的短裤、背心，你们穿上脚就不会冻到了……"那天吃过晚饭，小慧珍不知从什么地方拿出了两布袜子，交到父母亲的手里，让他们穿上。

这两条短裤、背心的确做得像模像样，而且穿着很合身舒适。

"这布袜子是哪里来的……"母亲一愣，向小慧珍问道。

"这是我自己用布做的！"小慧珍对母亲回答道，脸上的神情颇有些自豪。

"你自己做的……"

"是呀，我自己慢慢学着做的，给爸爸妈妈你们穿，穿上很合体吧。"

……

女儿小慧珍的回答，好似一股暖流涌进父母的心间。那一刻，他们仿佛觉得女儿突然间长大了，不仅那么乖巧而且还如此懂事！

母亲再认真细看那短裤、背心，不禁惊讶地发现，这布袜不仅织得外形有模有样，而且每一处的针法变化都是很严谨，针脚亦十分细密。特别是背心很合身，背心是最难做成型的衣服，但小慧珍却做得跟裁缝师傅做的一样好。

"真暖和哟！"父亲试穿上短裤后，高兴地对小慧珍赞许有加，一种无比欣慰的情感跃然在脸上。

"真没想到，我家小慧珍对爸爸妈妈这样有良心，还这样心灵手巧嘞……"

"咱们家慧珍做这短裤、背心，可真是用了心呵！"

待小慧珍离开后，母亲喃喃自语起来，"慧珍这个年纪就能做得出来这样经用又耐看的短裤、背心，看来她对针线缝纫活还真有那天分……"

母亲深深知道，手工做法是有难度的！

事实上，詹慧珍父母此前所不知道的是，小慧珍从自学做衣服的那一天开始，的确是用了很多心啊。

一开始，不会起尖，也不会拐跟，只得拆了重做，做了又再拆……

如此反复不知多少次之后，小慧珍终于做出来了令父母称赞不已的短袖。

"咱们家慧珍呐，别看她年纪小，人可聪明着嘞，做起什么事情来都是那样用心细致。"在父亲的眼里，小慧珍做出这样的短袖来，一点也不惊奇。

"这孩子将来长大了会有出息的，依我看呢，如果她长大了想学裁缝，那我们就给她找个好的裁缝师傅让慧珍去学吧……"

其实，在父亲心里，之所以那么肯定地认定女儿詹慧珍将来长大了会有出息。正是在平日里发现女儿詹慧珍不仅聪明好学、做事用心又细致，而且喜欢针线缝纫活，还特别有耐心。

"将来送慧珍去学裁缝手艺，那她一定会成为一名手艺精湛的裁缝师傅。"父亲心里这样想。若做得一手好手艺，那就不愁过不上好日子！这也是父亲对女儿詹慧珍的殷切期望。

而在母亲的想法中，开始悄然产生出的对于女儿詹慧珍将来人生之路走向的思考——既然小慧珍对针线缝纫喜爱，又有这方面的好悟性，那就要在平时去肯定鼓励和有意识地引导她。这样，才不会埋没了女儿这方面的长处，还能让她将来有一手挣生活的好手艺……

……

此后，动手裁剪缝制短袖、给弟弟做布书包……这些渐渐成了詹慧珍年少时光里的快乐大部分内容。

这样的快乐时光，伴随着她成长。

……

上了初中的女孩，已到了少女初长成的年纪。

女儿已是少女年龄了。那年夏季将要来临的时候，母亲心里记挂着要为女儿詹慧珍赶缝一件短袖。

"为何不自己动手来做？！"一天，詹慧珍突然心生出这想法来。

于是，詹慧珍把家里一件实在不能再穿了的旧衣服拿了出来。随后，她又拿出一直珍藏在书包里的小半截彩色粉笔，在那件破旧衣服上划线和用家里那把剪刀裁剪开来。

说起那半截彩色粉笔，那是在学校教室里老师一次上课时落在讲台上的，当詹慧珍一看到这半截彩色粉笔时，脑海里自然闪现而出的就是——"将来可以用这粉笔当缝纫粉笔用……"

没有想到，这半截彩色粉笔就被自己用在缝纫上了。

一番裁剪、缝制后，仅半天工夫，一个短背心终于缝制好了。

"哎呀，这针脚、剪边，还有这样式，真是有模有样的，都比一个大人做的还要好呢……"当母亲第一眼看到女儿詹慧珍动手做的那个背心时，心里不禁一阵惊喜。

"这孩子看来还真是个做裁缝的好苗子！"母亲兴奋地夸赞女儿。

来自母亲的肯定和赞扬，给了少女詹慧珍莫大的信心鼓励。

从此，少女詹慧珍对找机会学做缝纫，产生了越来越浓厚的兴趣。

看到慧珍做的内衣短背心经用又好看，姐姐、妹妹也分别让詹慧珍她们为自己做，后来妈妈的内衣背心也由她来做了。

有的时候，詹慧珍拿着粉笔在自家的门板上，或是拿着树枝在地面上专心致志地画着。等她画完之后，那竟是一件衣服或一条裤子的图样，款式看上去也像模像样。

而这些像模像样款式的衣裤，是她曾在某幅图画上偶然看到过的，凭着记忆，她完整地画了出来。

其实，在凭记忆划出服装款式来的过程中，詹慧珍也在不知不觉中对衣裤的裁剪和缝制，逐渐形成着自己朦胧的解悟。

……

詹慧珍念初中时的学校，在距离刁坑村十多里路程的一个地方，那里是东陂大队所属的公社所在地，也是方圆十里八村逢圩赶集的集镇。

在集镇上，当时有一家公社集体性质的缝纫手工社，专门为十里八乡的社员们做衣服。

如今，那个早已不存在的缝纫手工社，在詹慧珍的记忆里是那样深刻，以至于当时店里有几台缝纫机、缝纫机是什么牌子的、有几个缝纫师傅等等这些细节，她都依然记得清清楚楚。

詹慧珍第一次真正动手做缝纫，就是在这个手工缝纫社。

那是读初中一年级的时候，一天中午，詹慧珍和几位女同学一起到集镇上去玩，经过一座厂房一样的房子前面时，忽然，她的耳边传来一阵"哒哒哒……哒哒……"的声音。

詹慧珍对这声音似乎有一种本能的熟悉。

"我抬头循声往里面一望，看到里面摆了七八台缝纫机，每台缝纫机前都坐着一个缝纫师傅在认真做衣服，都是二十出头年纪的大姐姐。在她们中间，有一位男性的年长者，在那些缝纫机之间来回走动，还不时手把手地指点着她们，那应是她们的师傅。"

眼前的这一幕，不知为何，竟让少女詹慧珍情不自禁停住了前行的脚步。

"慧珍……慧珍，你怎么停在那不走了哇！"前面的同学发现后，大声唤起詹慧珍来。

"哎、哎……你们先走吧，我在这里再看一下，等下再去找你们……"

听到同学们喊叫自己后才缓过神来的詹慧珍，随口应付着向同学们作答道，她的目光已被眼前那些飞轮旋转、机身针头在布料上快速上下游移的七八台缝纫机深深吸引住了。

而那些埋头专心致志做着衣服的师傅，端庄地坐在缝纫机前，她们放在踏板上的双脚仿佛是那样轻盈，在灵动而又极富节奏感的踏动中，缝纫机发出的那种响声有如音乐般动听。

再看一台台缝纫机台面上，只见那些大姐姐们的纤巧手指时而前后在布料上翻转移动，时而一只手控制转动着缝纫机针头，时而一只手那般灵巧、那么分寸不差地让已裁剪好的布料沿着用缝纫粉笔划出的线条流畅地游动着。

这样的情景深深吸引了詹慧珍。

……

不知什么时候，她情不自禁地走了进去。

"看得这样入迷，你是不是特别喜欢做裁缝呀？"一位姐姐说。

"对呀，我是很喜欢。"詹慧珍应答道。

"那你有空就来这里看，还可以跟着我们学。"另一位大姐姐接过詹慧珍的话说道。

"真的呀，那真是太好了……"詹慧珍喜出望外。

这是公社办的一家集体性质的缝纫手工社，这些做缝纫的女工，都是专门学了裁缝技术后才得以进入手工社上班的。

此后，詹慧珍放学后就时常去那家手工缝纫社。

在缝纫手工社里，詹慧珍勤快地帮衬着师傅们做力所能尽的事情，十分讨人喜欢。

缝纫手工社的那些师傅们，很快就发现聪慧敏学、心灵手巧的詹慧珍对裁剪缝不仅喜欢，而且领悟能力特别强。于是，她们都乐于给詹慧珍讲解裁剪基础要点，耐心教她缝纫手艺。

再后来，趁着手头活不忙的时候，大姐姐们还会让詹慧珍在裁剪案板和缝纫机上练练手，手把手地教她裁剪缝纫。

这是詹慧珍真正动手裁剪缝纫衣服。

对裁剪缝纫领悟能力很强的詹慧珍，到初中毕业时，就能照着样子做出款式较为简单、有模有样的衣服来了。为父母和姐姐、弟弟、妹妹，詹慧珍都分别做过一些衣服，他们穿起来都觉得很合身。

值得一提的是，初中毕业那年，詹慧珍还利用公社那家缝纫手工社的缝纫机，给最要好的同学每人做了件衣服。

于是，在自己村里，在初中同学中间，詹慧珍慢慢就有了"心灵手巧的小裁缝"的称号。

第二章
路与远方

 当已长成少女的詹慧珍发现，自己童年内心里的那种希望与憧憬，变得越来越多彩而热切时，她也开始逐渐明白，那是自己希冀摆脱贫窘生存处境、拥有美好人生未来的强烈渴望。

 成为一位手艺精湛的乡村裁缝师傅——在热切的渴望里，少女詹慧珍心底那颗梦想的种子，悄然恣意萌发。

 终于，梦想让年少之心对山沟之外的世界充满着向往。

 为现实这一梦想，少女詹慧珍执意要离开自己那贫瘠的山乡，义无反顾地奔向未知的远方。

 梦想的舞台有多大，追梦者的脚步就能走多远。

 詹慧珍想要成为一位手艺精湛的缝纫师傅，继而还想成为一名出色的服装设计师。为此，在学校毕业后，她报考北京服装学院并顺利被录取。

 那一年，是1978年，詹慧珍正值豆蔻年华。

迢迢北上求学之路，詹慧珍为如愿实现自己的梦想而激动兴奋。但她深知，自己拥有这样的求学机会来之不易。为支撑自己走出山沟求学，勤劳忠实的父母背负着重荷，付出的是常人无法想象的艰辛劳作。

在北京服装学院的日子里，詹慧珍异常勤奋刻苦。

"一定要倍加珍惜，早日学成归去。"

这是詹慧珍在北京求学时，深深镌刻在心底的念头，她期盼学成后回到自己大山深处的山乡，以精湛的缝纫技术为自己赢得未来美好的生活，还拥有曾让自己那般羡慕的、乡村裁缝师傅备受人们尊敬的生活方式。

第一节 "我要读书，要走出小山村"

小山村里的岁月平静而悠长，但少女心底朦胧的憧憬，却一天天丰富多彩起来。

詹慧珍家乡的山边有一条铁路。

不知从何时起，每当有轰鸣的列车奔驰而来，呼啸而去，少女詹慧珍总感觉到，自己眼里的风景壮观不已。

中学毕业那年，很多次，当从大山驶过的火车鸣响声传来，詹慧珍便会情不自禁地在心底这样遥想：火车从哪里奔驰而来的？火车通往远方的地方，会是哪里呢，那里又会是什么样子呢……

这是少女对外面世界的想象，更是对自己人生未来的憧憬。

是的，她开始总是去想一个问题——自己将来该去做什么呢？

或许，她并不曾意识到，自己内心深处已生发出改变命运的强烈渴望。但在时光悄然流逝的年少时光里，对远方的畅想，让少女詹慧珍逐渐对人生未来产生了朦胧的所思。

她越来越渴望自己长大后能走出山沟，她不甘心自己这样在山沟里生活一辈子。

怎样才能实现自己这样的愿望呢？

她知道，那就只有走读书这条路了！

父亲和母亲说过：只有读书，有了文化，那将来才有可能不在这山里种田，才可以到山外的城市去吃"文化饭"。

于是，学校毕业后，詹慧珍产生了继续读大学的想法。

在当地人的传统观念里，女孩子，只要认得自己的名字就可以了，将来迟早是要嫁人，读那么多书做什么。因而，几乎每家的女孩上几年小学就不再读书了，念到初中的则少之又少。

在家乡这贫穷闭塞的小山村，像詹慧珍这样的女孩能读到初中毕业，其实已是一个特例了。

詹慧珍有些担心，她担心父母不会同意她继续读书。

但是，让詹慧珍没有想到的是，当父母得知她还想继续读大学的想法后，都十分支持。

"想读大学这当然好啊，只要你愿意读，将来靠读书走出去、到外面去工作生活那就更好呢！"父亲和母亲深深知道，女儿詹慧珍从小就喜欢念书，成绩又优秀，她心底也是有志向的。

来自父母对自己读书求学的支持鼓励，詹慧珍至今仍然念念不忘。她说，在那样艰难的年月里，如果不是父母始终赞成和支持自己读书，那也就不可能有自己今天事业上的一切。

得到父母的支持鼓励后，詹慧珍决定学校毕业后考大学。

青春之心仿如年轮的交矩，任何一个地方都有着青春消不散的阳光，年轻的心跳动在时光的矩点上，却永远绕不出梦想起点的那个方向。

成为一名裁缝师傅的梦想，在詹慧珍求学岁月的年轮里顽强生长。她对服装裁剪的兴趣越来越浓厚，与此同时，也更加显现出她在服装方面的天赋来。

十分巧的是，詹慧珍家有一位亲戚认识北京服装学院的老师。

这位亲戚看到詹慧珍勤奋好学，想读大学而且对服装这样感兴趣，于是就推荐詹慧珍报考北京服装学院。

"如果能考上，那既实现了心中的梦想又藉此走出大山、拥有美好的前程。"詹慧珍就这样确定了自己考大学的目标。

北京服装学院，是新中国成立后在北京纺织工业学院基础上成立的一所专门服装高等院校。对于想在服装设计和制作工艺上有追求的人来说，进入这所高等院校深造，那是梦寐以求的。

鲜为人知的是，北京服装学院和江西新余有着不解之缘。

那是1968年，根据中央《五七指示》要求和"让干部接受贫下中农再教育"的指示精神，北京服装学院在这一年南迁到江西省分宜县境内办学，1971年重新迁回北京。

分宜县紧邻新余市。因而，在迁到分宜县办学的三年时间里，北京服装学院和新余的学校之间常有各种校际交流往来。詹慧珍家的这位亲戚在新余一所学校工作，也就是在此期间，他结识了北京服装学院的一位老师且相处中很是投缘。北京服装学院回迁北京后，这位亲戚一直与北京服装学院的那位老师保持着通信联系。

从确定考上北京服装学院这一目标开始，詹慧珍便投入到废寝忘食刻苦学习之中。

通过亲戚的联系，北京服装学院的那位老师不但寄来服装专业的基础教程资料，而且还通过信件方式给予詹慧珍专业知识上的指导。

接下来的入学考试，十分顺利，詹慧珍的文化课程和服装专业课程全部都取得了优异成绩。

詹慧珍被北京服装学院录取了，而且，在这一年北京服装学院录取的新生中，詹慧珍还是唯一一位来自江西的新生。

接到录取通知书的那一刻，詹慧珍内心激动不已，对自己的人生未来充满了无限憧憬！

第二节　北京求学纪事

1978 年的金秋时节，十七岁的詹慧珍第一次远离家乡，踏上了前往北京服装学院求学的路程。

千里迢迢北上求学，詹慧珍为如愿实现自己的梦想而激动兴奋。

她更深知，自己拥有这样的求学机会来之不易。

是啊，为支撑自己走出山沟求学，勤劳忠实的父母背负了沉重重荷，付出的是无法想象的艰辛劳作。

"一定要倍加珍惜，早日学成归去。"这是詹慧珍在北京求学时，深深镌刻在心底的念头，她企盼学成后回到自己大山深处的山乡，以精湛的缝纫技术为自己赢得未来美好的生活，拥有曾让自己那般羡慕的、乡村裁缝师傅备受人们尊敬的生活方式。

深深懂得这份感念的詹慧珍，在北京服装学院求学的日子里异常勤奋刻苦。加之，她对服装裁剪缝纫有了一定的基础，同时又具有对服装方面与生俱来的领悟力。

进入全国服装专业的高等学府学习，让詹慧珍如鱼得水，眼界顿开。

在这里，她第一次知道了，服装学是一门博大精深的课程，它绝不是一块布料和一把剪刀那样简单，服装是人类在社会生存活动所依赖的一种精神表现要素，是一种造型艺术，是无声的音乐和活动的雕塑……

在这里，她惊叹于中华民族服饰的蔚为大观，感叹几千年的风雨沧桑，形成了富有中国气派、博大精深的民族服饰文化体系。

学习中她系统了解到，民族服饰与民间文化、民族文化的心理结构、民族审美、民族风格、生活习俗甚至民族的经济、历史和地理环境等，都存在一定的内在联系，民族服饰的这些品格，均可通过一定的服饰造型设计及服饰图案设计呈现出来，展现装饰美以及朴素纯真的艺术品格。

对服饰文化的系统学习，逐步构建起詹慧珍的服装理论体系。

学院侧重于裁剪、制作与设计的实践教学内容，让詹慧珍得到了服装实践的系统学习。

现在回望，尽管 20 世纪 70 年代我国服装从教学到应用领域，相比改革开放后的景象可谓是一片"荒原"。当时，全国服装领域，也只有北京服装学院在裁剪、制作与设计方面才有一抹"新绿"。

也尽管这一抹"新绿"因那特殊年代而寂寥难鸣，但对詹慧珍而言，那却是无比新奇的服装概念和高超的服装设计与制作技艺。

比如，在裁剪工艺上，她学到了之前听都不曾听到过的"比例分本法"裁剪技艺。

20 世纪 70 年代，我国服装裁剪使用的还是加减法。这一裁剪法，也就是对常用的中间号型，各部位都有个固定的尺寸，在裁衣和制板时各个部位大号加一个数值，小号减一个数值，它的数值是在中式服装裁剪法的基础上经过几代师傅的总结而得出的。而此时的北京服装学院教师，已探索创新出了胸围裁剪法的分数法和加减法的数值，创造出比例分本法，并运用于裁剪实践课程的教学。

再比如，服装制板是门手工技艺，也是服装工艺重要的基本功。制板不是记住各部位的数值与方法就会了，它需要有一个熟练的过程。

"熟能生巧，巧能生妙。"詹慧珍牢记住这句谚语，她反反复复、不厌其烦地绘制样板图，直到胸有成竹，手到样成，制成的样板不但尺寸准确、线条流畅、板面整洁，而且称身合体。

在服装裁剪、制作和设计各领域的刀功、手功、车功、烫功等，詹慧珍无不一一下足工夫勤学苦练：

"刀功"，是指裁剪水平。从裁剪手法的一招一式，到裁剪过程中的轻重缓急，再到力度的把握、起承转合之间的准确拿捏等等细节，无一不是只有功夫下到了方才能得心应手。

这"刀功"达到极致境界的一点一滴，詹慧珍在北京服装学院学习期间所下的苦工，令人难以想象。

"手功"，用缝纫机操作达不到高质量要求的部位，运用手上工夫进行针缝，主要有扳、串、甩、锁、钉、撬、扎、打、包、拱、勾、撩、碰和撬等 14 种工艺手法。

为练就一手过硬的"手功"，詹慧珍所下的功夫同样如此。

精湛操作缝纫机的"车工"，要达到直、圆、不裂、不趋、不拱这些要求。"烫功"，是运用推、归、拨、压、起水等不同手法的熨烫，使服装更适合体型，整齐、美观。

从"车工"到"烫功"，詹慧珍样样练得得心应手。

……

在北京服装学院，詹慧珍练就的扎实的制板基本功，为后来高超的服装技艺打下了坚实的基础。

日历就在这一天接一天的理论学习和实践锤炼中翻过，日渐熟练精湛的一项项服装裁剪、缝纫基本功与技艺，见证着詹慧珍刻苦学艺付出的汗水。

詹慧珍不曾意识到，在这刻苦学艺的时光里，她的那个梦想，也正一点点变得触手可及。

直到有一天，北京服装学院安排詹慧珍这个班级的学生到北京服装厂进行实训教学，她才那样欣喜地发现，自己儿时以来的那个长久梦想，终于成为现实。

根据实训教学安排的内容，学生在服装厂要像职工上班那样，在生产岗位上进行服装裁剪、制作工艺生产。

一开始服装厂安排学生们的是各项基本工序。

詹慧珍练就了扎实的基本功，在裁剪、制板和缝纫各道工序上都展现得规范、标准和精湛。

接下来，就是学生们独立完成整套成衣的制作。

短暂几天对各道工序组接流畅后，詹慧珍在整套成衣制作过程中不仅工艺好、质量高，而且速度快。

"那位叫詹慧珍的学生，是这批来厂里实训学生中水平最高的！"不久，北京服装厂车间的负责人给出了这样的评定。

在服装厂能独立完成整套成衣的裁剪、制板与缝纫，且工艺规范、标准，成衣质量符合出厂要求，这就意味着，詹慧珍的服装裁剪与缝纫技术已经达到了北京服装厂合格缝纫职工的标准。

众所周知，20世纪70年代的北京服装厂可是一家大型国营服装厂，因而其对工人技术水平的要求自然也就不低。

这也就是说，詹慧珍已完全达到了一名合格缝纫师傅的技术水平。

"自己成为一名合格的缝纫师傅了！"詹慧珍内心是多么激动。

这时，她进入北京服装学院学习刚好一年时间。

一年的学习时间能达到让北京服装厂都认可的水平，这着实不简单。对此，北京服装学院的老师对詹慧珍赞赏不已！

詹慧珍没有因此而自满。

在北京服装厂进一步的实训学习中，她进而发现自己要学、可学、想学和值得去学的东西太多了。

例如旗袍制作工艺。

一身雅致的缎料，一握轻挽的发髻，旗袍纤细合度的剪裁、使穿着者匀称的身材，更为玲珑有致，展现出了一种令人无法抗拒而又绮丽东方之美。但旗袍的制作工艺，可谓繁缛而精致。

第一次目睹到旗袍制作，她为北京服装厂旗袍制作师傅精湛的技艺而折服：制作一件旗袍，就像完成一件艺术作品，多一寸太宽太长，少一寸太紧太短。整个制作过程繁复而细腻，先要进行面料和底料的选择，像缎面、真丝、丝绒等都很常见，之后要浸水、定型直到完工，定做一件旗袍，因工艺不同，制作的时间要一个星期到三个月左右。

为此，詹慧珍告诉自己，要抓紧在北京服装厂实训学习的机会，向厂里制作旗袍的师傅学习。

再如服装设计。

20 世纪 70 年代，"服装设计"对中国百姓而言还是一个时髦得极不合时宜的词，在人们的意识里，为穿衣打扮而花费心思"设计"，那是"资本主义堕落生活"的代名词。

那个年代里，对学习服装的人来说，能接触和学习服装设计的机会实在很难得。

在北京服装厂，詹慧珍第一次真正意义上接触服装设计。

在厂里，她耳闻目睹服装设计人员怎样在一款显得"老气"的服装基础上变换样式，设计出一款"新式"服装。又怎样结合传统服装的款式和工艺，设计出符合不同年龄段人都适合穿的衣服款式。

詹慧珍一步步渐向服装更广的领域，如饥似渴地学习着。

……

从认真学习服装理论知识，到勤苦苦练基本功，再到实训学习过程中的历练提升，詹慧珍在北京服装学院那届学生中脱颖而出，不仅服装缝纫功底扎实，而且显现出对时装设计的良好禀赋。

第三节　放弃留京机会选择回乡

潜心刻苦求学的时光过得飞快，1980 年，即将从北京服装学院毕业的詹慧珍面临着毕业后的人生选择。

毕业前夕的一段时间，班上同学们最为关切的就是自己是选择进北京还是上海的哪一家国营服装厂。因为，当时的北京服装学院的毕业生选择留在北京或去上海等城市的国营服装厂工作，是大家最为向往的去处。同时，北京和上海的国营服装大厂挑选设计师，也主要是把目光放在北京服装学院。

在同学们的眼里，詹慧珍留在北京，进任何一家国营服装大厂都没有问题。

的确如此，此时在北京的国营朝阳服装厂的招工名单中，已经有了詹慧珍的名字。厂里即将向北京服装学院提出这份招录毕业生的名单。

然而，谁也没有想到，詹慧珍对于自己毕业后的去向早已决定。

她决定回家乡新余。

"什么，你要回家乡！"

当詹慧珍说出自己的决定时，大家都十分吃惊，表示难以理解。

是啊，大家最担心的是能否留在大城市、能否进国营服装大厂，而詹慧珍首先想到的就是要回地处赣西山区的家乡！更何况，在全班同学当中，以詹慧珍的成绩和各方面优秀的表现，她是最有可能留在北京的。

"留在北京或到上海这些大城市的国营服装厂工作，这当然是非常理想的选择。但凭着在北京服装学院的所学，回到家乡，我一定能在服装方面有自己的一番天地。我要争取成为家乡最好的缝纫师傅和服装设计师。"这是詹慧珍对自己毕业去向选择的理由。

不久，北京服装学院毕业生的工作去向陆续出来了。

这一天，班主任老师通知詹慧珍立即到学院办公室去一趟。

"詹慧珍，祝贺你啊……"

刚一进办公室，学院负责毕业生工作的一位老师，高兴地对詹慧珍说："北京有三家国营服装厂同时招录你，现在叫你来，是征求你个人的意见，然后学院再与厂方联系……"

"感谢学校和老师们，但我决定回家乡江西新余。"詹慧珍回答道。

"你要放弃留在北京工作的机会？！"听到詹慧珍的回答，学院办公室老师一脸疑惑。

"这你可要考虑清楚啊，你知道吗，这是多么珍贵的机会，在我前面带的班级里，还没有像你这样同时被三家北京国营服装大厂看中的毕业生……"班主任老师也急了，一再提醒詹慧珍千万不要"犯糊涂"。

……

詹慧珍十分坦诚地告诉班主任老师，这是自己早已做好的决定。

是的，正如两年前步入北京服装学院时对自己前路梦想的设定，两年后，詹慧珍当初为自己设定的梦想之路依然信念笃定，不曾有丝毫的改变，也更不曾有丝毫的犹豫。

她企盼学成后回到自己的小山村，以精湛的缝纫技术为自己赢得未来美好的生活，还拥有曾让自己那般羡慕的、乡村裁缝师傅备受人们尊敬的生活方式。

当然，詹慧珍心底深处也有学成归去报答父母的深情。

心底曾经走出家乡的愿望是那样强烈，而现在归乡的思念却如此深切，对家乡对父母的眷念又是那样炽热。

詹慧珍知道，这是因为，如今自己学成服装缝纫的手艺，藉此可以实现年少时由来已久的愿望，可以凭着自己的手艺去改变生活、改变命运。其实，在北京求学的时光里，她也逐渐深刻地意识到，自己的情感与梦想都早已深深扎根于家乡的那方土地了。

……

见詹慧珍选择回乡决心如此坚定，班主任老师随后也不再劝导了。

对于学生詹慧珍做出这样的毕业选择，班主任老师始终难以理解，更是感到十分惋惜。

后来有班上的同学告诉詹慧珍，直到毕业数年之后，有一回班主任老师在与几位同学谈到她毕业时婉拒留京、执意要回家乡去时，仍替詹慧珍感到惋惜。

在老师的心目中，詹慧珍要是毕业时选在留在北京，那必有一方属于她的精彩舞台。老师之所以会生出这样的感叹，那是因为，20世纪80年代初的中国，正迎来服装领域前所未有的令人心动的多彩时光。

第三章
艰辛的创业起点

　　毕业回到家乡后，詹慧珍如愿成为一名裁缝师傅。

　　与她童年记忆里的乡村裁缝师傅那样，詹慧珍成了备受乡邻尊敬的年轻裁缝师傅。这其中，更多的则是她的缝纫手艺得到了人们的一致认可。

　　在走村串户的乡村裁缝时光中，詹慧珍逐渐感觉到，山外的世界仿佛有一种吸引力在向自己召唤，她也越来越真切地感知到，山外的世界有自己精彩的人生天地。

　　事实证明，詹慧珍的感知极其敏锐。

　　山外那股强烈的召唤力，正是随着一个崭新时代而开启的整个国家服饰潮流的巨变——改革开放，国门打开，从款式到面料再到颜色都令人耳目一新的服装时尚之潮扑面而来，国人的各种观念为之渐变。

　　人们对于美好生活的向往憧憬，强烈而鲜明地彰显在对衣着的重新打量上。封尘于内心深处的对服饰之美的炽热追求，那样强烈地冲击着国人在服装方面的传统观念。服饰着装的变化，也成为改革开放伊始社会生活中最为显著的变化之一，最为靓丽的一道风景。

同时，随着国家政策允许私人干个体，城市里的自行车修理店、饮食店、理发店等个体私营经济，如雨后春笋一般应运而生。其中，个体服装缝纫店准确契合了人们的时尚潮流。

山外，有着属于自己的精彩天地——敏锐感知到时代赋予自己机遇的詹慧珍，再次热切而果敢地朝向梦想奔去。

詹慧珍决定，去新余城区开一家个体服装缝纫店！

第一节　敏锐感知新机遇

从北京服装学院毕业回到家乡后不久，詹慧珍即着手做缝纫，她相信用不了多长时间，自己的手艺就会在十里八乡打出名气来。

开始，因为家里没有钱买缝纫机，詹慧珍就想到了一个办法——和当地一位缝纫师傅合作，两人一起揽活做。

在试过詹慧珍的缝纫裁剪水平后，那位师傅甚是高兴，欣然同意这样的合作方式。

于是，年轻漂亮的女裁缝詹慧珍的一手缝纫好手艺，日渐为十里八乡的乡亲们所识，请她做衣服的人家也越来越多。

青山深处，流年依然在山花的开谢荣枯交替中寂静轮回。

然而，纵然是再高再深的崇山峻岭，也挡不住时代大潮涌动的早春气息。当20世纪80年代的日历翻开第一页，詹慧珍日渐从家乡人们生产生活发生的那些渐变中，敏锐而兴奋地感知到了一个崭新时代正欣然而来。

记忆回到20世纪80年代的第一个初春，一开始听起来那样令人感到陌生、惊诧、继而惊喜不已的时代之声，仿佛仍在耳畔回响：

"大米换面条哟！"

"收茶籽、油菜籽，还有金银花叻。"

"上门收生猪咯，价钱比国营食品站要高，过秤即付现钱……"

……

不知从哪一天开始，山里的小山村，隔三岔五就会响起这类的吆喝声。

今天的人们很难想象，当这样的吆喝声毫无顾忌地在城市、乡村和"马路市场"响起时，其时在人们内心里激起的震动程度是何等之深。

那是因为，在长久的年月里，私人贩卖的行为从来都是被国家严厉禁止的。即使有，那也是偷偷摸摸、极为谨小慎微地为之，怎敢像这样明目张胆和毫无顾忌地公开高声吆喝！

"茶籽，油菜籽，还有生猪这些，私人贩子可以到我们家里上门来收啦？！"

起初之时，对于眼前出现的这样新奇的景象，几乎所有山民们有一种难以置信的疑惑。他们仍在心里不敢贸然相信。

此后，又逐渐有推着后座上挂着两个大竹筐的自行车进山来收各类山货的，还有收中药材的。再后来，是收花生、芝麻、稻谷以及卖货的等各类商贩进山来……

有胆子壮一些的村民跃跃欲试。

果真是现货现钱！而且，也没有发生让他们担心的事情——跟私人贩子私下交易，说不定就会"惹祸上身"受处罚。

于是，山里的村民们也逐渐从这些来的商贩那里得知，与责任田分到了各家各户一样，现在私人也可以做买卖了。

……

乡村深处的人们，就这样在不经意间，走进了改革开放的伟大时代。

在那个初春时节里，家乡开始产生这些变化，对于詹慧珍而言每一件、每一桩都感知敏锐而强烈。只是一开始，她还并不曾意识到，这种变化接下去会对她的人生之路产生那样巨大的改变与深远影响。

1982年春节临近前的那段时间，詹慧珍至今都记忆深刻。

每年春节前，都是农村裁缝师傅一年当中最为繁忙的时候。因为在农村，大多数人家一年到头基本上就是集中在这个时候才能做新衣服。

但詹慧珍很快便发现，自己今年春节前的忙碌，似乎比去年要明显提前了。

这一天，詹慧珍刚从本村一位村民家里做缝纫收工回来，她前脚刚进家门，隔壁村一位村民后脚就进跨进了门槛。这位村民是来提前向詹慧珍定日子的，请她前去为自己家里做过年的新衣服。

"慧珍师傅，今年要是不早些来请你，提早些定好日子，恐怕越近年关就越难请到你了呢……"这位村民对詹慧珍说道。

"为什么？"詹慧珍问道。

"哦，是这样的，前不久我去新余街上，看到商场里好多人在扯布，一尺布票可以扯三尺布，还是宽幅，做一件上衣一尺布票就够了……第二天，我就赶紧拿着布票去扯回了每个小孩一件的布料子。后来我才晓得，好多人家都去扯了不少布。我就估计，今年过年好多人家比去年要做的衣服多不少哇……"这位村民向詹慧珍解释说。

"这是真的么？今年一尺布票可以扯三尺布了？"詹慧珍一听，顿感意外。

"是的啊，这真可谓是破天荒头一回哟！"这位村民应答道。

随后不久，这位村民所说的情况，在詹慧珍这里得到了印证。

这一年的春节前，村民们家里做新衣服，在数量上普遍都比头一年明显要多了起来。而且，往年春节前不少村民家里做新衣服只是给孩子们做，但今年大人们也做新衣服过年的人家多了起来。

……

"今年过年前的布料，不但比往年好买了很多，而且同样的布价钱又便宜了不少。"詹慧珍知道，这就是今年春节前，让自己突然比往年忙碌了很多的重要原因。

对于这一变化，詹慧珍着实是没有想到。

不仅是詹慧珍没有想到，这一年，从全国城市到乡村的人们都没有想到，从来都是那么短缺、紧张的布料供应，竟然在这一年会突然变得宽松起来。

是什么原因使得全国布匹供应出现了这一巨大变化呢？

这是因为，这一年，化工部和纺织工业部借助于改革开放后国门打开的契机，从国外引进先进的化纤生产设备、技术，全国化纤布料的产量在这一年得到了迅猛增长。

仅以上海石化的产量为例，这一年，该厂向全国人民提供化纤织物原料的能力，就增加到了人均6尺多，相当于500万亩高产棉田。

"化纤经蹬又经踹、经铺又经盖，价格却相比原来的布料便宜了近一半。"对于长期以来购买量受到布票严格控制的国人而言，手里有钱，谁不想买！

经历了"计划经济"年代的人们都难以忘怀，那个年月里，买任何东西几乎都要凭票。票证包括粮票、肉票、食用油票、煤油票、火柴票、布票……囊括了生活的方方面面，名目繁多。还有一些购买短缺工业品的特殊"供应券"，如自行车票、缝纫机票等。

在这些票证中，除了作为家庭四大件的"三转一响"（缝纫机、自行车、手表以及收音机）属于当时的"奢侈品"，对于城乡百姓来说，一家人生活中最为重要的就是粮票和布票了。

那时的农村，布票则更加珍贵。"新三年，旧三年，缝缝补补又三年"，人们一年也难得做一件新衣服。

我国纺织工业发展取得重大突破！

与此同时，农村实施家庭联产承包责任制催生出的巨大生产力和前所未有的生产积极性，令全国棉花产量大幅度增加。

1982年，全国很多地方购买铁灰色的确良衬衣布料，干脆已不需要布票了。

布料供应带来巨变的同时，正快速酝酿着国人在穿衣着装方面的巨变。

在某种意义上，服装是一个民族穿在身上的时代画卷，记录着人们最为鲜活生动的生活变迁。

20 世纪 80 年代，是中国经济发生重大变革的时代，也是服装大变革的时代。当封闭已久的国门开启的时候，外面世界的美丽时尚蜂拥而至，人们沉睡多时的时尚意识被唤醒，长久以来被忽视和压抑的自我与个性重新得到认可，人们的内心开始不安地躁动。

伴随着改革开放的步伐，人们的思想自由了，腰包也逐渐充实起来，服饰穿戴的变化成为他们展示自我重要表达方式。

喇叭裤打破了数十年的整齐划一和单调乏味，得到青年男女的厚爱，犹如一股旋风以飞快的速度传遍神州。

在敏锐感知人们生活里出现的各种变化中，特别是缝纫手艺活计在家乡渐渐发生的变化中，让詹慧珍心里陡升出一种不安的情绪来。

一个越来越清晰而强烈的念头，也随之开始在詹慧珍心里萌发。

这个念头，就是走向山外、到新余城区开一家个体服装店！

在詹慧珍的想象里：在人们穿衣着装上，农村都已发生如此之大的变化了，那青山之外的城市该是怎样一种让人心动的情景啊……

这样的想象让詹慧珍禁不住要前往新余城里去看一看。

这一天，詹慧珍来到新余街上。

她是为印证自己的想象而来的，因而，她的目光自然也就不由自主地落在了人们的衣着上。

让詹慧珍感到新鲜欣喜的是，在她的眼里，曾经记忆中的城市与乡村在人们着装的颜色上是无什么差别的，几乎都是清一色的清灰色、军装绿或是咔叽蓝。

然而现在，大街小巷，令人目不暇接的各种衣服色彩，开始跃动在人们身上。尤其是女孩子身上的衣服，更是鲜亮明丽。

"走进新余街头的一开始，一种错觉不觉产生——仿佛这是另外一个世界。"詹慧珍强烈地感受到了时代新气息在人们服饰上的巨大变化。

行走在新余的街道上，还有更让詹慧珍感到欣喜的。

这种潜生滋长于内心深处的渴望，一旦被外界某种直接与间接的强烈刺激事件所激起，将迸发出巨大的力量。

而潜藏于内心深处的愿望，也随之会被其果敢而快速地付诸行动。

她下定决心，向家人提出到新余城里开一家服装店！"既然你想好了要去新余城里开服装店，那我们就尽最大能力支持你。"善良的父母，每在詹慧珍想实现人生愿望的时候，总是不遗余力地给予全力支持。

在怀着有些忐忑心情征求父母意见时，父母非但没有丝毫反对却欣然同意，这让詹慧珍心底充满着感动。

山外那股强烈的召唤力，正是随着一个崭新时代而开启的整个国家服饰潮流的巨变——改革开放，国门大开，各式各样的服装扑面而来，一种对于美好生活炽热追求的时代气息，强烈地冲击着国人的衣着观念。

敏锐识得机遇的詹慧珍，由此果敢地走向了一个全新的开端。

第二节　废弃猪圈上开出缝纫店

詹慧珍和父亲在做事的性格上很相近，都是那种做事干净利落的人。

在决定到新余城里开服装店之后，第二天一大早，父亲就带着詹慧珍一起前往新余街上，开始寻找合适的店面。

如今的每一座城市街道两旁店铺琳琅满目，然而20世纪80年代初的城市，街道却完全是另外一番景象。

计划经济年代，长期以来的禁商控市，导致城市的街道上是没有"店面"这一空间组成部分的。因而，当改革开放催生自由商业的渐渐兴旺，自然也就是从一处处"马路市场"而兴起的。

开店，当然要选人流量多的地方。

缝纫店需要固定场地，必须要租到店面。

可是，当父亲和詹慧珍在新余几条主街道上走下来，却发现竟然没有一家合适的店面可租。其间，也问得有几家，但国营商业单位的店面，尽管经营惨淡到了没有几个顾客的境况，但那不是想租就能租的。而且，就是能租下，那租金的昂贵也是詹慧珍难以承受的。

找不到店面，这可怎么办？

于是，父亲想到了请新余城里的一位亲戚帮忙。

"这服装店，我看，开在老西街那边为好。"亲戚出了这样的主意。

亲戚之所以这样建议，原因是，新余老西街这一带靠近新余钢铁厂的生活区。钢铁厂的职工工资高、福利好，生活条件好，做新衣服自然也就会多。

新余素有"钢城"之称，钢铁工业一直都是新余的传统产业。20 世纪 80 年代初，新钢职工们的工资收入是颇令人羡慕的。

"这确实是有道理呀……"詹慧珍一听，随后就与父亲一起前往老西街实地查看。在老西街走一遍下来后，她意识到，如果在这里开缝纫店一定会有不错的生意。

事实情况也的确如此。其时，在靠近新余钢铁厂周边的老西街这一带，开了两家个体缝纫店，生意都十分好。

就这样，詹慧珍的服装店就决定开在新余老西街。

在接下来寻找店面的过程中，也同样遇到了和之前在新余城里主街道上寻找店面类似的情况——老西街的店面也不是那么容易租了。

新余市老西街，原本只是新余郊区的一条普通街道。

改革开放后随着个体私营经济萌发兴起，在短短几年时间里，一些目光敏锐的人很快发现了新余老西街紧邻新余钢铁厂职工生活区的地理位置优势，看准了这一带的商机。这里凡是有可固定做生意的地方，都已被人租出去了。一些居民楼下的第一层也被改成了店面，一些废弃的仓库也腾出来搞经营，甚至还有老西街后面的村民的房子也被人租来做加工作坊的……

渐渐的，老西街成了新余市个体商业最为繁华的地带，一条几百米长、两三米宽的街道，两边几乎都是店铺，每天小商小贩穿行往来，以新余钢铁厂职工为主的顾客络绎不绝。

西街临街的店面不但稀缺，而且租金对詹慧珍来说价格很贵。

该怎么办呢？

说来也巧，正在詹慧珍为店面犯愁之时，亲戚得知，西街有一个地方出租，但就是比较破旧，租金倒是很便宜——一个月只要20块钱。

詹慧珍和父亲闻听此消息，好不高兴！

可是，当詹慧珍和父亲到西街那个地方一看之后，却被眼前的情形大吃一惊：这哪里是什么店面，这分明就是一间早已废弃了很久的猪圈啊！

是的，这个所谓的"店面"原本就是一个猪圈。

原先，西街的商业还不热闹时，这个地方就是人家养猪的一个猪棚，后来西街这里慢慢热闹起来，街道两边都渐渐开起店面来了，这里也就不养猪了。但因为这是个废弃猪圈的面积只有十来平方米大，加上又夹在两栋房子的中间位置，形同一个前面大后面小的三角形"边角料"，因此，也就没有人认为这里可以作为店面。

要在这样一个地方开服装店，让人觉得难以想象。

"慧珍，这里可不行呐，这是旧猪圈哩，而且这样小，怎么能开服装店呢！"父亲认为这根本不可行。

"我看这里可以……"詹慧珍有自己的理由。

"虽说这是个废弃的猪圈，但这个地方的位置紧邻钢铁厂职工宿舍不远，开服装店将来就会有生意。其次，这个废弃猪圈可以整修成店面。另外，在西街这一带恐怕是再也没有比这租钱更便宜的地方了……"

"如果不租下这里，就怕找来找去，最终找不到地方，这服装店也就开不成了呢……"詹慧珍想尽快把服装店开出来。

"可是，这是别人废弃的猪圈……"想到女儿的服装店竟然要开在一个废旧的猪圈里，做父亲的心里怎能不难受！

詹慧珍懂得父亲心里的不好受。

"爸爸，只要我好好整修一下，一定会是一间像样的服装店的。"她安慰父亲道。

"可这里连电灯都没有，也没有自来水……你一个女孩子家，生活不方便不说，没有电灯晚上也不安全呐，我怎么放心呢……"

"条件是差了一些，先就克服一下，等我以后赚到了钱，再租过一个地方就是了。"

"那好吧，慧珍，只是这以后要苦了你呀！"

父亲最后还是依了女儿。

就这样，詹慧珍以每月 20 元的租金，租下了新余市西街的这间废弃猪圈。

这间废旧猪圈租下来了，需要彻底整修。

詹慧珍和父亲花了几天的时间，对这间废弃旧猪圈进行一番彻底的打扫和整修。

首先是要进行地面的平整，然后是要重新砌墙，屋顶也需要整修。

砌墙需要砖，詹慧珍就到新余钢铁厂周边一些建筑工地，捡来废旧的砖块，舍不得花钱请泥工，她和父亲一起动手来砌。屋顶所用的油毛毡，也是从新钢捡来的别人丢弃的旧油毛毡……

就这样，一间遗弃的猪圈，被改造修整成了一间简陋的店面。

开服装店，最大的一项本钱就是缝纫机。詹慧珍家里经济一向窘困，买不起缝纫机。

在詹慧珍决定开个体服装店时，姑妈给了她及时的大力支持——把她家的一台缝纫机借给詹慧珍用。

店面修整好了，姑妈家的缝纫机也搬了过来。

服装店只待开张了。

决定开张前的一天，还差最后一件事，那就是把店名的牌子挂上。

父亲从附近工地上找来一块普通的杉木板，就地掰了两根树枝，夹着一团棉花，饱蘸鲜艳的红颜料，在那块杉木板上认真工整地写上了"新余华丽服装店"这七个大字。

这店名是詹慧珍自己取的。

"人家做新衣服，就是想要穿得光鲜得体，女孩子更是想要穿得漂漂亮亮，所以取这个名字。"詹慧珍说，她的服装店开起来后，就要朝着这个目标，用心、努力做，得到别人的认可，从而赢得服装店的好生意。

这一间由废旧猪圈整修而成的简陋服装店，这个自己所取的文字朴实却明丽的店名，寄予了詹慧珍多么热切的期盼呵！

在她心里，何尝不是期盼，由此而开启自己人生创业之路华丽的转身！

……

詹慧珍永远也难以忘记，1983年初的那天，她和父亲一起把"新余华丽服装店"这块店牌挂在店门外那憧憬未来的一幕。

2017年底，一个阳光明媚的冬日。詹慧珍陪同笔者来到新余市老西街，重又走进当年她艰辛创业的起点。

时隔30多年，老西街两旁的昔日店面和房屋景象很多已大变样，曾经的板壁屋和店面，现在取而代之的是大小楼房与装修讲究的各种店面。这条不到五百米长的街道，如今的商业气息依旧让人可以感受到这里曾经的商业繁华。行走在老西街上，詹慧珍触景生情，当年在这里开服装店的许多往事，又情不自禁地在记忆里鲜活跃动起来。

在行走到老西街将近中间的位置时，詹慧珍眼里忽然闪现出一阵惊讶与惊喜——顺着她的目光所及之处，笔者看到，在两栋楼房中间有一低矮陈旧、很不显眼的小瓦房,面积恰好也是 10 平方米左右,门牌号显示为"177号"。

"这里就是当年创业初华丽服装店所在的地方,竟然还在这里啊! 除了盖的油毛毡换成了石棉水泥瓦,其他几乎和原先都是一样的……"

走近那间低矮陈旧的小瓦房,詹慧珍深情凝望注视着那久历风雨的砖墙,抚摸着那被时光风雨侵蚀得已斑驳的板壁门,她内心涌动而百感交集。

……

再回到当年。

她清晰地记得,当"新余华丽服装店"的店牌挂上之后,她知道,自己的服装店,这样就算是开起来了。虽然是一处这样毫不起眼的小店面,可却来之不易。

"这里开了家服装店……"

当新余老西街往来的行人们在不经意间突然发现,原来那间废弃的猪圈竟然变成了一间服装店。几乎每一个人都为眼前的所见而感到意外,或者感到一阵欣喜还或是诧异。

是的,或许没有多少人会想到,这样的地方居然开出了一间服装店来!

从此,"新余华丽服装店"也就这样进入了人们的视线。

仿佛有一股巨大的力量瞬间涌入心底。詹慧珍默默告诉自己,全新的创业之路将由此前行,一定要一步步走出一片属于自己的华丽人生天地!

第三节　一度迎来门庭若市

"新余华丽服装店!"

"你看,原来这是新开的一家服装店呀……"

一连许多天,路过店门前的新余钢铁厂职工和家属,当看到"新余华丽服装店"的牌子时，对于这间在整修废弃猪圈上开出的服装店，无不感到有些颇为意外和欣然。

同时人们还发现，开这家服装店的，是一位年轻漂亮的姑娘。

华丽服装店门前的一条街，是新余钢铁厂职工及家属往来新余主街和厂里职工生活区必经的。因而，新余钢铁厂的很多职工及家属很快也就知道了，厂里生活区附近新开了一家华丽服装店。

对做手艺人的认可，往往是从其手艺水平的认可开始的。

因为钢铁厂的职工及家属对这位年轻的女裁缝完全不熟悉，更不清楚她做衣服的水平如何。自然，华丽服装店开业后一段时间里，送新布料来店里做衣服的生意很是平淡。

但詹慧珍却并不怎么得闲。

这是怎么回事？

原来，离华丽服装店就近的一些住户，不时拿着家里的旧衣服来店里改衣服（衣服尺寸的缩放）或拿新衣服来锁边，还或是锁扣眼等等。

对于这些在缝纫师傅看来是"边角料"的活，詹慧珍非但没有丝毫看不上眼，还都一一热情承揽下来。

"能够帮人家方便做一下又何妨。"詹慧珍心里是这样想的。

而且，无论是锁扣眼、锁边还是改衣服，詹慧珍都坚持不收钱。实际上，在新余其他缝纫店里，做这些活是要收钱的，收费标准一般是改一件衣裤一元钱，锁扣眼和锁边均为每件五角钱。

于是，慢慢地，詹慧珍的华丽服装店里这些不收钱的"碎活"，也就渐渐多了起来。

其实，这倒不是钢铁厂职工或家属贪这一元或五角的便宜，他们绝大多数人都是冲着詹慧珍的热情来的。

詹慧珍不但待人热情，而且哪怕是人家送来衣服锁一个扣眼，她的一针线也做得一丝不苟。而经她改的衣裤，不仅大小合适，而且穿起来舒适得体。

从这些细节，人们看得出詹慧珍做衣服的手艺水平。

接下来，到华丽服装店做衣服的人也多了起来。

在这些人中，有一位新余钢铁厂的程工程师，她是到华丽服装店做衣服的一位顾客。

在詹慧珍一直以来的情感深处，这位程工程师是自己人生事业历程中永远难忘的一位贵人，曾为自己指引了十分重要的方向。因而，在心底里，詹慧珍至今都亲切地称呼程工程师为"程阿姨"。

程工程师是上海人。大学毕业的她因支援新余钢铁厂建设而满怀激情地随建设大军来到了江西新余，后来她在新余钢铁厂结婚成了家，就这样一直在新余工作。

最开始，程工程师也是拿一件衣服来华丽服装店请詹慧珍改动，但就是在这一次改衣服的过程中，她对詹慧珍留下了特别的好感。

那天钢厂下班后，程工程师拿着一件七成新的衣服来到华丽服装店。

"可惜了，实在是可惜了嘞，还这样新就不穿了，女儿嫌这衣服的款式'过时'了……"

店里的詹慧珍，忽闻店外传来这样爽朗的自言自语声，她正准备起身相迎时，只见一位衣着得体、看上去很是利落干练的中年女性已站在了店里。

"哟，好年轻漂亮的裁缝师傅！"

"听别人说，这里新开了一家服装店，改衣服改得很好，我就想来把这件衣服改一改我自己来穿。"

"现在的年轻人，穿衣服都要赶时髦了，你看这还是七成新的一件衣服，说是款式过时了，怎么也不肯穿了。"

闻声知人。这位中年女性是位性格大方直率的人。

原来，她拿来改动的这件衣服是其年方 18 的女儿的一件衣服。衣服是前两年才做的，灯芯绒的料子，现在女儿嫌这件衣服款式老旧了，不肯穿。而她觉得，这么好的料子做的衣服，还这么新，扔了很可惜，她怎么也舍不得。于是就想改动尺寸后自己穿。

"没问题，您明天早上就可以来拿了。"詹慧珍热情应允，随后认真量了这位女性顾客的身材尺寸。

第二天早上，中年女性去上班时顺路来拿衣服，一试穿，改得尺寸不多一分不少一分，刚刚好。穿起来也特别舒服。

"改得很合身，你这手艺可真好！"那位中年女性对詹慧珍赞不绝口。

随后，这位中年女性告诉詹慧珍，她姓程，在新余钢铁厂任工程师。

"慧珍姑娘，我突然看到，你这服装店里连电灯都没有，你昨天晚上是怎么把我这衣服改出来的？"程工程师向詹慧珍问道。

"我的缝纫店对面有一盏路灯，我在路灯下改的。"詹慧珍回答道。

"在外面路灯下改的……"程工程师心里一阵感动，继而感叹道，"你在这样的条件下开缝纫店，真是太不容易了，条件太艰苦了！"

是的，詹慧珍开这服装店的条件的确太艰苦了：

每天，白天她要做衣服，顾客们拿来锁扣眼、绞边、缝纽扣或是改动衣服等这些活，就只能是等到晚上来做。而店里没有电灯，她就借着店外路灯下的微弱灯光锁扣眼、缝纽扣。

毕竟是破旧到了废弃程度的猪圈，尽管做了较为全面的整修，墙也是重新砌的，但缝纫店的四壁仍是满布大缝小隙，一到刮风下雨，缝纫店里便四壁透风飘雨进来。

屋顶盖的是油毛毡，油毛毡吸热特别强，在夏天，屋里热得就像蒸笼一样，而在冬天，屋里则冷得像冰窖一般。

还有，缝纫店里，有一条排水的窨井从屋里地面上铺的青石板下穿过，这是老西街的一条地下污水排放管道，是没有办法挪改的。夏天一到正午时分，污水管道里的难闻臭气就从青石板缝里飘溢出来，整个屋子充满了臭味。

生活上同样艰苦。因为店里炒菜有油烟，其实詹慧珍也舍不得把时间花在这上面。于是吃的菜，就是隔几天父亲从家里送来，无非是盐辣椒或萝卜干。她几乎餐餐萝卜干下饭，偶有一个咸蛋解馋，还得吃三餐。

店里要做的衣服太多，忙起来的时候，詹慧珍就是感冒发烧了也顾不上去看医生，就硬扛着。

……

了解这些情况后，程工程师对詹慧珍的坚强个性和吃苦精神更加感动，从此，她也时常来华丽服装店走动。

一来二去，詹慧珍于是就亲切地称呼她程阿姨。

这样，程工程师的衣服自然是交给了詹慧珍来做。但她更想帮助詹慧珍，怎样让更多的人识她的一手好缝纫手艺，让华丽服装店的生意火红起来。

不久，程工程师回上海探亲回到新余，第二天就带着她的女儿一起来到了华丽服装店。

原来，在上海探亲期间，程工程师一天逛街时，看到一位身着特别新潮款式衣服的 20 岁左右女孩，浑身充满了青春灵动的气息。

程工程师本人对着装款式和面料品质也是颇为讲究的人，因此，能让她一眼看上去就心动的服装，那肯定是款式不错的。

"这款时装可真新潮，要是自己女儿也穿上这款衣服，以她的身材，那一定十分好看的！"程工程师脑海里立即闪起这样的念头。

于是，程工程师把那女孩穿的衣服样式记在了脑海里，她想回到新余后，请詹慧珍来为做这件衣服。

在此要说一下 20 世纪 80 年代上海的新潮服装。

改革开放大潮初起，这时的上海，以其国际化大都市的前卫，在许多新事物、新观念方面领全国之先，为国人带来扑面而来的新奇气息。在服装方面，上海可谓是当时名副其实的潮流中心。

至今让人们仍记忆犹新的，就有着装色调和服饰款式风格的大胆革新。一款款色彩鲜亮、款式风格"新奇"的服装，总是率先在上海兴起，尔后在很短的时间里便风靡全国。毫不夸张地说，在 20 世纪 70 年代末、80 年代初，上海人尤其是上海年轻人流行穿什么款式、风格和色调的服装，全国各地的人们就慕逐什么样款式、风格和色调的服装。

"慧珍，你看能把这件款式的衣服做得出来么？"程工程师交给詹慧珍一张铅笔画的衣服大致图样。

詹慧珍一看，眼前立即一阵欣喜：哎呀，这是一件新款很新潮的衣服！

"我相信只要用心来揣摩，一定就能做得出来。"詹慧珍肯定地回答程工程师。

有整体款式的图样，詹慧珍心里就有底，她具备这个能力。

剩下的就是这件衣服的细节问题了，詹慧珍认为，只要整体款式做出来，那这件衣服穿在程工程师女儿身上的气质也就出来了。

几天之后，按照程工程师提供图样所做的那件衣服终于做出来了。

结果，程工程师的女儿一试穿，母女俩甚是喜欢。

"慧珍，这衣服做得跟我看到的一模一样啊！"至于这件衣服的有些细节方面，程工程师甚至认为，詹慧珍做出来的这件，比上海那个女孩身上所穿的那件还要好一些。

其实，做出来的这件衣服，从款式到做工，詹慧珍自己看了也都爱不释手。对她自己而言，在用心揣摩和制作这件衣服的过程中，也是让她欣喜兴奋的过程。因为，这是她第一次触碰到这样新潮款式的时装。

"何不再做一件挂在店里作为款式样品，如果有人看了后喜欢，那就可以照着这件的样子来量身定做。"詹慧珍觉得，这件衣服款式一定会得到很多女孩的青睐。

果然不出所料，当做出的同样款式的一件衣服挂在店里之后，新余钢铁厂不少女青年纷纷来店里做这款衣服。

后来，新余市区也有不少女青年专程慕名前来做这款服装。

……

一款衣服带来了意想不到的好生意，这令詹慧珍着实欣喜不已！

渐渐的，新余华丽服装店也为越来越多的人所知晓。

新余华丽服装店的顾客日渐增多，詹慧珍在心里告诉自己，大家是认可自己的缝纫手艺而登门来做衣服的，那就一定要把每一件衣服都做好，切不能让别人失望。

做衣服是个细致活儿，除了技术，还要有耐心与细心。尤其是耐心，很多时候都是来自于满足不同顾客在衣服上的细节要求。对此，詹慧珍从来都是认真对待每一位顾客的要求。

詹慧珍对服装制作的精益求精，赢得了顾客的赞许。店里的回头客多，新顾客也渐渐多了起来。

在新余市老西街，这家位置毫不起眼的小小服装店，开始变得门庭若市。

华丽服装店里，花花绿绿，色彩鲜艳的女性服装面料，藏青、深灰等男士布料，一沓沓堆在案板上……这些都是顾客们拿来的布料，等着早日能拿到做出的衣服。

詹慧珍开始日夜忙碌起来。

那些日夜赶工的时光，辛苦劳累不言而喻，但在詹慧珍眼里，那就是一道看不厌且顾客给予自己缝制技术肯定及力量支持的风景呵！

第四节　时代渐变中的迷茫

20 世纪 80 年代中期，现实生活中涌现的最令人心动的新鲜色彩，或许就是人们穿在身上的衣服了。

服饰，以一种无声却丰富的语言传递着时代跃动的崭新气息。

潮流的动感与时尚的脚步，体现在服装上，一定程度上代表着那个激情四溢时代日新月异的发展节奏。

可否还记得，20 世纪 80 年代初一部名为《街上流行红裙子》的彩色故事片在全国上映，这是一部激起人们对新思潮、新时尚热切之情的作品。

但在影片引发人们观影热潮的同时，对于全国各地的个体服装店而言，怎么也没有想到，就在这部电影上映后不久，随即引发了无数少女纷纷走进服装店去做电影中女主角所穿的那款红裙子的热潮。

在那个夏季里，做得出这种款式红裙子的服装店，生意红红火火。若是做不出这种款式红裙子的服装店，那一个夏季里就只能是生意冷冷清清了。

做裙子，对詹慧珍来说此时已是得心应手了。

因而，当那个夏天电影中女主角所穿的那款红裙子在新余悄然流行，詹慧珍几乎是新余开个体服装店者中第一个做出那款新潮红裙子的人。而且，詹慧珍还在这款裙子的基础上进行了改进，让裙子的样式更好看、更受女孩们青睐。

自然，那个夏季里，华丽服装店门庭若市，一天到晚不是来做裙子的就是来拿裙子的。詹慧珍日赶夜赶，加班加点，很多时候忙得连吃饭都是囫囵吞枣扒几口就了事。

可她心里喜滋滋的。她没想到，自己服装店的生意竟然会这么好呵！

……

然而，詹慧珍却没有想到，在这个夏季悄然过去之后，自己店里的生意转而又渐渐回落了。

变化的端倪，始于这一年的下半年。

一开始，是一位女孩来到华丽服装店，询问詹慧珍是否可以做一款现在电视里很流行的"幸子衫"，她十分想做一身这种款式的衣服。

"幸子衫？"詹慧珍还是第一次听这款衣服的名称，"你能告诉我这种幸子衫的具体款式吗……"詹慧珍紧接着问那位女青年。

见詹慧珍这样问自己，那位女孩连一句话都没有说，转身就离开了店里。因为她知道，詹慧珍没有见过这种款式的"幸子衫"。

这让詹慧珍一时不明就里。

詹慧珍当然会不明就里！因为，山口百惠主演的日本电视连续剧《血疑》刚刚在中国热播，女主人公大岛幸子身上的那套服装——幸子衫，立即成为中国青年女性青睐的热门服装款式。随后不久，全国各地的书店里还出来了《幸子衫裁剪法》《幸子衫设计法》等书，热销一时。

詹慧珍没有电视机，即使有电视机她也没有时间看，每天晚上她都要赶制服装到深夜，她根本不知道正在热播的日本电视连续剧《血疑》，也当然就没听过"幸子衫"这种衣服款式的名称了，更不知道"幸子衫"是什么样子了。

随后几天，来华丽服装店想做"幸子衫"的女青年突然增多。

这样，詹慧珍才知道了"幸子衫"这种最新流行女装款式是怎么回事了。于是，她也明白了前几天为何那位女青年一言不发转身就离开服装店的真正原因了——别人知道自己做不出来啊！

……

接下去，詹慧珍发现，每隔一段时间就会有新的流行女装款式出来。

而且，这些新款女时装连名字听起来也让人倍感新奇。比如，有什么连体裤、迷你裙、超短裤、哈伦裤、健美裤，还有蕾丝裙、中性套装等等。对这些女装的名称，詹慧珍都是闻所未闻，真正的款式更是之前从未曾见过。

渐渐的，詹慧珍越来越感到，自己好像与外界远离了一样，竟然对这么多新款式、新流行的服装知之甚少。

在努力追赶女装潮流时尚之变的过程中，詹慧珍真切地感受到，自己对服饰的新潮流新时尚掌握已开始滞后了，自己在北京服装学院所学的那些服装知识已经落伍了。

这样的情况，对华丽服装店的生意影响，也开始显现得越来越明显了。因为这些新潮流款式的女装自己不会做，店里的生意也冷清了许多。

"一种新款式衣服自己不会做，那别人就到其他服装店去做了，结果原来在自己店里做的其他款式的衣服也渐渐到别的服装店去做了……"

詹慧珍意识到，这样下去自己服装店的生意终将难以为继。

不仅仅女装的情况如此，随后詹慧珍又发现，男装的情况也同样是这样。

1983 年前后，西服作为男性服装时尚潮流，开始骤然热了起来。

在江西新余市，新钢的男青年职工中，越来越多人开始把"西装革履"作为展现男人风度的着装。特别是准备要结婚的男青年，都纷纷把西装作为自己在婚礼上着装的首选。

于是，不断有人上华丽服装店的门，想找詹慧珍做西服。

西装的主要特点是外观挺括、线条流畅、穿着舒适。配上领带或领结后，则更显出风度和气质。同时，西装的流行与时代热情奔放的气息高度吻合相融，在流行后很快得到社会上广大男性青年的青睐。

然而，西服的结构和缝制工艺非常严谨。它是以男人体形结构、人的生理感知为本，建立的一套较科学、规范的立体塑造方法，即根据款式特点，较理想地强调出男性形体的最佳状态，表现出造型设计的完美，成熟及艺术性的要求。这无不与结构、工艺设计的完备、精致及严谨性紧密相关的，从而体现出现代男装审美意识的主要特征。

因此，做得出一手好西服需要相当高的设计、裁剪和缝纫技术。

在西装开始流行起来后，詹慧珍开始琢磨西装的制作工艺，也尝试着做过几件，但总觉得自己做出来的西装样式"木讷"，不灵动。

"一件西服，人家买布料的钱少则几十元，多则上百元，我这样勉强的做西装的手艺水平，不能接别人做西装的活。"

詹慧珍就是如此实在的人。

同时，在詹慧珍心里，对服装手艺其实是心存敬畏的。对做某款服装的手艺不过关，则决不敢贸然接下活。

当年西装刚开始在新余流行时，大部分人身上穿的西装又有几件是制作工艺水平精湛的，人们其实只在乎流行的款式，还根本来不及讲究细节。而在新余市，那些什么款式服装流行就"大胆"做什么新潮服装的服装店，又有几家是达到了西装制作高水平后才开始做西装的。

但詹慧珍不管别人怎么想、怎么做，她坚持自己的想法。

"我想做一套西装，你店里能做吗？"这一天，又一位年轻的新钢职工拿着一块面料走进华丽服装店，希望在詹慧珍店里做一套西装。

一段时间以来，已有很多人来店里询问做西装了。

每一次，他们热情而来，却又都在詹慧珍的解释与道歉声中失望离店。

"哦，真对不起，西装我从来没有做过……我店里不做西装。"詹慧珍如实相告。

"你店里连西装都做不了，那你这个缝纫店今后还怎样开下去？！"那位青年职工在失望走出店门时，留给了詹慧珍这样一句话。

这位年轻职工的一句话，仿佛重重地击中了詹慧珍的内心，一种沉重的挫败感继而开始让她陷入了焦虑与深思：

"是啊，这样的衣服做不了，那样的衣服也做不出来，那自己的服装店将来还怎样开下去啊！"

"你不会做这些衣服，顾客就不来了。没有了新顾客，老顾客又慢慢减少，那将来店里就会是冷冷清清了。"

"再加上，现在商场里卖的服装越来越多了，专卖衣服的服装店也出来了，那些衣服的款式很新潮，做工也比缝纫店里做得好，一件衣服的价格相比在服装店里做的还要便宜一些。"

一款时髦的服装，一度给华丽服装店带来顾客盈门。而不会做各种潮流服饰，又逐渐让华丽服装店陷入现在这样门庭冷落的境况。詹慧珍越来越意识到：这已不是一个对顾客歉意和尴尬的问题，长久下去，那将是一个关系到华丽服装店难以生存的问题。

生意出现前后这样大的变化，让詹慧珍不得不开始深思。

从未曾有过的焦虑与紧迫感，日渐纠缠在心底，让詹慧珍不得不开始思考一个严肃的问题——如何去改变自己服装店的这种状况？如何才能让华丽服装店再度顾客盈门？

"你一次两次做不来新款式的服装，还是只会做以前那些老款式、过时的款式衣服，别人就慢慢不会来你店里做衣服了……这样久而久之，你店里也就变成冷冷清清的境地了。"

"看来，店里原来生意不好的根本原因就出在这里，城里人穿衣服讲究，对衣服款式式样的讲究有时比对料子还要讲究。"

"必须要从衣服款式上下工夫，才有可能改变华丽服装店现在的这种情况。"

于是，一个想法开始在詹慧珍心里萌生而出：今后自己要在衣服的新款式上多下工夫，从这方面去改变华丽服装店的生意状况。但问题是，怎样才能获得新潮服装的款式、设计思路呢？自己今后怎样才能不断设计、制作出受人们欢迎的服装来呢？

终于，在深思中詹慧珍的方向明晰起来——去学习新潮服装的设计与制作。

一天，当詹慧珍把自己的这一想法告诉程工程师后，随即得到了她的肯定和鼓励。

与此同时，程工程师还建议詹慧珍选择到上海去学习。

"我每次回上海，都发现有新潮服装出来，上海一直就是全国服装潮流的发源地。特别是上海培罗蒙服饰有限公司，全国的西服款式几乎都是这里出来的。"程工程师热情地告诉詹慧珍，如果去上海学习，自己会积极想办法来帮助她联系，最好是能到上海培罗蒙服饰有限公司学习。

詹慧珍的想法得到程工程师的认可和鼓励，并且她还答应帮助联系学习之事，这给了詹慧珍决定去上海学习潮流服饰以极大信心。

第四章
追梦那一程百转千回

付出的无尽辛劳和执着坚守，却并未给予詹慧珍丰饶的回报。

与之相反，新余华丽服装店生意平平，追赶时髦服饰的年轻人更是对这里鲜有人问津。

时代前行的脚步如此之快，服装款式和风格的流行元素变化日新月异，不深谙服饰潮流时尚，怎能赢得市场的青睐！

终于解悟出其中的原因后，詹慧珍做出了一个颇富勇气的大胆决定——前往引领全国服饰潮流的中心上海，进入一流服装品牌设计大师云集的"培罗蒙"，潜心学习深造。

怀揣借来的六千元学费，詹慧珍又一次为梦想而坚定地远行。这一次的目标，更为壮阔与清晰，脚步也由此更加从容稳健。

上海，这座新中国成立后具有举足轻重地位的城市，在改革开放之前，始终以其东方国际化大都市的特有优势，成为众多新潮生活方式和生活审美情趣的前沿地。

改革开放初期，国门渐开。当潮涌而来的国际时尚与缤纷潮流，纷纷开始在上海抢滩登陆，此时的上海，以一种前所未有、令人目不暇接的繁华，向国人展示出不愧为"东方巴黎"美誉的国际化大都市的无穷魅力。

上海，一时成为国人心目中对于各种时尚潮流的风向标。

在上海不到一年的潜心求学时光，不仅是詹慧珍完成对服饰专业知识全面提升的重要一程，而且也是打开她在服装领域开创广阔天地的关键所在。

第一节　举债前往上海进修

1984 年端午节前的几天，程工程师回上海探亲。

程工程师的确是一位热心肠的人。此行回上海，她把帮詹慧珍联系到上海进修学习的事很是放在心上。

回到上海后，程工程师专门抽时间去找自己的朋友，帮着张罗为詹慧珍到上海培罗蒙服饰有限公司进修学习的事。

在程工程师朋友的热心帮助下，事情很快有了进展。

培罗蒙公司答应，接纳詹慧珍来公司的服装中高级进修班进修学习，学习时间为 8 个月，而且安排在当年的 8 月入学。

这里，有必要介绍一下培罗蒙公司的服装进修班。

20 世纪 80 年代，我国服装行业异军突起的发展使得服装人才严重缺乏。作为当时国内服装领域的一家著名企业，培罗蒙公司不但在时装潮流款式设计和新品开发中起到了重要的领军作用，而且对服装行业急需人才培养尤其是高级人才的培养发挥了积极作用。

根据当时的国家纺织工业部要求，培罗蒙公司从 1982 年开始以进修班的方式，每年有计划地接纳一定数量来自全国各地的学员进修学习，这些学员几乎都是具有一定服装缝纫及设计基础的学员。从培罗蒙服装进修班走出去的学员，后来成了中国服装行业里的一支中坚力量。其中，更有一些人成为服装制作及设计领域里的翘楚。

因为想进修的人数实在太多了，因而，能进入培罗蒙进修班学习的机会显得实在珍贵。

终于，为詹慧珍争取到了进修学习机会，程工程师自然是心中十分高兴。

端午节过后约莫一个星期，程工程师从上海返回了江西新余。

为了第一时间把好消息告诉詹慧珍，程工程师一下火车，便首先来到华丽服装店。

"慧珍……慧珍，告诉你一个好消息……"

詹慧珍正在服装店里专心裁剪着布料，忽然她听得店门外传来一阵爽朗而响亮的中年女性的声音——程工程师的声音如此的熟悉和亲切。

"哎呀，是程阿姨从上海回来了。"

詹慧珍立即起身迎出门去。

"慧珍啊，我刚从上海回来，到家里一放下行李，可是连口水都没来得及喝就赶来你这里了。"

程工程师满脸悦色且如此急切，看来，她一定是从上海带来了好消息！

詹慧珍猜得一点也没有错。

"慧珍，这次回去，我托人找了上海培罗蒙服装公司的那个熟人，他已经和公司说好了，答应了你到公司去进修学习！"程工程师一脸兴奋地对詹慧珍说了去培罗蒙公司服装中高级进修班的具体情况。

"这样呀！那真是太好了！"詹慧珍听到这消息，喜出望外。

"不过嘛……还有一点，我不晓得你能不能承受的呀……"程工程师欲言又止。

"程阿姨，不过怎样呀，您尽管说，只要是能去上海培罗蒙公司学习，我都可以做到……"詹慧珍急切地催问道。

"就是有一点，学费可不便宜的，一年要六千块钱啊，还有你平时吃饭的钱和零用钱开支……这对你是一笔很大的钱啊！"程工程师知道詹慧珍的经济状况，她怕说出来詹慧珍会因此无奈放弃而感到伤心，但这又必须要说。

"那这真可是一笔不少的钱啊……"

正如程工程师事前所预料的那样，听到学费的数目，詹慧珍心里顿时一沉——这对自己来说简直就是一个天文数字啊！

"慧珍，你的情况阿姨我知道，如果这次去不成没关系，我倒是跟上海的熟人那边说一声就是了。以后你要是经济条件好了再想去，我再找他就是了。"程工程师显然看出了詹慧珍内心里的难处，于是这样委婉说道。

程工程师走后，詹慧珍陷入了良久的痛苦深思，当天晚上她更是彻夜难眠。

高昂的学费，现在成了自己去上海进修的"拦路虎"。是放弃，还是想尽一切办法去实现自己的目标？摆在面前的选择是如此艰难啊！

内心之所以如此苦痛纠结，正是因为詹慧珍不想放弃！

"自己已经找到了将来改变华丽服装店经营状况的路，那为什么不大胆去实现！"詹慧珍一遍遍在心里告诉自己：与其这样维持现状，不如现在咬紧牙关去努力改变。

终于，经过一整夜的思考，詹慧珍最后还是做出了自己的决定——想尽一切办法去上海进修！

做出这样的决定之后剩下的就是去借钱。

因为，家中的经济状况根本无法承受，她也再不忍心父母为自己学艺而吃尽苦累，更何况自己现在本应该是好好开服装店赚钱帮助家里的时候。

于是，詹慧珍决定暂不告诉父母这件事，一切都自己来想办法借钱。

接下去的一段日子里，詹慧珍在顾及华丽服装店生意的同时，开始不停地四处奔波去借钱。凡是能想到的、认为可以借得到钱的同学、熟人那里，她都去跑都去借。

在借钱过程中，当同学和熟人知道了情况后，很是佩服她的勇气。

但也有人说："你这是疯了，自己过得这么苦，还敢背这么多的债去学习！"

但随后，詹慧珍为去上海学服装而四处奔波借钱的消息，还是传到了父母那里。

"慧珍，你怎么不跟家里讲，你要去上海学新式缝纫手艺，这是好事呢！"父亲再一次对女儿詹慧珍的决定给予肯定与支持。

詹慧珍和家人向亲朋好友借来了六千多元去上海拜师学艺，詹慧珍永远难以忘记，当年家人把借来的六千元"巨款"放在自己手里的那一刻，她眼里顿时盈满了泪。

是啊，任何时候，家人总是毫无条件地尽一切能力支持自己的梦想。

而母亲，又何尝不是同样如此。

只是，这一次母亲非但不支持，而且还极力阻止女儿詹慧珍去上海，却是另有其他原因。

"慧珍啊，妈妈不是不让你去上海学习，更不是舍不得为你学习花钱，妈妈是心里担心呐！"原来，詹慧珍的母亲不知什么时候听人说过，"上海人贩子很多，外地人到了上海，不少人就会被人贩子拐卖，特别是年轻漂亮的姑娘，就更是容易被人贩子给贩卖掉。"

这就是母亲反对詹慧珍去上海学习的原因。

一听妈妈说出心里的这种担忧，詹慧珍知道，母亲是把从别人那里听来的这个"马路消息"当真了。

"妈妈，那是别人瞎说的，上海那么文明的大都市，怎么会有人贩子呢。您放心，我保证到时会好好地回来，回到您身边！到了上海，我会经常跟家里写信回来的……"詹慧珍一再让母亲放心。

"要是不会被坏人贩走，那你就去吧，妈妈知道，你打定了主意的想法别人再怎样说你也是很难改变的。"

儿行千里母担忧。在母亲的心里，还有对女儿詹慧珍的难舍。

"不知当年为何胆子那么大呵，而且心底里的愿望是那样强烈！"每忆起那年去上海进修学习的往事，詹慧珍都那样感慨不已。

第二节　披星戴月苦学艺

时光年轮里的每一段行走结束之后，转过头来回忆，我都发现是那样庆幸。庆幸自己当年的那份坚定信念，庆幸自己当年做出的那个决定。

——詹慧珍

1984 年 9 月底，怀揣着学到现代潮流服饰设计制作精湛技艺的热切渴望，詹慧珍从江西新余奔赴上海，进入到著名的上海培罗蒙服饰有限公司学习。

上海培罗蒙服饰有限公司始建于 1928 年，当时作为"舶来品"的西服，还只是刚刚在上海流行。

作家木心在他的《上海赋》一书中写道：上世纪三四十年代的上海，"西装店等级森严，先以区域分，再以马路分"，培罗蒙所在的静安寺路（今南京西路），是最高档次西服店聚集地，其中培罗蒙、亨生、启发、德昌，并称"四大名旦"。这些西服店做一件西服要花 7 个人工，而一般的西服店只要 5 个人工，当然价格也不菲，最好的英国呢料西装，一两黄金也只能做两三套。

此后，为在上海服装界尤其是在西装制作领域独占鳌头，培罗蒙重金聘请当时奉帮裁缝的四大高手作为总裁剪师傅。

通过此后几十年的不懈努力与发展，培罗蒙终成上海服饰业界响当当的大品牌，也成了代表中国服装最高水平的服装企业之一。

改革开放后，培罗蒙秉承民族品牌精神，以对服饰潮流时尚的敏锐感知和大胆革新，又一次成功吸引了渴望时尚、紧跟潮流的上海人的目光。搭准时代脉搏的培罗蒙技师们，大胆打破了过去西服定制的传统样式和面料选择的局限，借鉴西欧、北美等地区的流行款式，根据国人的穿着习惯和民族风格摸索出"海派西服"的做法。师承正统欧式西服裁缝的培罗蒙高级技师、业内人称"一代名剪"的陆成法师傅，通过在设计和剪裁中改变袖子的前后位置、袖笼大小、胸部窄宽比例和前后领圈的尺寸，制作出的肩胛薄、衬头软、胸脯小、腰身直的海派西服样式，至今仍是定制西服的经典样式。

同时，培罗蒙西服定制中心，还承担着为各国元首、政府要员及社会名流定制西服的殊荣。

不管是传统服饰还是潮流时装，其精湛工艺无不出于扎实的基本功。

例如，一个时装款式，由于量体、裁剪的好坏不同，都将产生完全不同的效果。因此，对于所有学习服装裁剪制作的人来说，是否掌握了量体裁衣的基本知识，这对能否做出质量上乘、合体美观的服装，实在是至关重要的。

因而，培罗蒙高级服装进修班规定：进修学员无论是什么功底水平，一开始都必须从裁剪最基础的工艺重新学起，而后再跟着师傅学艺。

对于詹慧珍而言，理论与实践两方面的基本功均已达到了相当扎实的程度。但她却深知，培罗蒙的名气来自于半个多世纪的积淀，自然在服装设计与制作的基本功上自成一体。

的确如此！詹慧珍随后在学习中那样真切地感受到了。

比如，在培罗蒙西装的裁剪和制作过程中，通过操作要求上的推、归、拔、结、沉一道道工序和西服内衬因制作上的胖、窝、圆、服、顺等细节要求。同时，加上裁剪上的刀功、缝纫中的手功、定性上的车功、成型后的烫功四功到家，达到得天独厚的境地。经过这样多道精益求精的工序，培罗蒙公司生产的"培罗蒙"牌西装外形上平、直、戤、登、挺，而穿在身上又舒适自然，将男人的气质展现得淋漓尽致。

再比如，一件女装，穿在身上尽显曲线玲珑，却一丝皱纹都没有。

这秘诀，也就在培罗蒙服装的技艺基本功里。衣服之所以没有曲线，因为相对于人体，有多余的布料。所谓贴体，就是把多余的布料、把所有产生皱褶的地方通通删掉，这个删掉方法有很多种，其中之一就是做省。

又比如，整件服装是由缝道将各个衣片连接起来所形成的造型，因此缝道的处理技术至关重要。

在培罗蒙服装制作工艺的缝道工序中，要求缝道尽可能地设计在人体曲面的每个块面的结合处：即女性胸点左右曲面的结合处——公主线；胸部曲面与腋下曲面的结合处——前胸宽下侧的分割线；前后上体曲面的接合处——肩线；腋下曲面与背部曲面的结合处——后背宽下侧的分割线；背部中心线两侧的曲面的结合处——背缝线；腰部上部曲面与下部曲面的接合处——腰围线等。缝道设计在相应的结合处，使服装的外型线条更清晰也与人体形态相吻合。

基本功的学习，学员是在培罗蒙公司车间的设计裁剪过程中进行的。

每天设计裁剪车间一上班，詹慧珍总是来得最早的，帮助设计师和裁剪师完成一天的工作准备。在师傅们边工作边向学员们讲解的过程中，对于设计、裁剪的每一项基本功，詹慧珍都专心致志，聚精会神，用心记忆和领悟。

每天晚上回到宿舍之后，她还会对一天的学习内容进行详细梳理，逐项整理成学习笔记。

在每天的学习过程中，师傅有喝茶休息的间歇，这个时候，学员们也是可以同时一起休息的。但詹慧珍不休息。在师傅休息的间隙时间里，她就把师傅已经做好的设计与裁剪的样拿起来仔细看，用心揣度。

有一天，师傅画好了图样，突然对詹慧珍说道："小詹，来，你来。"

"我来裁剪……"詹慧珍以为自己听错了。

"对呀，你来裁剪。"师傅点头示意到。

得到师傅的肯定答复，詹慧珍内心划过一阵激动。

要知道，在培罗蒙公司，师傅们做高档西服过程中的任何一道工序，是极少让徒弟上手的。而一旦师傅让徒弟上手，那实际就意味是师傅已对徒弟的技术很是信任了。

一点没错。詹慧珍刻苦勤学的点点滴滴，师傅都看在眼里，尤其是对她极强的领悟能力更是心中高兴。

现在，师傅想检验一下詹慧珍了。

接下来，在詹慧珍裁剪过程中，站在一旁观看的师傅点头微笑道：顺应如流，灵活自如，轻松自然……

一个多月时间里，詹慧珍以出色的基本功赢得了师傅的高度肯定。

"静得下心，吃得了苦，领悟力高。"师傅心里开始认定，自己的这位弟子的确是块"好料子"！

与此同时，一个多月时间的相处过程中，师傅已经真切感受詹慧珍诚恳与纯朴，感受到了她内心全面提高服装各方面技艺的强烈渴望。

基本功的学习结束后，就是学员们一对一地跟着名师学习了。

在培罗蒙，有着一批身怀服装设计与制作高超技艺的名师，他们在公司享有很高的声望。外地进培罗蒙公司进修学习的学员，在完成基本功阶段的学习后，就由这些名师来带。

詹慧珍跟着的是一位张师傅，是培罗蒙"泰斗级"的人物。

能跟着张师傅学徒，詹慧珍自然无比欣喜。只是她此时还不曾料到，在自己此后的人生事业道路上，师傅是在自己关键转折点上的重要指路人之一。

第三节　上海服装大赛一鸣惊人

日子在潜心的刻苦学艺中悄然而逝，不知不觉中，詹慧珍来上海学艺已半年多了。

在这半年多时间里，对于詹慧珍勤奋刻苦学艺的点点滴滴，踏实做事、诚恳待人的品格等等这些，师傅全都看在眼里。

尤其让师傅欣慰的是，詹慧珍在学艺过程中对时装所表现出的聪慧、踏实和敏锐感悟能力，加上之前已经具备的扎实基本功，这些使她得以较为系统地掌握了各类时装设计和制作的全面知识。

尽管此时她还不曾那样深刻地意识到，但在此后回到家乡新余创业的过程中，她逐步发现，在上海学艺过程中，除了对各类时光款式设计和制作的实践能力，更为重要的是自己对于前沿服装设计领域思维的接受，对于顶级服装质量水准意识与理念的形成。

例如在西服制作方面，她深深认识到，每一件完全以顾客为标准，量身定制的高级定制西服，都是凝结着裁剪师灵感、心血和高超技艺的艺术品。同时，针对客人身材的特点，对一些缺陷进行修饰则是非常重要的设计与制作技艺，处处体现在对细节的精确把握与处理中。着装者的肚子较大、脖子多肉等都会影响着装的效果，裁剪时就要做相应的处理，"归拔"熨烫的时候也要注意角度，按照具体的需要进行。

更为重要的是，当时的上海时装不仅以各种款式的方式，而且还以各种特征鲜明的独立元素，引领着改革开放之初中国整个时装的主潮流。上海时尚服饰其时已从巴黎、米兰、伦敦、纽约时装界借鉴引入了名牌战略、名设计师、时装模特、时装表演、时装节和定期发布服装流行款式等概念和模式。这些，让詹慧珍眼界大开。

这一切，将成为她在服装产品开发中从款式到品质实现不断超越的不竭源泉！

为师者最欣赏与钟爱的，莫过于学生"青出于蓝而胜于蓝"。正因如此，对于这位来自革命老区江西的纯朴女徒弟，师傅渐渐越来越厚爱。

甚至，师傅和他的一家人也都慢慢把詹慧珍当成家人善待了。

由此，师傅除了对詹慧珍学艺的指教更加用心之外，也开始思考——如何把自己的爱徒推向上海服装界大舞台。如此，不仅可以让詹慧珍在更高的层面得到历练，更为重要的是，师傅想以此让詹慧珍在服装设计领域的眼界更宽广、目标更高远。

因为师傅认定：詹慧珍的服装设计和制作水平，已完全具备参加上海服装界大赛的水准，是时候把爱徒推向更高历练的舞台了！

作为上海服装界的"泰斗级"人物，师傅一旦想到了要把詹慧珍"推出去"，当然有他的思路和渠道。

师傅的这个思路和渠道，就是热情鼓励和引导詹慧珍，去参加上海高水平的服装设计大赛。通过这样的途径，让詹慧珍获得逐步展示自己才艺的舞台，从而得到更多更高水平历练的机会。

这时是1985年春节刚过，距离上海服饰精品展已为时不远。

提起上海服饰精品展，20世纪80年代初，不仅仅在整个全国服装设计界，而且在全国众多的市民百姓尤其是年轻人群体中，可谓是一年中最为引人注目的服饰盛事。

上海服饰精品展由上海市服装设计研究所举办，每年一届，每届为期一个月。展览虽冠名为"上海"，但这项服装大赛却是一项全国服装界的盛会。

这项展览的最初主要宗旨，是搭建汇聚最新时尚新潮设计服饰的大舞台，通过这种方式推动我国服装设计的水平和行业发展。大赛举办期间，来自全国服装界的众多高水平设计师们，纷纷带着自己的服装设计作品前来参赛。所以，服饰精品展期间，最为重要的内容就是服饰设计大赛。事实上，上海服饰精品展就是一年一次的全国服饰设计新品大型赛事，也是一场当年新潮新款服装集体亮相的展览盛会。

这项大赛还有一个重要方面，那就是从中发现优秀服装设计人才。

对于全国服装界来说，更让人注目的是，上海服饰精品展已成为全国服饰潮流的风向标——精品展上集体亮相的服饰设计新品，往往就是当年服装潮流的走向，只有瞄准了这个潮流，才能踩准当年全国服饰主流的发展脉搏！而对于服装设计师特别是服装设计界的新秀们而言，上海服饰精品展不仅是他们走向全国服装界高水平舞台的通道，而且也是他们获得业界认可、在业界崭露头角的关键一步。

师傅对詹慧珍的培养擢拔可谓用心真切，他要将自己的爱徒詹慧珍推向上海乃至今后全国服装界的阔大舞台！

这一天，与往常一样，从服装厂下班、匆匆吃过简单的晚饭后，詹慧珍便赶到了师傅家中，准备开始当晚的跟师学艺。这是师傅从带她以来每晚额外加的课。

"小詹，你先别急着做裁剪，我先跟你说件对你十分要紧的事情。"

詹慧珍刚踏进师傅家的门，师傅一改往常起身要准备工作的惯例，而是满脸含笑地向詹慧珍招呼，招手示意她在客厅的沙发上坐下。

"师傅，什么高兴的事情呀，看您今天这么高兴的样子。"詹慧珍好奇而急切地询问起师傅来。

"当然啦！我有个想法跟你说。"师傅招呼詹慧珍坐下。

"是这样，上海市服装设计研究所要举办一个精品服饰展览会，你好好准备一下，设计出自己的作品送去参展。这是展示你设计才华的好机会，千万不要错过。"师傅十分认真地对詹慧珍说道。

"我设计制作自己的作品，去参加上海精品服饰展大赛……"突闻师傅的这番话，没有任何心理准备的詹慧珍既喜又怯。

喜的是，参加上海精品服饰展服饰设计作品大赛，这何尝不是詹慧珍心底由衷企盼的。

然而，让詹慧珍心感胆怯的是，她深深知道，上海精品服饰展服饰设计作品大赛那可是全国业界高手如云的最高水平的大赛，虽然自己进入的是生产全国著名服装的公司学艺，而且还幸运地单独从师于张师傅这样的服装界顶级名师，可毕竟还只是学艺刚半年多时间啊！

　　其实，就在几天前，詹慧珍已经得知了上海市服装研究所要举办全国性服装设计精品展的消息。只是，上海市服装研究所是全国服装行业为数不多的国有服装科研机构之一，这样高规格机构举办的全国服装设计大赛，自己让詹慧珍心里本能地觉得望而却步。

　　"师傅，这我恐怕不行，我的水平……上海和全国服装界有这样多高水平的服装设计师，以我自己这样的服装设计水平，怎么敢去参加这样的高层次展览会……"詹慧珍的语气里尽显胆怯与自信不足。

　　知徒者莫过于师傅。

　　詹慧珍的胆怯和顾虑，其实早在师傅的意料之中。大半年来，手把手的传授和由此结下的深厚师徒深情，让这位慈父般的师者对爱徒詹慧珍已知之甚深。

　　"你的水平已经很是不错了，你跟着我已快半年了，这个为师心里是最清楚，最有底的！"

　　"你不要小看了自己呵，更何况，即使在展览会上不能取得好的成绩，那这也是一次提高自己水平的很好机会。要知道，这次服装设计精品展，汇集了整个上海服装设计界的高水平人员参加，向别人学习长处，对你的进步很有帮助。"

　　师傅的每一句话，都饱含着深切的关爱和鼓励。

　　"嗯，师傅，那我去，而且我还一定会认认真真准备去参加这次比赛的！"深深感受到了师傅一片良苦用心的詹慧珍，连连用力点头。

　　"这完全要靠你自己了！"师傅声言在先，他不会在詹慧珍进行设计创作过程中给予任何指点，以免对设计构思造成影响。同时，也不会在评比过程中向评委中的任何人去打"关照"的招呼。

跟随师傅学艺这么久了，詹慧珍已深深知晓，师傅就是这样的一位严谨名师，他和他的学生恪守对于技艺的一条职业底线——以至真至诚的态度去对待自己安身立命的技艺！

"师傅，我明白了，从今晚开始，我就开始准备设计参赛一事。"詹慧珍满脸自信地向师傅作答道。

把参加这次比赛，当作一次提高自己的学习机会！

詹慧珍暗下决心，既然决定参加这次比赛，那自己就一定要好好准备，一是检验一下自己设计的真正水平，二是争取能够获得比赛名次，不辜负师傅的鼓励和期待。

按照这次服装精品展的规则，比赛分为两个阶段。第一个阶段，是参赛者先将自己设计的服装作品送交比赛评委会，进行初评。第二个阶段，是所有参展作品中选出的入闱作品，由设计者担当自己设计作品的模特，现场登台走秀。这两个阶段的两项成绩相加，最后得出参赛者最后的总分数。

詹慧珍随即开始为第一个阶段的作品设计做准备。

一连数日，詹慧珍夜不能寐，安静的深夜里，她苦苦思考着设计作品的构思，可依然没有一点头绪。

随后几天，她又借来不少服装设计类的杂志和书籍，想从中得到借鉴、得到灵感，可仍旧是一片茫然。

距送交参赛作品的日子越来越临近，詹慧珍心里开始有些焦急起来。

"那就到外面去采风，说不定就找到设计灵感了！"师傅看出了詹慧珍心里的迷茫焦急，于是给她点拨思路。

"对呀，找服装样式参考，借鉴思路，打开自己设计作品的突破口！"詹慧珍心有灵犀，一点即通。

"在上海，最繁华的地方是淮海路、解放路和外滩等这几个地方。这几个地方每天都是人来人往。更重要的是，这些地方川流不息的人来自全国各地和世界各地，他们的着装服饰，从款式到风格，那不就是汇聚了全国各地和世界各地的风格款式了……"师傅的大儿子也热心为詹慧珍出点子、想主意。

对詹慧珍参加服装设计大赛，师傅的大儿子也始终给予热情的鼓励与支持。

在学艺时光里渐与师傅一家人融入亲情般的情谊中，詹慧珍对师傅的大儿子也视之为亲情般的兄长。听到父亲点拨詹慧珍要出去采风找设计灵感，于是他立即出主意，建议詹慧珍到淮海路、解放路和外滩等这几个地方去采风。

"这样，我把我的照相机给你用，如果看到了有风格特色的服装款式，你就用照相机都一一拍下来，到时我把照片洗出来给你，就可以认真揣摩研究。"兄长为詹慧珍想得如此周到细致。

随后，兄长又耐心地教会了詹慧珍使用照相机。

一切都准备妥当了。第二天，詹慧珍早早地起床，首先来到了外滩。因为她早就知道，很多外地游客或者来沪出差的人员，是一定要来游览和欣赏上海外滩美景的。

其实，著名的外滩美景同样让詹慧珍为之神往。

但为珍惜在上海这来之不易的宝贵学习机会，一年多来，詹慧珍的脚步几乎就是在培罗蒙服装公司和师傅家里这两处地方来来往往，极少走向繁华大上海的任何一处风景。

这一次来到外滩，也是詹慧珍第一次真正走进上海这座国际化大都市。詹慧珍既要完成为服饰设计寻找借鉴素材的任务，也还想好好欣赏一下上海这座大城市的美景。

在晨光中渐渐醒来的上海外滩，这里天空上的云彩尤似一幅静谧而深远的美丽油画。灿烂明丽的朝阳之光，洒在沿浦江而矗立的"万国建筑群"，在晨光中的光影变化，更凸显了这座被誉为"东方巴黎"大都市的魅力……

徜徉在黄浦江畔，詹慧珍视线里应接不暇的各种景致，错落纷繁、璀璨绚烂。这是一种难以用言语来形容的都市大美景象！

但她更为期待出现在自己视线里的，是一款激发设计创作灵感的服饰。

詹慧珍专注的目光，不由自主地开始转向往来的人群。

忽然，一个身材高挑的女性身影从詹慧珍的视线里一闪而过。

詹慧珍的敏感目光，立即下意识地跟了过去——从每一个角度、每一个侧面看去，穿着那款服装的那位女青年，都尽显出一种高雅的气质和女性动人的美感……

女青年身上那款女装的设计风格和款式式样，顿时让詹慧珍怦然心动。

直觉告诉詹慧珍：就是这种款式风格思路！

几乎与这直觉同步的，是手上的快速反应。詹慧珍想也没有多想，端起手中的相机，连续按下快门。

"咔……咔、咔……咔……"

从背面、两边侧面再迅速转到那位女青年前面，詹慧珍一气呵成拍下了她身上那款时装不同角度的多张照片。

"唉、唉……你用相机拍我干什么？！"

突然发现有人正端着照相机迎面拍自己，那位女青年惊讶不已，随即怒斥起来。

与此同时，她快步冲向詹慧珍，抓住她手中的照相机。

"你没有经过我同意，就随便用照相机拍我，你这是在侵犯我的个人隐私，你知道吗……你拍我的照片，是出于什么用意，照片准备拿去做什么用途……"

那位女青年开始不依不饶，不停地质问詹慧珍。

完全被女青年身着的那款时装款式风格深深吸引的詹慧珍，此时也已缓过了神来。

面对那位女青年的怒气和连声质问，或许是被这阵势给一时吓到了，詹慧珍竟不知从何向她解释自己拍照的原因。

见此情形，那位女青年更是怒气更盛，她以严厉的命令式口气要求詹慧珍把相机中的胶卷当场曝光。

一听说要曝光相机中的胶卷，詹慧珍立即急了。她向对方恳切相告自己拍照的缘由，并央求对方原谅自己的冒失。

得知了詹慧珍拍照的原因，那位女青年的怒气渐渐平歇了下来，加上她身旁的男朋友也劝她，念在詹慧珍拍照是出于为设计作品找灵感而为的份上，最后那位女青年不再要求詹慧珍曝光胶卷。

对此，詹慧珍心存感念，更有一种终于得到设计灵感、打开设计新思路的无比兴奋。

已全然无心欣赏任何的都市风光和美景，詹慧珍立即沿街去寻找照片冲洗店，把所拍的照片全部洗了出来。

回到宿舍，詹慧珍对照那些照片不停地细看、研究和思考。

终于，在借鉴这款时装款式风格的基础上，詹慧珍大胆融入自己的理解和创新创意，充分以中国服饰元素替换那款时装的西方服饰风格，同时集合了国内最新时装款式风格特征，经过几天紧张的全身心投入，詹慧珍的作品终于设计和制作完成了。

当詹慧珍把自己设计的参赛作品送给师傅过目时，师傅眼睛顿时为之一亮，并频频满意地点头。

"快把作品送往大赛组委会！"师傅说道。

在将参展设计服饰作品送交大赛组委会之后，詹慧珍很快让自己平静了下来。一个多月来，为了设计那件参赛服饰作品，詹慧珍几乎停下了手头的其他一切事情，将全部的时间精力投入其中。现在，她一心想的就是，要赶快把落下的所有事情和工作都补回来。

日子又重新恢复到往日的状态，白天在服装厂紧张工作中学习，晚上到师傅家跟着师傅单独学习。

一段时日之后，关于服饰设计大赛一事逐渐在詹慧珍脑海里淡忘下来。

之所以会如此，其中最为重要的一个原因，还是詹慧珍在心里那样认为，自己要在汇聚全国服装设计界那么多有实力、高水平设计师的上海服装设计精品展大赛中获奖，几乎是不可能的。

让詹慧珍心里释然的是，在师傅的鼓励和兄长等人的热情帮助下，她认认真真投入了创作和设计之中，而且最后设计出的参赛服饰作品不但自己觉得发挥得很好，同时也得到了师傅和培罗蒙服装公司几位老师们的认可。

在詹慧珍看来，这些才是最为重要的。

因为心里未存作品获奖的强烈期待，所以，詹慧珍内心很快趋于平静直至淡忘也就是自然而然的事情了。

然而，詹慧珍怎么也没有想到，十多天后，一个特大的喜讯会在她毫无任何思想准备的情况下突然降临。

1985 年 3 月 10 日，詹慧珍后来将这个日子深深刻印在了自己的记忆深处。

这一天，正是上海服装设计精品展大赛评选结果正式公布的日子。

而对此，詹慧珍事先毫不知情。

那天上午，詹慧珍正在培罗蒙服装公司的缝纫车间里专心致志地工作。突然，满脸激动喜悦的车间主任急匆匆跑进了车间。

"詹慧珍……詹慧珍……"

一踏进车间大门，车间主任就一边大声招呼一边朝詹慧珍所在的工作台方向跑过去。

车间主任这突如其来的举动，让不明就里的整个车间人顿时懵住了。几乎是同一时间，大家停下手头的工作，数十双眼睛一齐转而都盯在了跑向詹慧珍的车间主任和詹慧珍身上。

闻声从工作台上抬起头的詹慧珍，突然看到眼前这样的情景，心里更是"咯噔"猛然一紧，大脑一片空白……

"这到底是发生什么事情了！"大家急切等待结果。

"詹慧珍，告诉你一个特大的喜讯……"

"什么特大喜讯呀！主任！"还没等抬起头的詹慧珍来得及开口追问，车间里的女工们不约而同这样脱口而出。

"上海服装设计精品展大赛评选的结果正式公布了，詹慧珍获得了一等奖，是一等奖啊！"车间主任的那洪亮声音，瞬间传遍了整个车间的每一个角落。

"哇！在上海服装设计精品展大赛上获奖，而且获得的还是一等奖，詹慧珍你可真是太不简单了！"

"祝贺你！詹慧珍，太了不起了！"

"这真是特大喜讯啊，谁能想到，上海服装设计精品展大赛一等奖的夺得者，就在我们车间里，就在我们身边！"

整个车间里开始沸腾起来，为詹慧珍获奖而喜悦的祝贺之声、欢畅之声和赞叹之声，还有大家向詹慧珍投以的羡慕和钦佩目光……

而此情此景之中，再看工作台前的詹慧珍，站立在那里的她似乎完全不知所措。

良久，詹慧珍方才缓过神。

是啊，这样突如其来的特大喜讯，对于丝毫没有心理准备实际上也是从未奢想过获奖的她而言，一时怎么敢相信这是发生自己身上的事情！

接下来，在公布的"上海服装设计精品展大赛评选结果"名单上，詹慧珍亲眼看到的第一行就是："一等奖获得者——詹慧珍"。

而且，上海的各大报纸以及广播电台和电视台，还刊登、广播与播出了这次大赛评选结果的新闻消息。

半个多月后的一天，上海工艺服装美术馆偌大的礼堂里座无虚席，气氛隆重热烈，与会嘉宾齐集。

第三届上海服装设计精品展大赛颁奖大会，在这里隆重举行。来自全国服装设计界富有名望的设计师、有关行业人士及获奖者共 200 多人莅临颁奖大会现场。

第一次亲历这样热烈的大场面，而且还在众人的注目中登上阔大的领奖台，詹慧珍的内心深处始终涌动着激动和感怀。

她感激上海这座大城市馈赠给自己的这巨大鼓励和荣誉。

她感谢给予自己宝贵学习机会的培罗蒙服装公司，和公司里悉心指导自己的老师们，还有那些与自己朝夕相处、待自己真诚友善的公司姐妹们。

她心底更是特别由衷感恩的，是德艺双馨的师傅，是他向自己倾心倾情、严谨而又毫无保留地向自己传授精湛的技艺，让自己得以在学艺过程中理论与实践同步快速提升。

如果不是这一切，自己怎么能在今天登上这方令人注目的领奖台！

在这次参展的数百件作品中，詹慧珍的作品竟然脱颖而出，今天的她走上领奖台，站在了聚光灯下。

当詹慧珍从颁奖领导手中接过一等奖的奖杯，还有 2000 元奖金时，禁不住泪水夺眶而出——那是交织着激动、感激与幸福的泪啊！

特别值得一提的是，从三年前第一届"上海服装设计精品展"举办以来，每届精品展大赛上获奖的服饰设计作品尤其是获前几名奖项的作品，实际也就成了当年全国服装的主流风格和款式风向。

这一届上海服装设计精品展大赛的获奖作品，也同样如此。

只是让那一年服装界人士没有想到的是，詹慧珍设计的那款服饰，在公之于众后，竟会在那么短的时间里迅速为各大服装厂完全照款生产，继而风靡全国。而且，那款服装是被大多数服装厂采用上等面料制作、作为高档服装推向市场的。

此后多年，詹慧珍才知道，自己设计的那款荣获一等奖的时装，在

1985 年当年就生产销售了 20 多万件，定位为高档时装。

20 世纪 80 年代中期，一款高档服装的生产销售数量在 20 万件，这一数字的确令人惊叹。

第五章
从培训班到明星服装企业

纵观那些终成一番事业的企业家们的创业历程，会发现一个具有高度普遍性的现象，那就是，他们总在自己心中既定了目标后，就心无旁骛地沿着这一目标坚定地走下去。

这一点，那样鲜明地体现在詹慧珍的创业进程中。

在上海学艺脱颖而出，詹慧珍也悄然为自己再一次赢得了留在大都市、进入令人羡慕的服装大企业或知名设计甚至高校服装系的机遇。

然而，她再一次婉拒了这些机遇，没有丝毫犹豫地回到了家乡江西新余，她依然要选择在这里开拓出一片绚丽的服装事业天地。

这一次，当身怀服饰设计深厚功底的詹慧珍心怀梦想再次回到新余，视野已开阔的她，选择了以另一种全新的方式打开自己的一片天地——将开设服装设计培训班与开办服装店结合起来，以服装教学带动服装制作，同时又以服装制作促进实践教学。

改革开放让中国的服装产业迅速呈现出百舸争流的发展。詹慧珍惊讶地发现，自己赶上了好时代、好机遇，自己开启的竟是如此绚丽多彩的天地！

她心怀梦想的期待，渐渐收获着丰饶的回馈，远大的梦想与欣喜的现实开始渐行渐近。

第一节　梦想笃定学成而归

上海服装设计精品展大赛，从大赛参评开始就备受关注，而其最后评选结果的正式公布，自然也在上海乃至全国服装界引起后续反响。

前面已说过，一年一度的上海服饰精品展，也是全国服装界从中发现优秀服装人才的平台。

大赛一等奖获得者，当然是各方延揽人才目光最为集中的人物。

由此，上海培罗蒙服饰有限公司向詹慧珍敞开了大门，上海、北京的多家著名服装公司，以及多所服装设计单位和院校纷纷向詹慧珍伸来了"橄榄枝"，希望延揽这位在上海服装大赛上一鸣惊人的夺冠人才。

伸出"橄榄枝"的各家公司和单位，哪一家的条件都足以令人心动。

比如，上海培罗蒙公司给詹慧珍的工资待遇，参照的是高级服装设计师的标准；北京一家服装设计所，则向詹慧珍承诺解决北京户口；

然而，让这些单位无一颇感"意外"的是，面对这样令人心动的待遇条件，詹慧珍却没有半点心动，她一一婉言谢绝了。

"我一点也不感到意外！"面对别人谈起对弟子詹慧珍的"意外"举动，师傅如此平静地回答。

是的，唯有师傅心里清楚，自己的弟子詹慧珍并非是才高心气傲，而是她心中的志向和目标并不在此。

詹慧珍心中的志向目标，就是要学成回到家乡新余去，在那里开拓出一片绚丽的服装天地！

"若是为了留在大城市，那当初我早就留在了北京的服装厂工作，我就是要在家乡成为一名最好的裁缝。如果不是为实现这个目标，我也不会借那么大一笔学费来上海学习。"这就是詹慧珍内心深处的坚定念头。

她一直在等待，等待学成返乡那一天的到来。

现在，这一天终于来了。

"慧珍，时间过得可真快，你来上海学习已将近八个月时间了。按照你现在的水平，已经完全可以出师了，今天我想听听你回去后的打算……"

服装大赛获奖后约一个月的一天，师傅把詹慧珍叫到跟前，语重心长地与她谈到了出师的话题。

瞬间，分明有一种无言的温暖涌动在詹慧珍心底，她如此感动于师傅对自己前程的悉心的思考！

"师傅，您怎么知道我结业后是想回家乡去的……"

"哈哈……我当然知道，你呀，心里的那点执着，师傅我都清楚得很呐，否则还怎么当你的师傅！"

"师傅，是的，我抱着学成后回乡开出新余最有名的服装店的想法而来上海的，来时的这决定从来都没有改变……"

"嗯，为师我知道，也相信回去后一定能做到的！"

在人生前行路程这一具有转折意义的时间节点，来自师傅的肯定无疑给詹慧珍增添了巨大定力，也给予了她巨大勇气与动力。

"师傅，我会记住你的话，回家乡后一定百倍努力去做！"

随后，詹慧珍向师傅讲述自己准备回乡后的想法计划：

詹慧珍的这个想法，还要从不久前参加的一次服装培训活动说起。

自从在服装精品展大赛上获奖后，詹慧珍不时会收到服装公司或设计院的邀请，参加这些单位所举办的讲座、论坛等。

一次，詹慧珍受邀参加一个服装培训班的讲课。

这是一家服装设计研究所举办的服装培训班，面向社会招生，主要培训对象是针对上海市热爱服装设计与制作的社会青年。培训班采取集中授课的方式，每期的学习时间为一个月，总学时为 20 个学时，分别讲授各类服装的设计与制作理论、实践，每位学员的学费为 100 元。同时，培训班考虑到各位学员水平不同、基础有别的实际情况，还采取了学员可以选择学时参加培训的方法，这种方式就按学时交学费。

这个培训班的老师，则从外面聘请，分别聘请在各类服装设计与制作方面有丰富经验的名师。

詹慧珍就是受邀来为学员讲课的名师之一。

一开始，詹慧珍想的只是要认真备课、为学员们上好这堂课，不辜负邀请方对自己的信任，不让学员们失望。

在这里特别要提到詹慧珍的备课。

“这堂课准备讲授什么内容？怎样在一堂课的过程里把这些内容讲授得既清晰又精彩？如何才能达到这样的效果……”在接受那家服装设计研究院邀请后的几天里，詹慧珍为此不断思考。

终于，詹慧珍从授课内容到讲授方式形成了自己的思路方案。

她的这一授课思路方案，相比上海服装培训班老师们的授课内容与方式，可谓让人耳目一新。

首先，詹慧珍认为，服装设计理论知识包含十分广泛，既有服装基础理论知识，又有美术、美学以及图案等各方面的理论知识。如此广泛的知识理论领域，选取任何一方面的知识要点作为一堂课的教授内容都显得只鳞片爪，让学员们的一堂课收获十分有限。

其次，具有鲜明时代潮流风格的服装设计作品，一般都需要深厚扎实的理论功底和长期的实践积累，非一朝一夕可得。培训班的一堂课，如果只是对服装设计理论与实践结合的泛泛而谈，必然会让学员们似懂非懂，所获甚微。

"既然是这样，那何不以具体几种款式的潮流服装为案例，一款款讲解理论和实践的结合。这样，既可以结合实践向学员们讲解几类服装设计理论知识的要点，又可以让学员们掌握几款潮流服装的具体设计和制作实践，还可以让学员们学以致用，这也是学员们参加培训班最渴望的收获。"

詹慧珍最终确定了自己的这一授课内容与授课方式。

在这次讲课过后，她深受启发，并逐渐产生了关于自己回家乡后的想法与计划。

那天，走上培训班的讲台，詹慧珍往下面一看——偌大的大厅里座无虚席，齐刷刷地全都坐满了学员，最后一排座位后面，还有站着的学员。

"这个服装培训班如此受学员欢迎！"詹慧珍心里为之触动。

第一次登台讲课，而且第一次讲课就面对着上百号学员这么大的场面，这一次詹慧珍竟然没有紧张感。

那是因为心里流淌着自豪之感呵！

那一刻，詹慧珍心里不禁想起八个月之前的情景，自己怀揣着梦想从家乡江西新余一路风尘仆仆而来。八个月之后的如今，自己在上海这座引领全国服饰风向的大都市，登上了向学员传授服装设计制作技艺的培训班讲台。

这一切，让詹慧珍内心怎能不充满自豪，怎能不感慨万端！

接下来，培训班这一堂时间为时两个小时的授课过程中，詹慧珍全身心地投入，上得精彩而生动，学员们听得聚精会神。

下课后，不少学员还纷纷围着詹慧珍交流。

来自学员们的反馈评价：詹慧珍缝纫裁剪的教学方法深入浅出，尤其是理论讲述和直观教学相配合的授课方式，深受学员们欢迎。

参加服装培训班，让詹慧珍收获的绝不仅仅是学员们的一致好评，更有一种大胆的想法开始在她心底萌生。

这个大胆的想法即是：现在全国时装这么流行，人们特别是年轻人越来越多讲究穿衣打扮。很多女孩爱学缝纫裁剪和时装设计。上海的情况是这样，那江西老家新余的情况也肯定如此，同样不就有很多年轻人想学习时装设计么？

"按照这种培训班的教学方法，那我也可以回到新余后，一边继续开好华丽时装店，一边办一个这样的时装培训班。"

终于，这样的念头在詹慧珍脑海里跃然而定！

詹慧珍也正准备就这一想法，择时征求师傅的意见，恰好现在师傅关切询问自己结业后的打算。

于是，詹慧珍把这个想法告诉了师傅。

"很好，你这个想法确实是很不错，也很切合实际。而且你回去后一边开服装培训班一边继续开服装店，两不耽误，还可以教学相长嘛！"认真听完詹慧珍说的这个想法，师傅表示十分赞许。

"师傅您也这样认为，那可真是太好了！"

师傅的肯定，让詹慧珍的信心也更加足了。

是啊，来上海学习即将八个月了，虽然期间她极少说起对家乡的想念，更是不轻易提及新余华丽服装店。然而，多少个日子里，每当繁华上海街头的华灯初上时分，或是从师傅家结束当晚的学习、披星戴月疲惫地走在回宿舍的归途中时，她对家乡无限思念的情愫、对寄予了自己深切青春追求的新余华丽服装店的想念，总是在不经意间倏然在心底泛起。

而每在此时，詹慧珍总是在心底一遍遍轻声告诉自己：既然下了决心而来，那么，为了将来有一天的华丽转身回去，就必须断了这思念家乡、想念亲人和挂念新余西街上那间服装店的念头。

现在，坚信这将是自己华丽转身的返程，这一天终于来了，长久渴盼的归期即在眼前，心中对此的欣然那是自然而然的。

可是，当踏上归程的这一天真正到来，詹慧珍内心却又是那样百感交集！

作别培罗蒙服装公司的那一刻，一种无法言说的难舍之情，顿时涌动于詹慧珍的心间。

200多个日夜里勤学苦练，已不知不觉累积出对恩师的情重义厚，那不是简单几句道别言语能表达的。

在那份难舍的眷念深情里，还充满着对培罗蒙服装公司的深切感激之情。在这家代表全国服饰设计和服装制作界最高水平的著名服装公司里，詹慧珍学到的不仅有精湛的服装技艺，更有一种来自于耳濡目染中深深领悟到的精益求精的精神。

此后经年的事实证明，无论是经营服装店、开办服装厂，还是创办赣西学院，事业前行的路程之中，在培罗蒙服装公司深深浸染入心的那些严谨、执着、精益求精和一丝不苟的工匠精神，无不赋予了詹慧珍受益无穷的宝贵创业财富。

对此，在詹慧珍的情感记忆里，这一切深切而真挚。

来时情怯去难舍。

忆想当初来时，自己对服饰设计的认识是多么生涩，对于服饰设计的知识更是何其肤浅缺乏，曾在新余当地自以为服装裁剪、制作高人一筹，而走进培罗蒙服装公司，眼前看到的一切让自己羞愧难当、深感到什么是相形见绌。

是培罗蒙公司那些艺高德馨、和蔼可亲的老师傅们，从服饰的宏观设计理念到服装的具体裁剪、制作工艺，无不给予自己悉心的传授和指点。

第二节　服装培训班一举成功

对回到新余后怎么办起培训班、用什么办法去招来学员等一系列问题进行了更细致的思考后，詹慧珍下定决心，结束在上海的学习，返回新余去举办服装培训班。

而且此时，在更进一步细致完善思考的计划内容中，詹慧珍又把华丽服装店的重新开业摆到重要位置。

她的设想是这样的：把服装设计培训班的场地就放在华丽服装店，自己一边教学一边做服装，这样既可教学相长又可不断通过款式新潮、质量优异的服装打出华丽服装店的名气。而服装店的名气大了，那么服装设计培训班的名气也会跟着传播开来，办班和开店两不误，相互促进……

当更多零散、朦胧的想法在反复酝酿中趋于成熟，继而又围绕"服装设计培训班和华丽服装店重新开业"相互汇集在一起后，詹慧珍越来越真切地感到，回到新余后自己做什么和怎么去做的方向与思路是那么的清晰起来！

在这样清晰的方向和思路下，詹慧珍在脑海里逐渐升腾起一种激越的畅想，这种畅想远比信心更为真切和具体。有时，他仿佛感到自己能真切地触摸到这些设想成真的场景。

回乡的心情一天天急切起来。

多少回在梦里，詹慧珍站在了新余华丽服装店的店门前，那样情真意切地打开尘封了一年多的店门……

与此同时，为自己回到新余后即可着手按照计划设想来去实施，詹慧珍想到了一个方法，那就是通过书信的方式告知父亲，请他帮自己做好有关举办服装设计培训班的准备工作。这样，待自己回到新余时，就可节省大量的准备时间。

在信中，詹慧珍除了告诉家人帮自己做好各种必要准备工作的同时，特别告诉家人主要是为服装设计培训班做好广告宣传的工作。

关于服装设计培训班的广告，詹慧珍破费了一番心思来思考，最后她把广告的内容在信中拟好：

华丽服装设计培训班招生

　　应新余广大服装设计热爱者的需要，新余华丽服装店特举办服装设计培训班。

　　本培训班由上海培罗蒙服装公司服装设计名师执教，采用培罗蒙服饰最新服饰设计教程和教学方法，传授30多款中西最新流行服饰的设计和裁剪和制作。学期为一个月，每位学员学费15元。

　　本培训班郑重承诺：包教包会，一期没有学会的学员，还可以进入下期免费继续学习，直到学会为止。也可以学一项交一项的钱，同样包教包会。

报名地址：新余西街华丽服装店

报名日期：1985年5月1日—10日

　　培训班广告确定的这个报名日期，詹慧珍是经过认真估算好的。按照这样的时间安排，也就是在培训班开始报名之前，自己已经从上海回到了新余。

　　在信中，詹慧珍让家人按照写好的这则"华丽服装设计培训班招生"广告全文，用毛笔字照抄在一张大红纸上，且抄写数份，分别张贴于新余几处人流量较大的位置即可。

　　连同服装培训班广告在内的信件寄出之后，詹慧珍心里如释重负一般。

　　1985年4月30日这一天，詹慧珍如期从上海回到江西新余。

　　一出火车站，她就直奔华丽服装店，她心中有一种说不清道不明的急切与冲动。

　　因为，按照已经打出去的培训班广告，第二天将是华丽服装设计培训班开始接受学员报名的日子，必须要提前做好各种准备工作。

　　推开华丽服装店那尘封已久的店门，明丽的阳光透洒进来，眼前的一切一如当初离开时的情景，那样亲切，仿佛是在静待主人归来的这一天。

　　顾不上旅程的疲惫，放下行李，詹慧珍挽起衣袖就开始打扫、整理、布置店里的一切。她要让华丽服装店以崭新的面貌呈现在人们面前，她内心里有一种急切与激动，她想告诉人们，自己已从上海学成归来，将从此在新余开启自己不一样的梦想与追求。

当一切整理布置妥当，把写着"服装设计培训班报名处"的硬纸壳牌子钉在华丽服装店门外时，詹慧珍心里转而又生出些许紧张忐忑起来："明天会有人来报名，会有人来参加培训班么……"

是的，这是在新余，人们的观念里从来学裁缝都是跟着老裁缝师傅学艺的，这种像学校里学生上课形式的服装培训班，在新余人们能接受么？

在忐忑不安中，詹慧珍度过了学成归乡后的一个夜晚。

那是一个辗转难眠的长夜。

然而，接下来第二天出现的情况，却给了詹慧珍出乎意料的惊喜与感动。

纵然至今已时隔整整 30 年，但对于第一个前来报名的学员，詹慧珍的记忆依然那样清晰：

"有人吗？这里是华丽服装设计培训班吗？我是来报名的哟……"

服装店外传来的这银铃般的声音，传进店里，传进詹慧珍的耳朵里。那一刻，一阵激动随即充盈在她内心——是有学员来报名了啊！

站在詹慧珍面前的，是一位气质阳光、性格爽朗的美丽姑娘，年龄与自己相仿。

这是华丽服装设计培训班第一位学员。打开培训班的报名花名册，詹慧珍有些激动地在上面的第一行写下了她的名字。

尽管只是初次相见，但却仿佛有种一见如故的投缘与信任，詹慧珍和这位学员发现，她们彼此很聊得来，更为重要的是他们有共同的话题。

从这位报名学员的讲述中，詹慧珍得知，她也是从小特别喜欢缝纫，成为出色的裁缝师傅同样是她的梦想。但由于家境困难，加上一直在家里帮助父母劳动，所以她一直也没能有专门拜师学艺的机会。这几年，随着家境逐步改变，她开始想找机会专门学缝纫裁剪和服装设计。

"呵呵，虽然我们年纪差不多大，但以后我就该叫你师傅了咯……"

听到别人叫自己"师傅"，詹慧珍脸上跃动着腼腆，毕竟这是同龄年称自己为师啊。然而，在她的内心深处却有一阵无比的自豪与成就感。

……

紧随第一位学员报名之后，这天上午和下午又分别有五位学员报了名。

第一天竟然有六位女青年前来报名，着实超出了詹慧珍的事先心理预期，这给了她极大的信心。

接下来的第二天、第三天……报名者先后纷至沓来。这些报名者中，大部分都是社会女青年，还有几位男青年。

其间，也有一些女青年是抱着先来了解情况的想法而来，因为对培训班的学习效果还心存犹豫，所以在报名时拿不定主意。

对此，詹慧珍表示十分理解。但在交谈中詹慧珍又知道她们其实很想学得服装缝纫裁剪或设计这一技之长。于是，她主动让这些女青年先报名，不交报名费，待培训班开班后来试听，如果试听有收获、有效果再交报名费。听詹慧珍这样一说，那些举棋不定的女青年很是高兴，结果都预先报了名。詹慧珍此举，不但解了心有犹豫者心中的顾虑，而且还为培训班多招到了学员。

十天之后，培训班招生宣传广告上截止的报名时间到了，报名花名册上的序号已经到了 60 多号！

第一期培训班报名截止日，当最后一名学员报完名，詹慧珍一个人坐在华丽服装店里，静静凝望着报名花名册的名单，一种莫名珍视感受让她眼里充盈着泪花。

这是她学成归来后自己收获的信任，更是她心怀梦想的崭新开始。

"一定要把培训班办好，不能辜负了学员们的信任。"詹慧珍暗暗告诉自己。

珍藏起心中的这一切感受，立即投入明天培训班开课的各种细节准备，詹慧珍要以最完美的授课来迎接华丽服装培训班第一批学员的到来。

考虑到学员们都是社会青年，绝大多数人白天都有自己的工作，因而詹慧珍根据这种实际情况把授课时间定在每天晚上。

1985 年 5 月 15 日晚，华丽服装培训班首期培训准时开班授课。

简陋而设施简单的华丽服装店，被詹慧珍布置得整洁明亮，几排条形课桌是学员们听课的座位，面对着学员们的那面墙上挂着一块黑板大的藏青色布。谁能想到，这就是后来在江西新余乃至全省都声名远播的华丽服装培训班，最初的办班雏形和首期开班授课情景。

詹慧珍自信地走向讲台。

……

"咦，不是说培训班是上海名师来上课吗？怎么……"

"是啊，怎么上课的就是她呢？"

"这跟招生广告上说的不一样嘞。"

……

当看到走上讲台的就是詹慧珍，肃静的课堂随即开始骚动起来，学员们相互纷纷议论不止。

其实，这样的开场情景早在詹慧珍预料之中。

"我知道大家心中的疑问，为什么是我讲课而不是从上海来的老师？这正是上课之前我首先要向大家介绍解释的。"詹慧珍言简意赅，向学员们阐述了自己围绕上海服饰风格的主要教学重点和理念。

"哦，现在明白了……"

"有道理！"

詹慧珍言毕，学员们随即心中释然：华丽服装培训班传授的是上海时装潮流风格的缝纫裁剪以及设计，授课老师是一脉相承了上海服装名师技艺的老师詹慧珍，上海名师授课可谓名副其实。

詹慧珍采取的讲课方法，是理论讲述和动手实践相结合的互动。这即是，在每讲解一个服装概念、设计理念或一种裁剪方法过程中，直接在墙上的布上配以画图，以图示直观地又呈现在学员们面前。

讲解裁剪过程中，詹慧珍除了在墙上的布上画图演示讲解之外，还直接用布匹全程现场裁剪给学员们看。在这一过程中，还轮流让学员们一一亲自动手裁剪。

理论讲解深入浅出，图示和现场裁剪设计按照实际操作尺寸，又全部都是用真实布料教学。学员们接受起来不但快，而且掌握牢固。同时，授课的方法方式让他们感到那样耳目一新。

第一堂课下来，几乎每一位学员都收获满满。

其实，学员们心里还有一种无声的感动——为让大家更快、更好地掌握设计、裁剪和缝纫的实际操作，老师詹慧珍不惜全部采用真材实料的布匹来教学，这是一笔不小的开支啊！

由此，学员们对老师詹慧珍都心服口服！

几位在报名时只作登记，想等试听后再决定是否正式报名的学员，在这堂课后，立即补交了报名费和学费。

在接下来的三个月过程中，詹慧珍全身心地投入到教学之中，每一堂课都让学员收获着惊喜和满意。

到第一期培训班结束时，詹慧珍的知名度和华丽服装培训班的美誉度，在新余市不知不觉已渐渐传播开来。以至于第一期培训班还没结束，就开始有不少社会青年前来咨询下一期报名和开班的时间。

让詹慧珍没有想到的是，第二期培训班开始报名，仅仅几天时间，报名的人数就突破了100。

因为教学场地实在容不下了，不得不暂停报名。

"实在对不起，不能再接受报名了，因为教学场地实在容不下，希望大家理解！"詹慧珍不得不向前来报名者一一解释与道歉。

詹慧珍预计，第三期培训班的报名人数可能还会继续增加，很有可能会接近200人左右。

于是，在第二期培训班授课的过程中，詹慧珍开始寻找足够大的培训场地。

三个月后，华丽服装培训班第三期培训班招生。

果不其然，这一次报名人数达到了260多人！

第三期培训班的教学场地，是租用周家的大礼堂。

第一次用麦克风讲课，面对台下近300名学员的偌大课堂，詹慧珍感受到心中有激动更洋溢着一种巨大的被信任的幸福。

在新余，人们还没有见识过几百人在大礼堂上课的场面。

因而，一些人尤其是教育单位的人出于好奇，纷纷慕名前往，一睹华丽服装培训班的"壮观"场面见者无不为之惊讶、为之钦佩。

新余市一位学校的校长这样说：一位培训班老师的授课能这样受欢迎，何其让人羡慕，让人感到不可思议！

更让人不可思议的是，华丽服装培训班接下去的第四期、第五期、第六期……期期培训班都是300多人的办学规模。学员除了来自新余市区的，还有来自周边乡镇的。

詹慧珍收获着巨大的惊喜，也沉浸在巨大的喜悦之中，她全然没有料想到，自己开设的培训班会如此火爆！

她心底更感动着命运如此垂青于自己！

多年之后，当再度回望自己真正意义上的创业起点——开设华丽服装培训班，詹慧珍那样惊讶地发现，垂青自己的正是改革开放伟大时代赋予的机遇。

从20世纪80年代中期开始，改革开放带来的人们生活水平的日益提高，国人在改善衣食住行方面的巨大需求，服装行业迅猛发展催生出的巨大市场空间，等等这些，使得社会对服装行业人才的需求呈井喷式增长。

这一时期，为适应社会对服装行业人才的需求，同时也为帮助城镇待业青年实现技能就业，许多地方的团组织和居委会纷纷开设服装类培训班。

这些培训班，有团市委应热爱服装设计的青年们所办的，有一些居委会为让那些待业青年掌握缝纫技术从而自谋职业而开办的。在江西省会城市南昌，也在南昌市工人文化宫办有这类培训班。此外，有少数服装设计水平颇高的人，也开始尝试开办服装培训班。

这种服装培训班一般是几个月一期，分初级班、中级班、高级班等不同培训层次，向学员传授不同层次水平的服装设计和缝纫技术。

在整个南昌市，服装培训班热起来了，招生根本不成问题，甚至还有南昌以外地区的男女青年前来学习。

机遇总是垂青那些目光敏锐、行动果敢的人。

特别值得一提的是，20 世纪 80 年代中后期开始，正是我国民办教育破土萌发的时期。一些定准了要在民办教育领域创就人生大业的有志之士，当发现服装人才培养的巨大潜力后，果敢地创办起服装类民办院校或在自己已创办的民办院校中开设出服装系（专业）。

后来，在 20 世纪 90 年代和 21 世纪初即闻名全国的赣江大学服装系和江西服装学院，就是典型的例子。

1985 年，华丽服装培训班已逐渐享誉整个新余市。

再后来，宜春市、樟树市及丰城市一些地方的城乡，也陆续有学员来到华丽服装培训班参加培训。

随着这些地方培训意愿强烈的学员越来越多，詹慧珍又做出了一个决定——在宜春市、樟树市及丰城市一些地方开设华丽服装培训班教学点。教学点采取和新余华丽服装培训班完全一样的教学内容，相同的教学方式。

最为关键的是，詹慧珍坚持每个教学点的主讲课程都由自己亲自授课。

如此，当地的学员可免于到新余来参加培训班，节省了培训时间、节约了培训期间的经济开支。与此同时，又迅速扩大了培训班的规模。

华丽服装培训班的名气由此开始走出新余市，走向赣西地区，走向赣中、赣北、赣东直至赣南地区。甚至，与江西比邻的湖南、湖北两省也有一些地方的学员慕名来到新余，参加华丽服装培训班的培训学习。

然而，新余市之外教学点的开支，詹慧珍的授课量也随之增加。

在开设教学点最多的时候，詹慧珍每个月的授课日程从月初到月末，中间休息的时间仅仅只有几天，还有往返于各教学点和新余培训班路程上的时间，几乎就没有了什么休息时间。

通常的情况是这样：詹慧珍白天在一个教学点讲完课后，接着就赶往下一个教学点，准备上这个教学点晚上的课程。而教授完这个教学晚上的课程后，或连夜赶往第二个教学点准备上下一个教学点的课程，或第二天清早即踏上赶往下一个教学点的路程。

辛苦的程度不言而喻。

但每想到一位位怀着学到服装缝纫和设计技术，走向社会成就自己人生美好生活热切渴望的青年，走进华丽服装培训班，收获着他们的向往，詹慧珍心底就充满着成就感。

这成就感，正是激励她走向又一方成功舞台的巨大动力！

第三节　果敢贷款创办服装厂

在开设服装培训班一举成功的同时，詹慧珍并没有放弃新余华丽服装店的经营而转向单纯的开设服装培训。

相反，她始终匀出一半的时间和精力用于华丽服装店。

对詹慧珍而言，服装店的经营是寄予了自己深切情感的所在，也是她真正想要在新余做出名气来的事情！在她内心深处，成为一名出色的裁缝和在新余市开出最有名的服装店，也是一定要实现的目标愿望。

因此，1985年5月华丽服装培训班第一期开班时，詹慧珍也同时重新开始了华丽服装店的经营管理。

这两大方面同步而行着实不易。

吃得大苦耐得大劳的詹慧珍，白天经营服装店的服装缝纫，晚上则给服装培训班的学员们授课。由于时间上安排得当，实现了服装店经营和服装培训班开设两不误。

然而，当后面培训开设时间的间距越来越缩短，以及培训班规模的不断扩大，詹慧珍也逐渐为自己分身乏术而苦恼。

这其中的主要原因，一是学成归来的詹慧珍，做出的各种衣服从款式到工艺今非昔比，开始日渐迎来络绎不绝的顾客。与此同时，随着华丽服装培训班知名度的不断扩大，也为华丽服装店更增添了美誉度。

不经意过程之中，詹慧珍的服装店和服装培训班，竟形成了品牌知名度上的相互推动。

这一点，的确出乎她的意料之外。

服装店生意越发红火起来，定做的服装、来料加工的服装，还有选择店里展示的潮流时装样品……而服装培训班的教学时间也越来越多，此外还有扩大教学规模过程中的各种事务……

如今回想起当年日夜忙碌的情景，那一切仿佛历历在目。

"真的是太苦太累了，每天都是工作16个小时以上，很多时候，疲累到了不想吃饭的程度。"但詹慧珍最难忘的是，每天清晨四五点钟自己就要出门，年幼的儿女还在梦乡中，她把做好的简单早餐放在锅里，等孩子们早上醒来吃了去上学。而每天晚上自己要忙到近11点回家，回家时，孩子们都已睡了。

"儿子和女儿那么小，一天到晚很难见到妈妈，小小年纪就开始生活自理，哥哥带着妹妹，想起这些，我心里就特别难受……"

艰辛忙碌中的詹慧珍，对两个孩子心怀深深的歉疚之情。至今，她仍难以忘怀那些往事：一次，她很晚回到家中，发现儿子和女儿趴在桌子上睡着了，桌子上放着他们的作业本和课本，詹慧珍立即明白，儿子和女儿一定是在一边做作业一边等妈妈回来。还有一次，詹慧珍深夜回来，心生怜爱地凝望着躺在床上的儿子和女儿，不经意间伸手去摸他们的额头，却发现儿子的额头烫手——儿子发高烧了！詹慧珍心疼得落泪，连忙抱起儿子出门去医院……

但让詹慧珍心感无限欣慰的是，自己的一双儿女是那样懂事，创业之初家境那样艰辛不易，一家人租住在老西街简陋、昏暗的民房里，儿子和女儿每天认认真真地学习，放学回家后，哥哥带着妹妹在阳台上读书写字的情景，给老西街很多居民留下了深刻的印象。

随着服装培训班招生规模的日渐扩大，以及服装生意与日俱增，新余华丽服装店原来的那间十来平方米的小店面已远远满足不了经营需要。

1986 年前后，詹慧珍已连续在老西街租下来了三间大门面，同时还租用了村民的民房用来作为教学场地和学员的宿舍。

华丽服装店经营的不断扩大，使得詹慧珍总想找到一种能兼而解决两者间矛盾的方法，来不断扩大经营规模。

正是在这一过程中，詹慧珍的一个大胆尝试做法，将这一问题迎刃而解——从培训班结业学员中挑选优秀者来担任华丽服装店的师傅！

前面的上文已说过，华丽服装培训班的教学最大特点，即是服装理论与服装设计裁剪的实践紧密结合教学方式。

而华丽服装店，无疑为实践教学提供了最好的实训场地。

因此，第一期培训班下来，詹慧珍惊喜地意识到：结业的学员当中，尤其是那些在参加培训班之前就已具备一定的服装设计与缝纫基础的学员，有一些人的服装设计和缝纫技术水平，已经达到了完全胜任服装店熟练裁缝的水平。

"华丽服装店的生意现在这么好，有大量的服装要做，那何不从培训班中的特别优秀学员里挑选人选，到华丽服装店担任设计、裁剪和缝纫师傅？而且，自己教出来的学员，从服装风格和理念上和自己有相同的共识……"

当这样的念头在脑海中闪现的那一刻，詹慧珍兴奋不已！

她随即大胆决定一试，从第一期培训班中挑选了几位特别优秀的学员进入华丽服装店。

结果比预料的还要好很多。

于是，接下来的第二期、第三期、第四期……每一期詹慧珍都挑选特别优秀的学员进入华丽服装店工作。

对于培训班的学员们来说，一结业就可以到师傅詹慧珍的华丽服装店工作，而且工资待遇令人羡慕，这是多么难得的机会啊！而且，师傅的华丽服装店如今已成了新余市妇孺皆知的有名的服装店！

"结业时，如果技术水平优秀，那就有可能被选入到华丽服装店工作！"

在华丽服装培训班学员中间，这样的目标，无形中又成为大家发奋勤学、苦练的一股巨大动力，同时极大促进了华丽服装培训班的办班质量。

从服装培训班选优秀学员，解决了服装店设计、裁剪与缝纫人手短缺的问题，再加上优秀学员们对詹慧珍服装设计、裁剪和制作的风格要领理解透彻，掌握起来得心应手。因此，在詹慧珍的带领下，学员们设计、裁剪与制作出的服装款式潮流、质量好，非但没有影响服装制作水平，反而使得服装款式更新潮时尚。

服装培训班与服装店规模的同步扩大，在让詹慧珍逐渐累积个人知名度、资金实力的同时，也渐渐促发了她迈向更大目标的想法。

而恰在这样的时间节点，市场机遇也正悄然而来。

进入20世纪80时代，我国棉花连年增产，涤纶混纺布产值比60年代末增长了三十多倍，纺织品出产现已能够满足老百姓需要。1985年前后，国家又接连对有些纺织品减收或免收布票，对市民百姓敞开供应。

早年金贵的布票，一时间"家家有余"。终于，通行了30多年的布票逐渐被废止。

与此同时，在布料生产成本下降的情况下，国家接连两次大幅下调"的确良"、腈纶毛线等化纤织品价格，越来越多布料的价格变得经济实惠，让广大城乡市民百姓买得起。这也正是20世纪80年代，我国从城市到乡村逐渐出现的"西服热""裙子热""运动衣裤热""休闲服装热""羽绒服热"的基本条件。

由此，改革开放后中国服装工业发展，开始迎来第一轮机遇期。

改革开放激起的民众对新潮服饰的热切追求，布料悄然告别"短缺年代"，城乡居民购买力的不断提升，服装生产工业化水平的提高，尤其是个体私营经济在服装领域的蓬勃发展，使得全国一批服装生产企业营运而生，快速发展。

据统计，到1988年前后，全国各地有一定规模的服装厂就已超过了一万家。这其中，在规模与知名度上开始有较大影响力的，有浙江的杉杉西服、雅戈尔西服、罗蒙西服、万事利制衣、富润制衣，江苏的红豆制衣、雅鹿服装厂、波司登制衣公司，湖北的美尔雅服装厂，山东的兰雁服装厂，福建的七匹狼服装公司，上海的福坤服装公司、开开制衣有限公司，广东各地的乡镇企业制衣厂与来料加工制衣厂等等。

也正是在服装制衣企业快速发展壮大的过程中，中国人沿袭已久的请裁缝到家里来做衣服或者去缝纫店里做衣服的方式也逐渐发生变化。

放眼中国的城市与乡镇，在潮涌而起的蓬勃市场里，服装可谓是最耀眼的风景：在商场设立的服装销售专柜里，各种型号、款式的服装琳琅满目；大大小小的集贸市场，成排的服装摊位前，总是人群川流不息，热闹喧哗；闹市的城市街头或一条最热闹街道的最繁华之地，就是服装店林立的去处；在不少地方，还出现了专门的服装交易市场……

越来越多的城乡居民，开始选择买衣服，而且趋势不可阻挡！

为什么百姓不选择购买呢？那些服装厂生产的服装，不仅款式潮流时尚、布料丰富多样，每件衣服的价格还比请裁缝师傅或到服装店里做的要便宜不少。

人们的生活方式，就这样在时代的改革大潮中悄然发生着变迁……

于是，手工裁缝师傅和传统的手工缝纫店，日渐式微。

只要对每一位成功企业家的事业发展轨迹，作细心的梳理回顾，便可发现：他们在创业历程中几乎都有一个共同点，那就是，对于在改革开放进程中应运而生的新兴产业机遇有着极强的感知力。

而在詹慧珍的创业进程中，更是那样鲜明地体现了出来。

"如果还是按照现在裁缝店这样的路子走下去，那过不了两三年时间，华丽服装店就会开不下去！"1988年，此时的华丽服装店正呈现一派忙碌的景象，然而，一种前所未有的强烈危机感却日渐在詹慧珍内心深处生发。

这是因为，詹慧珍不仅从新余当地服装市场的种种变化、从人们选择衣服来源方式的变化中，感知到手工缝纫店在服装生产和市场巨变中的渺小。而且，她从各方面得知的关于外界的服装领域的讯息，让她仿佛那样清晰地聆听到了服装新旧生产方式交替转换的洪音。

詹慧珍的过人之处，更在与她建立在谨慎思考基础上的果敢而为！

"在华丽服装店的基础上，成立华丽服装厂！"1988年的岁末年初，詹慧珍做出了这样的决定。

1989年初，詹慧珍拿出全部的积蓄并再向银行贷款一万元，租下近千平方米的简易厂房，购置了服装生产设备——新余市华丽服装厂在那春天来临时挂牌成立了！

按照詹慧珍重新思考的规划，她要把今后发展的重点，放到华丽服装厂这里。

但对于服装培训班这一块，她认为，两年多以来，招生和培训班的运行方式已经相对比较成熟了。这期间，她的妹妹经过锻炼，已对培训班的招生、管理和运行有了丰富的经验。于是，詹慧珍决定交给妹妹去管理，自己只关注培训课程内容这一块。

至此，詹慧珍又完成自己创业历程中的有一次重要方向转换。

从一间缝纫店到一家服装厂，最大的变化也是最关键的难点，在詹慧珍看来，那就是：过去是人家送布料到你店里来做衣服，做好一件衣服就可得到一笔工钱。而现在服装厂是你先做出衣服了，然后卖出去，卖得好、卖得多又卖得起好价格，否则就会亏本。

詹慧珍把华丽服装厂发展的最关键方向，首先就定在服装的款式上以及制作工艺的质量上。

"只有服装款式受到别人喜欢，那生产出来的服装才卖得出去，才卖得起价格！"

与此同时，根据对各地服装市场情况的总体了解，且又实地对浙江和上海的服装市场做了调研之后，詹慧珍决定，华丽服装厂在起步阶段，以生产女装和童装为重点。

新余华丽服装厂随后的快速发展证明，詹慧珍对厂里经营的方向重点定位极为准确，对产品的定位也同样如此！

而且十分重要的是，基于詹慧珍本人在服装设计方面的扎实理论功底与丰富实践经验，加上从华丽服装店转过来的华丽服装厂的这些员工中，他们都是詹慧珍从服装培训班里教出来的佼佼者，而且挑选到华丽服装店工作后又得到了詹慧珍在服装设计、裁剪和制作各个环节与细节方面的细致的指导，现在都已具备了较好的服装设计功底。

如此，经营方向和产品定位的同时准确，又与华丽服装厂的自身优势紧密结合在一起！

华丽服装厂的起步，一切初创却实则厚积薄发！

1989 年初夏来临的时节，当华丽服装厂设计生产的第一款女装投放市场后，来自消费者和市场的热销以最朴实的方式给了詹慧珍最厚实的回报。

华丽服装厂的"华丽"牌女装一炮打响！

接下来，华丽服装厂又陆续在新余本地和外地招聘了一批具有一定生产管理经验的人员，还有服装生产技术、业务销售人员。厂里的经验管理与市场开拓力量，逐步得到充实。

而詹慧珍在加强生产经营管理之外，她把自己的重点工作，仍放在服装新款式的开发设计上。

从近几年服装各方面的巨变中，詹慧珍已深刻认识到，必须走向市场、走向社会、走向生活才能真正掌握服装潮流的趋势变化，才能让华丽服装厂设计生产的服装得到消费者和市场青睐。

詹慧珍开始频繁往返于省内外。每到一地，她便深入当地的服装生产特别是销售市场，详细了解新款式服装，服装新布料，仔细观察哪些款式服装的销售情况好等等。

甚至，在奔波的路途中，她眼里关注的风景也几乎全都在服装上。

一次，詹慧珍前往浙江温州服装市场考察，这趟列车，车厢里满满当当，连过道上也挤满了站着的乘客。

在位置上坐定之后，一路上，詹慧珍对服装厂近期要投入生产的几种服装款式样图反复斟酌，尤其是在各种细节的改进与完善上更是仔细推敲。

一如每次的旅程，她完全沉浸于那些服装设计样图上的色彩与线条之中，仿佛置身于拥挤喧闹的车厢之外。

不知过了多久，詹慧珍感到眼睛有些疲惫，她抬头向窗外继而又转望车厢的那头。

忽然间，她的目光凝定在车厢那头一位少女的身上。

几乎是在目光所及的同一时间，她不由自主地从座位上站起来，从过道上拥挤的乘客中间向那位少女走去。

原来，如此吸引詹慧珍目光的，是那位少女身上的服装款式！

等走近一看，詹慧珍惊喜地发现，这位少女身上所穿的这款上衣，不但款式新潮大方，而且在设计裁剪的风格上尤其独具特色。这一件上衣，将少女那亭亭玉立的形象完美地呈现出来，同时展现出充满朝气灵动的青春气息。

"这是女装服装款式设计在风格上的突破！"一种敏锐的直觉让詹慧珍随即意识到，这种款式的女装一定是今年市场热销的款式。

要把这款女装的设计和做工认真记下来！

"小妹妹，请问你到哪里下车？"詹慧珍担心这位少女在前面一站或几站就下车。

"我到终点站，温州。"少女回答道。

"你没有座位，一定已经站得很累了，这样，你到我座位上去坐。"詹慧珍向那位少女热情相邀。

"不行，不行，我坐你的位置，你就要站着，那我怎么好意思啊……"少女一再婉言谢绝道。

"没关系的，再说，一路上我们两个人可以换着坐呀。我是想你坐在我座位上，我认真仔细看你身上这件衣服的设计和做工。"詹慧珍再次坦诚相邀，并拉起那位少女的手往自己座位上走。

见大姐姐一样亲切的詹慧珍如此热情，那位少女心里很是感激。

待那位少女在自己位置上坐下来后，詹慧珍站在一旁，从不同视角把少女身上那件衣服的款式和做工看得仔仔细细。她又怕遗漏任何细节，到时记忆还原时会走样，于是就点点滴滴一一在笔记本上记下来。

詹慧珍太专注了，以至于那位少女途中多次提出要换她到位置上坐，但她都谢绝了——她似乎忘了那座位是自己的，她聚精会神的就是少女身上的那件衣服！

列车抵达温州站，詹慧珍对少女身上的那件衣服款式设计和制作的全部细节，都已了然于心。而此刻，她才知道自己竟然一直站了十多个小时，要准备下车了才发现，两条腿仿佛像是灌了铅一般沉重。

从温州回到新余之后，詹慧珍在那位少女所穿的衣服款式基础上又结合自己对服装市场的更新更深了解，重新进行了设计上的一些变动，使得这件衣服的款式更新颖别致。

詹慧珍心里充满自信：这款女装上市后定将赢得年轻女性的青睐。

果然不出所料，第一批几千套新款女装生产出来，在随后发往新余周边的几处市场试销过程中，市场反馈很快传来了令詹慧珍振奋不已的消息——在几个试销的地方，这款女装都供不应求！

再接下来，试销的经销商要加货，江西省内其他地市的经销商要订货，然后是省外的经销商要货……

最终，这款时装在那一季的生产销量达到了三万多件！

"不得不说，华丽服装厂创办初期，恰逢赶上了中国服装行业第一轮发展的黄金时期。否则，不可能那么快地发展壮大起来。"遥忆当年，詹慧珍对时代给予自己人生事业的幸运眷顾充满了深切感怀。

是的，詹慧珍以极其敏锐的目光，准确预判到了改革开放后全国服装行业蓬勃发展第一个春天的到来。

更为关键的是，她果敢地抓住了这一大好机遇。

改革开放带来的城乡经济发展，使得人们对生活改善的渴望得以有了基础条件。反映在衣食住行上，最为显著的就是服装旺盛需求量的爆发式增长。从城市到乡村，人们不再只限于在逢年过节才买新衣服了。

取而代之的，是穿衣戴帽的应季观念，春夏秋冬四季人们都会买衣服。中国服装行业正迎来阔大的消费市场。

新款服装是否畅销，首先决定于款式是否吸引消费者的眼光，决定于选料是否赢得消费者的喜爱。

华丽服装厂最大的优势正在于这两大方面。

得益于在上海学习过程中，对时装款式与流行元素深刻领悟形成的扎实功底，詹慧珍所设计的四季服装款式，几乎每一款上市后都激起市场强烈反响。而在选料上，詹慧珍紧跟布匹市场的走向，无论是布料的质量档次还是印染色彩，既始终同步又完美映衬款式。

——由市场引导企业生产什么，不生产什么，以销定产，形成符合本企业生产条件和利益的产品结构。

——产品紧跟市场布料的变化更新，涤棉、纯棉、牛津纺、丝绸……这些新出布料的使用，与四季服装产品准确结合。

——由市场引导企业确定合理的生产规模，争取较高的产销率。

——由市场决定价格，引导企业制订符合本企业产品实际情况的价格策略，赢得市场。

——由市场引导企业选择最佳的销售渠道、销售方式，争取较高的经济效益。

因而，华丽服装厂的产品知名度快速提升，生产规模迅速扩大。

1989年底，华丽服装厂的产品走出了江西市场！

"服装换季市场来临前的一段时间，每天到厂里来提货的人员都排着队在等货，车队经常都是排到厂门外老远的路边了。"

"人家各个地方来的经销商，就在厂里生产车间里守着等货啊，刚生产出来一批服装，人家立马就接走了。有时候，好几个经销商就在生产线旁边'抢'一批衣服呢。"

"厂里根本就不存在产品库存的问题，生产多少就销得了多少，最大的问题就是产能不足，车间里生产实行'三班倒'，可供货还是跟不上。"

回忆起华丽服装厂初创时异常红火的情景，如今的老员工在讲述中，充满着自豪之情。

在这样的发展态势下，詹慧珍又及时采取了扩大市场销售的部署，主要的措施是在外省设立销售服务办事处，或寻找代理经销商。

此后三年，华丽服装厂就把产品市场拓展到了全国 16 个省市。

在东北三省和江浙、福建等地区，因为市场业务量增长很快，合作销售商较多，华丽服装厂还先后在那里设立了区域销售办事处。尤其是在东北三省，华丽服装厂的女装更是十分畅销。

华丽服装厂的生产销售局面，一举被打开了！

那间曾毫不起眼的小小"华丽服装店"，逐渐成为新余市人们关注的一道风景。由此，詹慧珍的名字也渐为人们所知晓。

詹慧珍更大目标的确立，仍是服装教学与服装制作同步而进的一条清晰发展主思路，即由服装设计培训班升格为专业服装培训学校，由个体服装店扩大为现代化生产的服装厂。

第四节　成就江西服装企业明星

改革开放进程中，新兴行业的每一轮兴起与发展都孕育着无限商机。

而那些敏锐识得商机并果敢抓住这些商机的人，能及时抓住机遇并赢得市场，他们中又有不少人成了行业的领军企业。

如果说，詹慧珍抓住了 20 世纪 80 年代中后期服装行业爆发式增长的大好机遇而赚得了人生事业的"第一桶金"，那么进入 90 年代，她不失时机地抢抓服装品牌机遇期，则终让华丽服装厂引领江西服装行业的崛起起到了关键之举。

华丽服装创立后的短短三四年时间，随着业务经营在市场与行业两大层面的纵横拓展，詹慧珍的市场经营眼光和思维也在发生着巨大变化。

在市场眼光上，她逐渐由一市、一省的范围，而纵览全国服装行业的发展变化与走势。

在经营思维方面，她渐渐对整个服装行业投以关注的目光。

与此同时，广泛接触服装行业同仁、服装行业主管部门及民营经济发展扩大市场，让詹慧珍在不知不觉中完成着由个体服装生产经营者到执掌一家服装企业的角色转换。

1990 年前后，在对全国各地服装行业的深入了解过程中，詹慧珍发现，短短几年之间全国服装行业呈现的快速发展势态，使得整个行业的发展正发生着巨大变化。

在其中，变化最快的就是全国一些地方开始出现品牌服装生产的集中区域。

如福建石狮已涌现出一大批大型服装厂，尤其是出口服装产品生产为主；浙江的温州和宁波，西服和衬衫的生产已颇具规模；而广东的东莞虎门镇，集中了不计其数的女装服装厂⋯⋯

对此，詹慧珍开始越来越深刻地意识到，随着全国各地服装企业的蓬勃兴起，服装市场的发展势必将迎来新一轮的变化。

这新一轮的变化，就是因服装生产数量的大幅度增长，服装企业之间的竞争将渐趋激烈。由此，服装产品不愁销路的状况也必定随之改变。

"华丽服装厂要进一步做大做强，我们必须要提前调整下一步的发展方向。"

而在接下来的思考过程中，詹慧珍选择的方向，放在了以创名牌为突破口的发展路径上。

"走创名牌之路！"

1991 年，华丽服装厂确定了这样清晰的发展思路方向。

在詹慧珍的思路中，具体为两个方面：一是以产品质量为中心，不断提高华丽服装厂的产品知名度与美誉度，系列产品全部以"华丽"为商标，全力打响"华丽"服装品牌。第二，围绕新款服饰尤其是中、高档服饰设计这一重点，扩大"华丽"牌服装中高档市场的份额。

今天，梳理改革开放四十年来全国服装行业及市场的发展历程，再看当年华丽服装确定的这一发展思路方向，让人不禁为之惊叹不已，就在整个服装行业即将迎来市场格局之变的第二轮发展机遇期，华丽服装厂又极为准确地契合了以质量品牌赢得崛起的良机。

詹慧珍未雨绸缪把握良机的睿智，看下面几件当年在全国引起很大影响的事件，便可让人豁然开朗。

1987 年 8 月 8 日，浙江杭州武林广场上燃起一堆熊熊大火，5000 多双温州产劣质皮鞋在大火中化为灰烬，令国人震惊！

随后，全国掀起对温州鞋的"大围剿"。

1988 年底，一则消息被全国各地媒体纷纷转载，引发广泛社会关注：西北某县一酒厂用酒精加水勾兑而成的假酒，大量流向多地市场，工商部门与质检部门联合展开大追查。

1990 年 7 月，北京、上海、广东、湖北及江西等多省市，也先后展开声势浩大的市场统一打假行动。在这场声势浩大的打假行动中，集中查处收缴和销毁了一批假劣质鞋、假劣质服装等假冒伪劣商品。

紧随其后，一场声势浩大的打击假冒伪劣商品的行动，陆续在全国各地展开。

是的，20 世纪 80 年代中后期至 90 年代初期，全国各类商品开始逐渐告别匮乏短缺的状况，从消费者到行业主管部门对产品质量的意识正越来越高。

詹慧珍敏锐地意识到的，正是这一机遇——靠产品质量品牌赢得在同行业的崛起。

从市场竞争的视角，詹慧珍的眼光可谓极具前瞻性！

她既看准了其时全国服装行业发展即将到来的深刻之变，同时也看到了华丽服装厂自身的优势，从而定准了进一步发展壮大的明确方向。

这又不得不提到，上海进修学习对詹慧珍在服装经营思维中的深刻启发。

"为什么培罗蒙服装的价格不菲，却还是供不应求？"还在培罗蒙公司学习过程中，詹慧珍就认真思考了这一问题。

"这就是因为，培罗蒙服装除了款式新潮之外，还有名气大的原因，尤其是西服的名气大牌子响，名气大牌子响又是因为质量好。"詹慧珍那时就领悟到了这其中的精髓。

因此，在创办华丽服装厂之初，詹慧珍就把做好服装质量和做响牌子极为看重。

服装质量上，从面料质量到缝纫的工序再到出厂检验，詹慧珍实际上是以培罗蒙公司为样本，逐渐建立起了华丽服装厂的质量管理体系。

一家刚刚创立的小规模服装厂，一开始就如此注重产品质量管理，这在当年的民营服装厂中可谓凤毛麟角。

这其实也是华丽服装厂产品，在短短几年中赢得市场的关键因素之一。

在做响牌子的方面，詹慧珍同样借鉴了培罗蒙公司的做法。

在上海学习时詹慧珍注意到，培罗蒙公司在上海几家大型百货商场设有专柜。这样的专柜既是培罗蒙服装销售点，又是宣传培罗蒙服装品牌的窗口，同时还是及时展示培罗蒙新款式服装的窗口，可谓一举两得。

为此，詹慧珍不惜花费较贵的租金，就在新余市城区的繁华街道上租下一处临街门面。有作为华丽服装厂的销售门市部。

在各职能部严厉打击假冒伪劣商品的同时，国家将构建工商、质监等相关职能部门对产品质量的监管体系也提上了重要日程，树立与弘扬产品品牌意识也日渐在全社会蔚然成风。

树立与弘扬产品品牌意识方面，从1991年前后开始，除各种媒体大力宣传品牌知识、传播优质产品之外，全国各地由各级政府部门和各类行业协会还大力举行品牌宣传展示大会、优质与品牌产品展销会。

产品质量和品牌形象的树立，是直接关系到一省经济健康快速发展的重大问题，江西省政府高度重视全省工农业产品质量的提升与品牌的培育。江西省"八五时期（1991—1995）发展规划"中，把食品工业、电子工业、服装工业等十大类工业行业列为名牌产品培育的重点行业。

在江西省南昌市，从 1991 年秋季开始，由江西省政府主办、相关行业协会及部门协会的省级各类名牌产品展销会或博览会，每年都在位于南昌市八一广场的江西省展览馆举行。如"全省优质农产品展销会""全省名牌工业产品博览会""家用电器名牌产品展销会""全省服装产品展销会"等等。

其中，为策应江西服装工业发展而举办的"首届全省服装产品展销会"，又是省级重点展销与博览会之一。

"我们的服装产品质量在江西、甚至在全国同行业都得到同行的认可，完全具有参展的资格。这不仅是展示我们'华丽'服装品牌的舞台和良机，也是促进和扩大我们服装销售量的一个好渠道。"

1991 年 10 月初，在得知"首届全省服装产品展销会"即将于同月下旬在江西省展览馆举办的消息，詹慧珍立即敏锐地意识到了这一机遇。

詹慧珍随即决定：举全厂之力来积极备展！

当月下旬，江西"首届乡镇企业服装产品展销会"如期在江西省展览馆举行。由于詹慧珍的高度重视、积极认真备展，所以新余华丽服装厂在"全省首届服装产品展销会"上，无论是展区的展示位置还是展位的新颖设计、服装产品的布展都十分引人注目。

通过本次展览会，来自省内外的客商对参展的"华丽"系列服装产品，以其潮流款式设计之时尚，布料之考究舒适、风格之鲜明和工艺之精湛，给观展者、鉴赏者、业界同仁及客商们留下了深刻印象，商谈的订单达到近 2000 万元，也赢得了好评！

更让詹慧珍激动不已的是，她全然没有料到，莅临"首届全省服装产品展销会"开幕式的江西省领导和南昌市领导，会在当天亲临"华丽"服装展区视察指导并对自己高度肯定和深切鼓励！

当省领导走到华丽服装厂的展区前，看到展出的一款款服饰不仅款式新潮时尚，而且做工精致细腻，便放缓了脚步，饶有兴趣地驻足赏鉴起来。

"我们的服装产品，重点在产品质量和新款式设计开发上下功夫，依靠良好的产品质量和深受消费者青睐，树立品牌，打开市场……"站在展区里的詹慧珍认真向省领导介绍新余华丽服装厂的发展情况，得到了省领导的充分肯定。同时，省领导鼓励詹慧珍倍加努力，把新余华丽服装厂做大做强，让"华丽"品牌成为江西服装行业里的又一朵奇葩。

在展销会上亮点纷呈的新余华丽服装厂，也引起了媒体的关注。

在对"首届全省服装产品展销会"情况进行宣传，并延伸到对江西全省服装工业的崛起发展思考一些报道文章中，就有介绍关于新余华丽服装厂注重品牌树立的经验典型案例。

借助于"首届全省服装产品展销会"这一辐射省内外的高端大平台，"华丽"服装的品牌知名度和美誉度，获得了一次良好的宣传与展示机会。

此后，新余华丽服装厂一方面积极参加省内外的服装展销会，在更广更高的展示平台扩大品牌影响力。另一方面，"华丽"服装也不断赢得各级各类服装产品奖项，品牌含金量逐步提升。

作为江西本土服装品牌中的女装品牌，"华丽"品牌犹如一颗耀眼之星冉冉升起。

借助于品牌知名度与美誉度的提升，詹慧珍同时又努力从"产品需求"到"品牌需求"，再到"品位需求"，让"华丽"服装在细分服装市场的过程中，逐渐形成了自己的品牌系列产品。在这一过程中，"华丽"服装的产品更加丰富，市场空间又快速拓展，企业实现了品牌与规模的同步快速发展。

到 1995 年前后，新余华丽服装厂已成为江西乃至全国服装生产行业中颇具规模与知名度的服装企业，年产值达到数千万元。1992 年被评为江西省"优秀乡镇企业"，詹慧珍本人也被评为全省"明星企业家"。

以新余华丽服装厂为发展起点，詹慧珍在以服装为主导产业的同时，又从 20 世纪 90 年代后期至新世纪开始逐渐实行多元化经营，企业一步步稳健壮大崛起成为实力雄厚的华丽集团。

创办企业的成功，为詹慧珍办学提供了坚实基础。与此同时，詹慧珍也逐渐成为江西和全国女商界中的翘楚：

2000 年，江西省妇联授予她"江西十大杰出妇女""省三八红旗手""省巾帼英豪"荣誉称号；

2001 年，全国妇联授予她"全国城镇妇女巾帼创业带头人"荣誉称号；

2002 年，荣获"江西省首届十大杰出进城和返乡青年创业明星"；

2004 年，江西省工商联等七部门联合授予她"1999—2003 年度服务经济建设先进个人""优秀中国特色社会主义事业建设者奖章"；

2007 年，全国妇联、中国女企业家协会授予她"2007 年杰出创业女性"荣誉称号；

2008 年，被江西日报社、江西省妇联评为"江西十大创业巾帼英豪"；

2009 年，被全国妇联授予"全国三八红旗手"荣誉称号；

2010 年，全国妇联、中国女企业家协会授予她"中国优秀女企业家"荣誉称号；同年，江西省总工会授予她"江西省女创业带头人"荣誉称号；

2011 年，被中华全国总工会授予"全国五一巾帼标兵"荣誉称号；

2012 年至今，詹慧珍先后荣获"中国工业十大杰出女性""中国杰出贡献女企业家""江西十大杰出民营企业家""江西政协委员十大创业典型"等诸多荣誉。

第六章

走产教并举办学之路

随着新余华丽服装厂规模与品牌日渐发展，服装设计和缝纫技术人才短缺，也逐渐成为制约企业发展的一大瓶颈。

从开办服装培训班的思路中，詹慧珍最终找到了解决这一问题的好办法——在服装厂设立培训班。

通过企业培训班的途径，新余华丽服装厂的培训班面向社会青年招生，进厂边培训边实习期间，厂里发给学徒工资，学徒期结束、考核合格转为厂里的正式员工。

对于新余华丽服装厂来说，此举的初衷是为了解决企业服装设计和缝纫技术人才短缺的问题。然而对于新余华丽服装厂培训班的学员来说，进入培训班既可以学到服装设计和缝纫技术的一技之长，又可以在结业后有工作保障，可谓一举两得。

因而，新余华丽服装厂开设的培训班，知名度快速传播，规模不断扩大。

在短短几年时间里，新余华丽服装厂培训班培养的学员不但充分满足了企业服装设计和技术员工的需求，而且培训班大量的学员，在培训结业后纷纷走向沿海地区的服装厂工作。

让詹慧珍没有料到的是，她开创服装厂的初衷，是为企业解决技术型员工的用工需求，正与20世纪90年代国家对口职业教育人才培养方向高度吻合！

90年代，随着改革开放步伐加快，经济社会快速发展，社会对人才的需求也逐渐发生变化。既有一技之长又有一定文化程度的新型职业技术人才，成为社会用工需求的越来越"走俏"的方向发展。

1996年，顺应服装市场人才需求新变化，詹慧珍顺势创办起了新余市华丽服装中等专业学校。

由此，她逐渐走上了以"校企合作、产学教结合"的民办高职院校办学探索之路。

第一节　一举两得的学徒班

20 世纪 80 年代末、90 年代初，改革开放进程中的中国服装行业，开始逐渐步入发展的"黄金时期"。

而初具规模的新余华丽服装厂，也由此迎来了大好的发展良机。

从 1990 年初开始，新余华丽服装厂的快速发展局面，大大超出了詹慧珍之前的预料。

这其中最令人欣喜的是，逐渐有服装经销商主动与新余华丽服装厂取得联系，洽谈采购服装产品到商场销售。在这些服装经销商中，有一次进货量就达到数千套的商家。

这是华丽服装厂经营发生的一个重大变化——产品销售开始由过去四处上门推销，现在开始逐渐转变为有经销商上门主动联系来订购！出现了产销两旺的趋势。各地经销商均批量订购"华丽"服装发往全国各大商场销售的好形势。

回望改革开放后全国服装产业发展的历程，再看詹慧珍在 20 世纪 90 年代对新余华丽服装厂扩大经营规模的这一决定，人们惊叹地发现，新余华丽服装厂真正的发展壮大起步，几乎是与全国服装行业异军突起的时间节点完全吻合。

新余华丽服装厂抓住发展的机遇期呈现了喜人的发展势态，让詹慧珍倍感振奋。

然而，随着生产规模的不断扩大，一个日渐凸显的障碍问题也逐渐让詹慧珍为之越来越焦虑。这就是，服装厂的产品设计开发人员尤其是水平高的设计师缺乏，服装缝纫一线的技术熟练工人缺口也越来越大。

从当年开服装店到现在办服装厂，詹慧珍体会最为深刻的一点就是，款式和做工精的产品深受消费者青睐，是赢得市场的关键。新余华丽服装厂之所以在短短几年时间里发展这么快，就是因为每开发设计的新产品，都能引领市场女装和儿童服装的潮流，得到广大消费者追捧青睐。

然而，服装尤其是女装，应季时间快，销售时间短。

到 2000 年，随着全国民营服装行业的蓬勃发展，产品竞争日趋激烈。

那么，面对市场竞争和高层次设计及做工精致工人短缺的现状，怎样突破解决这一问题呢？

当然，最快捷的方法是从社会上招揽人才。

但詹慧珍随后发现，对于新余华丽服装厂来说，想通过这一方法来解决企业人才需求的问题，存在不小的困难。

这首先是因为，新余本地的服装设计人才和缝纫技术工少。其次，从外地聘请的人员不但工资成本高，而且队伍很不稳定。

1991 年上半年，詹慧珍费尽周折，不惜给予高薪待遇，先后从浙江聘请来几位服装设计师。然而，不到半年时间，这几位服装设计师又相继离开了华丽服装厂。

"不仅仅是工资待遇的问题，您给我的工资待遇已经够高了，但我还是希望能到广东等沿海一带去发展，毕竟那里汇聚了全国服装设计最丰富的信息与资源。"当从浙江聘请来的最后一位服装设计师提出离职，詹慧珍诚恳相谈、希望她能留下来时，这位设计师对詹慧珍这样直言相告。

对此，詹慧珍知道，这并不能怪设计师"这山望着那山高"。

因为现实的情况如此，广东、福建、浙江一带大量的民营服装企业如雨后春笋般崛起，优秀的服装设计人才奇缺，服装产业还没有形成规模的江西新余市，很难有吸引留住优秀服装人才的条件。

在解决熟练缝纫技术员工的问题上，情形也基本如此。

沿海发达地区的服装企业，对熟练缝纫技术工人的需求量逐年攀升，而且因企业间相互争抢人才，熟练缝纫技术工人的工资待遇也越来越高。

根据内地企业现状，相比沿海发达地区的服装企业，内地的同类企业显然对熟练缝纫技术工人的吸引力不强。

基于走访、调研得出的答案，詹慧珍果断的决定将在培训班的基础上，招揽懂管理的专门人才，设立新余华丽服装培训学校，与省城的一所中专学校合作，凡在新余华丽服装培训学校毕业的学生经系统学习后，经考试合格可取得中专文凭，这一思路既解决了学生的毕业文凭，又为企业留住了人才，也为社会青年解决了就业，这样对于许多渴望走出农村和城镇失业青年该是具有多大的吸引力。

新余华丽服装培训学校的成立后，新余市周边县、市待业青年踊跃报名，通过短短的几年学习，他们既学到了一技之长又解决了就业问题。通过学生们的一传十、十传百，学生纷至沓来，继而名气扩到宜春、九江、赣州、上饶等地方。

俗话说，金杯、银杯不如学生和家长的口碑。

时间过得真快，在通过短短几年的摸索、探路，詹慧珍掌握了基本的教技术，培养人才的路径，从而萌发办一所国家承认、社会认可的中专学校，走"校企合作、互动发展、既出产品又出人才"的职业教育发展新思路。

怎样解决困扰华丽服装厂发展的这个难题呢？

为此，詹慧珍进行了多方思考、调研走访，得出一个结论，成立专门培养人才学校。

正是在这一过程中，一个突破解决问题的途径方向逐渐明晰起来——自己来培养服装设计与技术人才！

詹慧珍的思路是：利用服装培训这一优势，结合工厂招工形式，面向社会青年招生，进华丽服装厂学徒，学徒期间，厂里发给学徒工资，学徒期结束、考核合格转为厂里的正式员工。

这一方法，类似于原来从华丽服装培训班优秀学员中选人进服装店，但为厂里培训人才的界定又十分明确。

"准确地说，这种形式叫'学徒班'很合适。"詹慧珍后来回忆道。

于是，1993年上半年，华丽服装厂就以"学徒班"的形式，开始向社会招工。

既可以解决工作的问题，还可以学得服装设计与缝纫技术一技之长，而且一进厂还能拿学徒工的工资。这样的工厂学徒班，对于许多渴望走出农村去务工挣钱以及没有工作的城镇待业青年而言，可想而知，该是具有多么大吸引力的一个地方。

因而，华丽服装厂的首期"学徒班"，招工报名十分火爆。

新余市周边一些县市的城镇待业青年和农村青年，纷至沓来，继而是渐渐是江西宜春、九江、吉安、赣州、上饶等全省各地的城镇待业青年和农村青年。

新余华丽服装厂学徒班的知名度不胫而走！

到1995年，新余华丽服装厂招收的"学徒班"招工，范围已扩大至江西全省范围。

甚至，还有来自江苏、山东、安徽、湖南与湖北省的学员。

至此，"学徒班"的成功开设，让制约新余华丽服装厂突破发展的人才问题得以迎刃而解！

不但是人才短缺的问题得以迎刃而解，而且"学徒班"根据华丽服装厂所需设计与技术员工实际培训出来的人才，相比从社会招聘来的员工，更适应厂里的生产实际。

由"学徒"而转为正式工的设计人员与技术员工，在不断充实到华丽服装厂设计与生产部门的过程中去，使得厂里的服装设计水平更具时尚潮流、更受市场青睐，生产效率也得到很大提高。

由此，詹慧珍决定，把"学徒班"作为华丽服装厂招收员工的一条重要途径。这可谓是她在企业经营管理探索过程中，又一个十分重要的收获。

只是，她全然没有料到的是，自己在为服装厂寻求解决人才缺乏这一"瓶颈"问题的创新过程中，正逐渐打开了崭新事业的全新方向！

第二节　创办服装中专学校

一门技术改变现实生活与人生的发展方向。

从华丽服装培训班到华丽服装厂学徒班，几乎每一位走出去的学员，心中都怀着对詹慧珍的一种深切感激之情。

那些在外地服装厂工作的学员，很多人还一直保持着和詹慧珍的联系。

在他们心里，詹慧珍是交给自己技术的老师，也是十分尊敬和倍感亲切的大姐姐，他们平时在工作生活中遇到了什么迷茫困惑或是拿不定主意的想法，会写信告诉詹慧珍。而詹慧珍无论多么繁忙，也会抽空及时给他们回信，为他们指点人生方向，给他们答疑解惑。

每逢过年的时候，那些在外地工作的原华丽服装培训班和华丽服装厂学徒班的学员，总会有很多人来新余看望詹慧珍。

1995 年春节前后那段时间，像往年一样，每天都有三五成群的学员来到詹慧珍的家里做客。

詹慧珍心里既高兴又感动！

因为，从培训班到学徒班走出去的学员，如此重情重义，不管是离开了七八年时间的学员还是出师仅几个月的学员，他们心里都珍藏着厚重的师生情谊。

但正月十六这天，几位数年前培训班的学员相约来看望詹慧珍，却再次触动了她内心深处的深层之思。

这一天，相约来看望詹慧珍的这几位学员，是1988年参加华丽服装培训班的学员。

她们都是初中毕业文化水平，在华丽服装培训班学习了服装设计或裁剪缝纫一技之长后，前往深圳、珠海和福州，在那里如愿找到了称心的工作。

往年春节，他们从外地回来过春节期间，每年一般都是在正月初六之前陆续来看望老师詹慧珍，然后即返程前往工作的城市。她们一直视詹慧珍为自己的良师益友和亲切的大姐姐。

"我还以为你们今年春节没有回来，或是回来但已经返回去上班了呢……"几位学员一进家门，詹慧珍惊喜又有些意外地这样说道。

因为，一般正月初六左右，从外地回乡过春节的人就陆续要返回去上班了。最迟，很少有超过正月十五元宵节的。

"詹老师，我们今年决定不去外地工作了。"这几位学院回答道。

"那是为什么？"詹慧珍很是不解。

"是这样的，我们在外地服装厂的工资收入，几年了还是跟原先一样，感觉划不来，所以我们今年过年在一起碰头商量，就都不想再去外地工作了。"一位学员解释说。

"我们的技术，可以说是厂里最好的。但是，我们在厂里拿的工资却比不上不如我们的一些人。"在福州一家服装厂工作的一位学员又补充道。

"怎么会这样呢……"詹慧珍询问这几位学员。

"因为我们原来在培训班只有结业证没有文凭，现在沿海一带的工厂招工，不光要有技术特长，还要有文凭，这是我们待遇最吃亏的地方呀……"几位学员告诉詹慧珍。

"看来，这已是一个较为普遍的情况了！"

这几位学员的一番话，再次让詹慧珍产生了深思。因为，这几年当中，每年春节期间她和从外地回来的学员交流，逐渐发现学员们在外地工作中遇到的这一问题越来越普遍了。

就在这个春节期间，反映这一问题的学员比往年更多了。

从华丽服装厂学徒班结业的几位学员，谈到他们在福建石狮一家服装公司工作的情况时，那样充满希冀地说道："要是我们在学徒班学习过程中，同时能获得文凭就好了！"

是啊，既能学到服装设计或缝纫技术又能同时获得文凭，这是学员们心里真切的期盼。

那么，怎么才能做到这一点呢？

"要让学员们获得文凭，那就要开设文化课程，但文凭又是需要国家教育部门颁发的……对啊，应该去教育部门咨询一下。"

詹慧珍决定，去向新余市教育部门了解咨询这方面情况。

詹慧珍不曾料到，沿着这样的思路，她正渐渐在向办学的方向走近。

"你们华丽服装培训班学员们遇到的情况，正是近年来沿海一带企业用人需求发生变化所产生的。"新余市教育部门的工作人员告诉詹慧珍，随着这种人才需求趋势逐年增强，如果华丽服装培训班还按照原来的模式办下去，那肯定难以适应人才需求的变化了。

接下来，詹慧珍在新余市教育部门，得到了令她兴奋不已的信息。

这一信息，就是在华丽服装培训班基础上创办中等专业学校！

"我们华丽服装厂可以办学校？"詹慧珍有些难以置信。

"不但可以办学校，按照你所讲的厂里办的学徒班情况，你们实际上已经是在办学了，而且还是很有特色的专业学校雏形！"新余市教育部门一位负责人对詹慧珍十分肯定地说。

中等专业学校，通常是在九年制义务教育结束后进行，属于中等教育范畴，中专重视专业技能的培训学习，毕业后一般都已经掌握了相应的职业技能，步入社会可以胜任某种职业。学校的招生对象，是初中毕业生和具有与初中同等学力的人员，基本学制为两至三年。

"近几年来，随着各行各业对中等专业人才需求的不断增长，尤其是国家鼓励社会力量办学力度不断加大，全国不少地方的民办中等专业学校应运而生。"新余市教育部门这位负责人还告诉詹慧珍，国家鼓励民办中等专业职业学校的发展，新余市也希望本市能创办发展更多民办职业学校。

20世纪90年代中期的新余市民办职业院校，无论从学校数量上还是在办学规模上，都已呈现出蓬勃发展的势头。

为慎重起见，新余市教委那位负责人让詹慧珍暂不要仓促做决定，一定要认真考虑成熟。与此同时，还建议她去外省市做进一步的深入调查了解。

1995年下半年，在江西省内做调查了解的基础上，詹慧珍又前往浙江、广东、江苏等外省进行了考察。

这一次考察，詹慧珍对民办中等职业教育有了较为全面的了解。

由此，詹慧珍更加认定，以培养既有一技之长又有一定文化程度的新型职业技术人才为办学定位的中等专业学校，正是解决学员在就业过程中所面临困惑的好途径。

"定位服装行业人才需求，培养适应现代先进生产管理需求的新型服装职业人才，在华丽服装厂培训班的基础上申办一所服装中等专业学校。"1996年初，詹慧珍做出了办一所国家承认学历的中等专业学校的决定。

詹慧珍深知，个人办学与办企业的立足点不同。

社会力量办学，不但意味着经济上要做好巨大投入的准备，而且国家没有民办学校招生指标，完全要靠学校自主招生，招不到学生那学校就无法生存。因而，办民办学校存在一定的风险。

但人生事业与国家教育领域的紧密关联，与年轻人的前程发展相连，让詹慧珍认为，办学这样意义非同寻常的"风险"值得自己去冒！更为关键的是，根据考察的情况，詹慧珍越来越觉得，按照办培训班的经验模式走职业教育的办学路子，那大方向就一定错不了，相信自己办学一定能获得成功。同时，企业的良好发展势头，为詹慧珍办学提供了强大的资金来源。

"退一万步说，假如办学不成功，那我也无怨无悔，因为我至少为梦想而努力过、尝试过！"

詹慧珍甚至做了这样的心理准备。

一个人为实现目标而下定如此之大的决心，那也就没有任何的心里顾及了。詹慧珍心里已然明朗——在华丽服装厂培训班的基础上，向新余市教委申办一所服装类的中等专业学校！

社会力量办学，实力最强的力量，自然是来自于民营企业。

20世纪90年代，国家积极鼓励有志于教育事业的民营企业家参与投资办学。

而产教结合，更是受到国家鼓励。这是因为，民办教育的办学投入要完全靠投资者个人，企业经营者办学，可依靠企业经营为办学提供稳定的资金投入来源，对学校长远发展更为有利。

华丽服装厂投资办学的申请，得到了新余市政府的高度肯定。

1996年，经新余市社会力量办学管委会批准，新余市华丽服装中等专业学校正式成立。詹慧珍从华丽服装培训班走向了中专学历教育的一个新的起点。

让华丽服装厂培训班学员将来既有服装一技之长又能获得文凭，从此，詹慧珍终于找到了解决学生需要文凭的途径。

这又是一次发展的突破，是站在服装培训班发展与学员需求的创新突破。

而这一创新突破方向的视角转变，也随之让詹慧珍欣然投向了民办职业教育这方新的事业天地！

第三节 四方学子纷至沓来

办学，是肩负为国家为社会培养人才的荣光事业。是响应党和政府提倡的人才强国的号召、是为社会公益事业贡献微薄之力的路径。

詹慧珍那样深刻地意识到，自己人生事业的平台，从此跃入了与国家教育事业共同发展的高度。

对于一个渴望追求事业卓越者而言，这是心底一种怎样的荣光啊！

"让走进我们学校的每一位学子成才，是我们厚重的责任。要把学校办成一所有特色的中等专业学校，要让每一位进入新余市华丽服装中等专业学校的学生，在将来走向社会后都成为服装行业里抢手的人才。"

"围绕这一目标，在紧扣国家对中等专业学校办学定位的大方向下，我们要探索自己的人才培养模式。"

"多年以来，我们办服装培训班和学徒班，实际已经为我们打下了办中等专业学校的基础。我们要结合这一基础优势，不断探索提升，逐步创新形成自己的独特办学理念。"

结合在省内外中等职业学校教育考察学习的总结，詹慧珍开始从办学理念、人才培养模式到学校发展定位等多方面，以期思考形成自己对新余市华丽服装中等专业学校办学的一系列思路。

在这一过程中，詹慧珍还更为深切地认识到，自己事业的方向已发生重大转航。进入教育事业领域，责任重大而意义深远，仅凭曾经办培训班教学的经验和对别的学校办学模式经验的借鉴，那是远远不够的。

"作为学校的创办者，我本人首先要懂教育，这必须要系统深入地学习教育管理。"为此，詹慧珍决定开始参加江西师范大学教育管理系的自学考试，以弥补自己对教育理论知识的不足。

与此同时，詹慧珍在深思熟虑中又对华丽服装厂的管理做出了重大调整——把企业的全面管理工作交给已跟随自己历练多年的妹妹，并优化组建了更为扎实、优秀的管理团队。

这意味着，詹慧珍决定将企业的管理发展事务全面移交出去。

"我当全力以赴，更需全身心投入。"詹慧珍深知，办学责任之大、使命之重，自己必须以奋进专注的姿态，倾力倾情而为。

1996年春夏之交的短短半年时间，如今深情回望，那是詹慧珍人生事业发展的历程中一段具有重大转折意义的时光。

从这一年的初夏之交开始，詹慧珍由办企业过渡到办学！

詹慧珍以百倍的热忱开始了全新的努力。

因为建校资金量巨大的原因，同时也从办学的定位实际考虑，詹慧珍决定暂时把新余华丽服装中等专业学校设在华丽服装厂内。

1996年6月26日，詹慧珍永远难以忘怀，当与省市领导一起共同为"新余华丽服装中等专业学校"揭牌的那一刻，她心中顿时涌起一股强烈的荣耀与责任感——这意味着自己倍感荣光的崭新事业由此已开端啊！内心中有一种催人奋进的紧迫感，要办好一所学校，办学理念要先进，必须要有一支懂学校管理的领导集体。教师队伍的水平，直接关系到一所学校的教学质量高低。更何况，新余华丽服装中等专业学校立志要办出自己的专业特色。

汇聚一批优秀的学校管理者和师资队伍，成为当务之急。

求贤若渴的詹慧珍，开始为延揽人才而四处奔波。

学校开学在即，时值酷暑，为聘请到在学校管理理论与实践方面具有丰富经验的副校长，詹慧珍四处奔波，不知寻访了多少位教育领域的贤达，进行过多少次真诚恳切的深入交流。

终于，詹慧珍以百倍的诚恳打动了原新余二中校长。他欣然接受邀请前往新余华丽服装中专学校。

从第一次詹慧珍上门来恳谈，到最终向詹慧珍伸出热情的手，他心中认定：詹慧珍是真心办学，志在办出一所有特色的品牌中等职业学校！

欣然接受相邀，给了詹慧珍极大的信心与鼓励。

接下来，通过省市教育部门或高校领导热情推荐，詹慧珍满怀真诚地一一上门拜访、交流和邀请，一批曾在教育部门工作和在高等院校、中等职业学校担任行政管理或任教的退休领导与退休教授（师），陆续来到了新余华丽服装中等专业学校从事学校行政管理、教学管理并任教。

众所周知，教育部门或高校的退休领导和教授（师），个性中普遍有着鲜明的知识分子气质。只有真正得到他们认可的有价值、有意义的事情，他们才会接受对方的邀请，否则就是再高的待遇他们也会拒绝，宁可退休后在家品读诗书或怡养性情。

更何况，新余华丽服装中等专业学校初创，詹慧珍的经济实力并不雄厚，也出不起优厚的待遇，给不了工作和生活上的好条件。

那么，他们为什么会接受相邀，来到学校工作或任教呢？

他们，是为詹慧珍办学的初衷深深感动而来，更为她立志要办出特色品牌学校的精神所打动而来。

这一切，詹慧珍清楚地知晓。

因而，无限的感动充满在她心间，无比的感念萦绕在她的情感深处。

"没有想到，刚刚成立的新余华丽服装中等专业学校，竟然有这么多德高望重、经验丰富的教育管理团队，组建起这样雄厚实力的教师队伍！"

在开学前，新余市政府领导来到学校进行考察，了解到学校的管理团队和师资力量时，深感震惊，不禁赞叹不已！

"为什么您不选择接受南昌的民办学校邀请，而选择来到新余华丽服装中等专业学校执教？"在学校考察时，市领导与一位来自高校的退休教师倾心相谈时这样问道。

"为她办学的理念而来，同时也为她实打实的办学精神而来！"这位退休教师这样回答。

这朴实真诚的回答，感动了在场的市领导，更感动了詹慧珍。

"自己唯有百倍努力，方能不负大家如此的大力支持！"詹慧珍在心里默默告诉自己。

在经过认真思考并多方请教、探询和结合考察的中等专业学校办学经验基础上，詹慧珍认为，新余华丽服装中等专业学校在今后的办学实践过程中，最为重要的就是要凸显出校企合作、产学并举、以厂养校、以校促厂、互动发展并体现专业特色的现代学徒制这一人才培养模式。

这一人才培养模式即是：学生一部分时间在企业生产，一部分时间在学校学习，实行产、学、教结合，理论和实践相互促进。做到"理论够用，实践为重"的职业教育理念。

詹慧珍坚信，这将是学校鲜明的办学特色。

在一位位学校领导班子、各部门管理负责人和各科教师，陆续来到新余华丽服装中等专业学校的同时，学校的招生工作也紧张展开。

"民办学校的招生直接关系到学校生存。当年新余华丽服装中等专业学校首次招生，学校一没有名气二没有招生队伍，可谓是真正的白手起家，摸着石头过河，十分不易！"

当年负责学校招生工作的艾敏，他如今已是赣西科技职业学院的副院长。对于1996年新余华丽服装中等专业学校首次招生的过程及情景，至今回忆起来他仍百感交集、记忆犹新。

"一开始，就是我带着新余市的一位退休老师招生，这就是学校那年招生队伍的实际情况。当时，民办学校的招生真的是十分艰难，学校的生源教育主管部门没有任何一个指标，完全要靠自主招生。最主要的一点，民办学校当时在社会上还受到较为严重的歧视。不管是学生、家长还是学校老师都不认可，一听说我们是民办学校，都纷纷避之不及，这样也就连招生过程中最基本的宣传和交流机会也没有了。"

艾敏和这位退休教师第一次走进新余当地的一所初中学校招生，这所初中学校的校长一听说两人是新余华丽服装中等专业学校的招生人员，于是就询问学校的基本情况并要求看招生资料。

可他们手上什么资料也没有。

结果，人家校长对两人的身份产生了怀疑，唯恐避之而不及，哪里还肯谈什么招生问题。

"是啊，当时我们是在三无的办学条件下开始招生，何况我们是靠租厂房隔教室办学，没有其他学校那样壮观美丽的校园，没有吸引人目光的现代教学设备，没有较好的学生生活学习条件等等这些。那我们靠什么去招生呢？于是我就苦思冥想这个问题。"

最终，艾敏终于想出了学校招生宣传的"亮点"。

这个亮点就是学校的人才培养理念——我们是由企业办学，走"以厂养校、以校促厂、厂校合一、互动发展"的办学模式，以及师傅带学徒这一人才培养新理念，从理论与实践紧密结合，实行产、学、教结合，以理论够用、实践为重的理念，并承诺学生家长毕业后100%推荐就业。

"我们就尝试跟初中和高中学校的老师，学生和家长们，讲解学校的人才培养模式。"学生应该要学一技之长，走上社会能就业，才有生存之本的理念。

让艾敏喜出望外的是：招生宣传交流思路转变之后，开始陆续有校长、老师、学生和家长对新余华丽服装中等专业学校产生浓厚的兴趣！

终于，第一位学生选择了就读新余华丽服装中等专业学校。

接着有了第二位、第三位、第四位……

在此过程中，艾敏和那位退休教师又开始由新余走向江西上饶、九江、宜春、赣州和萍乡……

同样是时值酷暑，艾敏和那位退休教师就这样辗转乘坐公共汽车，一个地区一个地区地跑，发扬"踏遍千山万水、走遍千家万户、费尽千言万语、吃尽千辛万苦"的"四千"精神，走进一所所初、高中学校，走进学生的家里，和一位位学校校长、老师、学生和家长们真诚坦诚交流。

学校初创，经费十分紧张，为了尽可能节省每一分钱，在招生奔波的日子里，艾敏他们每到一地总是找最廉价的旅社住，吃饭常常是买一两块钱一份的盒饭填饱肚子。

"当时最难熬的是晚上，几块钱一晚的招待所不可能有空调，上半夜闷热得让人大汗淋漓，到了下半夜稍微凉快下来，可蚊子又多了起来，把人叮得浑身都是包……"

好在最后的招生人数令人无比欣喜。

通过两个多月的努力，新余华丽服装中等专业学校第一次实现了招收新生过百名的招生目标！

1996 年 9 月 1 日，新余华丽服装中等专业学校顺利开学。

这一天，在詹慧珍和学校老师们深情的目光里，迎来了 108 名来自江西全省各地的新生。

那一天，也成为詹慧珍永远难忘的日子。

作为校长的詹慧珍，她已经做好了以实施"产教结合"独特模式教学的充分准备，迎接这批到来的莘莘学子。

对于詹慧珍而言，产教结合大方向下的现代学徒制人才培养模式，在新余华丽服装中等专业学校办学过程中，其实已是到了一个对办企业和培训班经验全面总结和提升的阶段。

因为，从华丽服装培训班和华丽服装店同步发展一开始，其实詹慧珍就迈出了产教结合方向下的学徒制人才培养探索之路。

只是，詹慧珍不曾意料到，几年之后，这将成为她办学探索中最显著特色彰显的源泉！

而在华丽服装厂发展过程中，学徒班的开设，实际上已形成了产教结合大方向下的学徒制人才培养模式雏形。

"办学，一定要遵循教育规律。"

詹慧珍和学校领导层的思考方向，再次从教育理论层面高度，围绕校企合一、产、学、研并举的办学方向和现代学徒制人才培养模式，形成新余华丽服装中等专业学校的教学特点，实施教学。

在依据国家中等专业学校课程设置要求的基础上，新余华丽服装中等专业学校制定了学校《产教结合教学实施方案》，把学生课程分设为基本文化课、服装设计专业理论与服装实训三大部分。

这一"教学实施方案"最具特色之处，就是突出对学生的实验实训教学。

在实训教学这一重点教学领域，詹慧珍充分借鉴了华丽服装厂"学徒班"的经验，坚持理论够用、实践为重的办学理念。

在职业教育领域，如果说实训中心是企业的仿真模拟，那么实训车间便是完全真实的企业生产线，在这里，学生不出校门便进入了生产一线"顶岗实习"状态。

根据学生计件领取工资，这在一定程度上也缓解了部分困难学生的生活费等问题。

学生选配，一是从一、二年级在校生中，挑选部分动手能力强、有一定进取心、综合表现优秀的学生进行生产性实习；实行一个师傅带 4 至 6 名学生为学徒，以确保产品质量。

条件成熟时，可实行全体学生轮训。二是从三年级顶岗实习学生中，根据前两年专业水平及综合表现挑选部分优秀学生，由教师进行师带徒式传帮带，加快技能培养进度，以期在各级技能比赛中有所突破。

外聘管理：新产品加工初期，为确保产品质量，可从合作厂方临时聘用资深技术人员，对教师和学生进行设备和技术培训。

产教结合办学模式，为广大教师提高实际操作能力提供了条件和机会，教师把理论知识与生产实践相结合，把教学与科研相结合。

职业教育有时与企业脱节，在人才培养过程中过于重视理论传授，缺乏实践操作，导致学生解决实际问题能力不强。有时，企业来学校招到人后，回去还得再针对企业的需求，重新培训，费时费力。

为此，在学校正式成立之后，学徒制开始成为由企业和学校共同推进的一项育人模式，其教育对象既包括学生，也可以是企业员工。企业参与职业教育人才培养全过程，从课堂教学到车间实践，实现专业设置与产业需求对接，课程内容与职业标准对接，教学过程与生产过程对接，毕业证书与职业资格证书对接，职业教育与终身学习对接，提高人才培养质量和针对性。

　　建立现代学徒制，是职业教育主动服务当前经济发展要求，推动职业教育体系和劳动就业体系互动发展，打通和拓宽技术技能人才培养和成长通道，推进现代职业教育体系建设的战略选择；是深化产教融合、校企合作，产、学、研并举，推进工学结合、知行合一的有效途径；是全面实施素质教育，把提高职业技能和培养职业精神高度融合，培养学生社会责任感、创新精神、实践能力的重要举措。

　　既有现代职业教育的衣钵，又有传统师傅带徒弟的过程，其中最核心的便是校企一体化教育。

　　多年的探索实践，逐渐形成了新余华丽中专学校突显的办学特色。

　　这一以"理论与实训并举"为重要内容的办学特色，不但为职业教育探索了新的思路和方向，也开始直接形成了詹慧珍在职业教育理念上最重要的基础。而每年招生数量成倍增长，1997年招新生达500多人，1998年招新生800多人，三年在校生达到1500多人。从此詹慧珍走向了办学路上大规模发展。在没有任何地理优势的小城市，能逐年扩大招生规模的学校实属不易。

第四节　首届毕业生遭"抢"引轰动

　　1998年6月，新余华丽服装中专学校首届学生即将毕业。

对于一所民办职业学校而言，毕业生的就业情况，不但是对其办学质量成效的重要检验与体现，也是关系到学校未来生存发展的关键方面。

学生就业工作安排至关重要，对学校发展意义重大，詹慧珍和校领导们高度重视。

"学校必须要成立专门的部门来主抓这项工作，而且还要由一位校领导来分管，这既是对毕业学生就业负责，也是关系到我们学校今后发展的大事。"

1998年底，新余华丽服装中专学校召开首届毕业生就业专题校务会，詹慧珍在会上提议，成立"新余华丽服装中专学校毕业生就业指导办公室"。

"根据我们学校人才培养的特色，在毕业生就业上，要主动联系服装企业，为学校首届毕业生搭建起就业的通道，同时也为全国各地的服装企业到我们学校引进人才建立起稳定的'校企合作'关系，为学校发展和学生就业搭建互通'立交桥'。

"学校为了让学生家长放心，以良好的就业跟踪服务，让全体毕业生实现理想、高质量的就业，以此促进学校办学知名度的提升。"

"逐步建立学校与全国各地服装企业之间的人才供求渠道，从学校长远的发展来看，意义绝不仅仅是在毕业生就业这一层面。因为，这样的人才供求渠道建立之后，学校和企业之间的了解会越来越深，企业需要什么样的人才我们就培养怎样的人才，这样我们学校就真正做到紧跟用人市场不断改进和完善人才培养模式，与此同时，我们新余华丽服装中专学校学徒制教学就有可能从封闭而走向开放，走向用人市场、紧密贴近用人市场。"

在这次会议上，詹慧珍由毕业生就业这一问题而延展到用人市场与学校人才培养的深层关联，再提升到学校将紧跟人才需求办学、敞开大门办学等一系列整体关联高度。

办学近两年来的实践探索中，詹慧珍立足现阶段办学的每一步实际，同时始终目光深远，正逐渐形成关于新余华丽服装中专学校办学的整体思考布局。

这背后，也得益于詹慧珍在紧张繁忙中刻苦攻读江西师范大学教育理论专业的每一门课程。

报考江西师范大学教育学专业的自学考试后，两年多来，詹慧珍没有落下一节课程。上面授课程时，她提前安排处理好学校的事务后来江西师大，听课学习的期间，她除了上课聚精会神听课，课后时间不是在图书馆就是向教育专业的老师请教问题，并结合自己的办学实际请教教育学专家。

寒来暑往间，不知道多少个深夜，夜阑灯下，詹慧珍聚精会神伏案学习的身影映照在她办公室的窗帘上，映照在她家里的窗花上，也映照在学校师生们的眼里……

詹慧珍深知，办学，就要遵循教育规律办学，而自己的"短板"正在于此，所以自己要奋力弥补教育理论方面的不足。

如此的勤奋苦学，如此的孜孜深思，在门门课程均以高分顺利通过考试后，詹慧珍最后又以高质量的毕业论文，获得了国家教委颁发的高等教育教育理论专业毕业证书！

从事业转向教育领域的一开始，詹慧珍那样全身心投入办学，夙夜在教育。

岁月见证，那些不懈探索跋涉的足迹全都刻印在了激情前行的时光里，在这一过程中，詹慧珍也悄然实现着由教育行外人士向教育行内专家的转变。

而这为她此后一步步登上中国民办教育大舞台，打下了坚实基础！

也正是因为在教育理论上不断丰富，詹慧珍才逐渐在新余华丽服装中专学校的办学实践探索中，提出了更多立足现阶段、又目光深远的学校发展战略思考、布局与体系。

"回顾赣西科技职业学院的办学历程，在其初创时期的新余华丽服装中专学校阶段这一时间节点，成立毕业生就业指导办公室、后来又发展成为学生就业中心，这对学院后来一路赢得快速崛起发展，成就高等职业教育领域熠熠生辉的品牌，具有极其重要的意义。"一位全国高等职业教育领域权威专家，在谈及詹慧珍办学成功之路时这样说道。

对于这一切，在从新余华丽服装中专学校到赣西专修学院、再到赣西科技职业学院的办学不断提升与发展历程中，人们都将清晰而完整地看到……

再回到学校毕业生就业这一话题上。

詹慧珍提出并深入阐述的以上一系列探索思考，得到校领导层和各部门负责人的一致赞同，而围绕这一内容延展至下一阶段和未来学校的长足发展思路方向，又令大家无不深为佩服且充满信心！

随后，"新余华丽服装中专学校毕业生就业指导办公室"正式成立，力量实力很强的队伍也配备到位，校领导分管层面除了一位副校长，詹慧珍也亲自主抓毕业生就业指导办公室的工作。

毕业生就业指导办公室围绕学校的整体思考布局和当前阶段的具体要求，制定出"立足毕业生就业，策应学校长远发展"的重点工作思路方案，方向明确，目标清晰。

1998 年的岁末，新余华丽服装中专学校先后与宁波雅戈尔、杉杉西服及深圳、东莞、石狮等地的一百多家服装企业建立了人才供求联系，了解企业用人需求情况，积极向这些服装企业推荐适合岗位需求的毕业生。

而在这个过程中，企业也对新余华丽服装中专学校的基本情况和人才培养特点等，有了较为全面详细的了解。

毕业生就业指导办公室这一部门的成立，架起了学校和用人单位之间人才需求与培养之间的精准对接桥梁。

新余华丽服装中专学校的这一探索做法，后来被事实证明，这为江西甚至全国民办职业院校的发展提供了又一成功经验。

临近毕业的时光总是过得特别快，转眼已到 1999 年的 5 月。

"新余华丽服装中专学校吗？我这边是宁波雅戈尔服饰有限公司人力资源部。请问你们学校的毕业生招聘会什么时间举行？是这样的，我们公司准备从你们学校招聘服装一线岗位的技术工人，现在想向你们了解一下你们学校毕业生招聘会举行的具体什么，确定后，我们可派负责人过去……"

学校初创发展阶段的一个特别重要日子，也是令詹慧珍难以忘怀的日子——1998 年 5 月 1 日。

这一天，新余华丽服装中专学校毕业生就业指导办公室接到了来自雅戈尔服饰有限公司人力资源部打来的电话！

"公司主动向学校要毕业生！而且还是全国服装行业大名鼎鼎的雅戈尔服饰有限公司！"毕业生就业指导办公室内心一阵激动，随即将此情况向院长詹慧珍及其他校领导做汇报。

"这个消息真是太好了！"学校领导们好不喜悦！

詹慧珍的内心当然欣喜不已，但内心平静下来，她随后便有了更多更深的思考布局：

"举办毕业生招聘会！对，我们没有想到举办学校毕业生招聘会，这既是方便服装企业来学校选聘毕业生的好方式，也是宣传和扩大学校社会影响的一次好机会。"

詹慧珍决定，立即着手准备举办新余华丽服装中专学校首届毕业生招聘会。

一个月后，新余华丽服装中专学校首届毕业生招聘会如期召开。

之前通过学校毕业生就业办公室，已对华丽服装中专学校办学整体基本情况和毕业生情况已有初步了解，而且有在学校招聘人才的全国各地近二十家服装企业，受邀参加招聘会。

让詹慧珍和学校领导、老师们始料不及的是，在招聘会上，80 多名毕业生当场被这些服装企业录用，占到整个毕业生人数的三分之二多！

接下来不久，又陆续有沿海地区服装企业联系学校毕业生就业指导办公室，都是要招聘学校毕业生的。

结果，更让人没有想到的是，新余华丽服装中专学校剩下的 40 多名毕业生成了名副其实的"香饽饽"，很快都被用人企业录用。

甚至，竟然出现了几家服装企业"争抢"一个毕业生的情况。

这种情况，对民办学校来说是不多见的！

1999 年 7 月，新余华丽服装中专学校的首届毕业生全部顺利实现就业。

而且，毕业生所进入的服装企业，都是当时在全国服装领域有一定影响的服装企业，更有雅戈尔、杉杉西服这样在全国一流的品牌服装企业。

"让走进我们学校的每一位学子成才，当是我们厚重的责任。要把学校办成一所有特色的中等专业学校，要让每一位进入新余华丽服装中等专业学校的学生，在将来走向社会后都成为服装行业里抢手的人才。"

两年时间，新余华丽服装中专学校实现了这一办学目标！

学校毕业生如此受用人单位青睐，首届毕业生就实现百分之百的就业率，这在江西省内民办中专学校中，在当时是实不多见！

随后的事实证明，举办毕业生招聘会，不仅进一步加强了学校与用人企业等单位之间的了解沟通，也扩大了学校的社会影响。而这些，对于促进加快学校的发展具有十分重要的意义。

比如，学校毕业生如此受用人单位青睐，就为第二年学校招生带来了很好的宣传效果，也为招生时给家长兑现了 100% 推荐就业的承诺。

两年时光，已学成服装各类技艺的青年即将奔赴工作岗位。

第一次欢送自己学校培育的 100 多位学子离校，走向社会，詹慧珍心情激动但却又那样难舍。

"'人生的道路虽然漫长，但要紧处常常只有几步，特别是当人年轻的时候'，同学们，在毕业走向社会，走向你们的工作岗位后，希望你们不负青春，努力奋进，书写出你们精彩的青春篇章！"

詹慧珍这样深情寄语与期待每一位毕业生。

第五节　顺势提升办学层次

栉风沐雨辛勤耕耘，春华秋实吐露馨香。

令人惊叹的毕业生高就业率以及办学特色尤其是显著的办学成果，让名不见经传的新余华丽服装中等专业学校，开始在江西甚至在全国同类民办学校中声名鹊起。

新余华丽服装中专的社会影响也随即渐起，最为显著的体现就是抓好了招得进、留得住、送得出的关键环节。

詹慧珍带领全体同仁，迈出了办学成功的第一步！

同样让人欣喜的是，与办学取得令人可喜成绩同步，新余华丽服装厂的经营发展也同样如火如荼。品牌影响力不断扩大，在此过程中，"华丽"服装畅销市场，1998年前后的"华丽"服装已经成为全国女装和童装中的知名品牌。

1998年，新余华丽服装厂的年产值已近5000万元，成为新余乃至江西具有一定影响和规模的民营乡镇企业和民企纳税大户。

正是在这一年，面对新余市城关镇针织厂连年以来因严重亏损而导致企业生存举步维艰的境况，新余市政府有关部门找到詹慧珍，希望新余华丽服装厂对针织厂实施兼并重组，一是解决这家乡镇集体企业的生存之困，同时借助于兼并重组进一步做大做强华丽服装厂。

"既解集体企业生存发展困境，使城关镇针织厂的职工得到很好的就业安置，同时华丽服装厂又获得兼并重组、做大做强的机遇。这可谓是一个一举多得的机会！"

从解政府之忧的大义角度出发，也从抓住机遇做大做强自己的企业考虑出发，1998 年上半年，詹慧珍果断兼并重组新余市城关镇针织厂，成立华丽制衣有限公司。

在兼并重组过程中，原城关镇针织厂的职工经过培训，全部都得到妥善安置。

值得一提的是，这样顾全大局、以大义为重的民企对集体企业兼并，在新余传为美谈。同时，也为当时新余市及江西全省其他地方的国企（集体企业）改革，提供了又一个很好的样板。企业越做越大，1992 年时任江西省省委，省政府主要领导的吴官正到厂里视察并鼓励詹慧珍努力办好企业和学校。

随后不久，詹慧珍又抓住新余商业系统国有集体企业改制的机会，兼并重组了一家大型国有商场。

在这样的基础上，新余华丽集团应运而生。

走向多元化经营的华丽集团，在此后稳健崛起的发展过程中，为詹慧珍的办学事业提供了强大的经济来源支持！

······

再回到 1998 年这一年詹慧珍的办学发展上来。

1998 年上半年，新余华丽服装中专学校"校企合作"的特色办学成效初显，引起了新余市委、市政府及教育部门的高度肯定与热切关注。

之所以说是热切关注，这背后是有深层原因的。

新余，位于江西省西部，这个曾被干宝赋予了"七仙女下凡"的神话色彩，20 世纪 60 年代因国家在此设立钢铁厂而批准建市。

然而，让人很难想象的是，从 20 世纪 80 年代之初，由一批各类实用培训班诞生伊始，新余市也悄然成为全国民办教育的先行地区。

这批实为全国民办学校雏形的实用技术培训班，詹慧珍的华丽服装培训班，可谓是规模越办越大、影响力最广的培训班之一。

后来，他们都在培训班不断扩大发展的过程中，敏锐地抓住国家对民办教育大力支持的契机，在培训班的基础上创办起了民办学校。

到 20 世纪 90 年代末期，新余华丽服装中专学校、渝州高级职业学校、中山电子计算机中等专业学校先后崛起，新余市民办职业教育日渐壮大，无论是办学规模上还是办学特色质量和影响上，在全国形成了较大影响。到了 2000 年后逐渐被教育部专家誉为职业教育"新余现象"在全国报道，形成了较大影响。

在这个人口 110 万的工业城市里，每年 9 月新学期开始，一列列、一车车满载天南地北学子的火车、汽车川流而至，构成一道独特的求学风景线。

"来到新余，不愁找不到好的民办学校，更不愁学不到称心的专业。"新余能够吸引省内外的学子纷至沓来，不仅因为这里有各式各样的职业教育，还有低廉的学费和以人为本的办学理念。

在广东沿海等地的企业中，逐渐形成了这样的共识——到江西新余，不愁找不到满意的技术人才。

每年五六月份，新余的各大民办校园就陆续有来自广东、福建、上海等沿海地区的企业前来招聘人才、挑选各专业人才。

"小城市办大教育"，新余正在形成民办职业教育的"洼地效应"。

赣西的这座小城市，这个既没有沿海地区那样得天独厚的口岸优势，又不像省会城市那样拥有经济、文化优势的"钢城"，竟然在二十几年里创造了这样一个奇迹！

民办职业教育的发展崛起，带来的直接经济效应，有力地促进了新余市第三产业的发展。据不完全统计，全市民办职业教育拉动了 GPD 消费经济增长的 4%，已逐步形成了教育产业化。

更为重要的是，民办职业学校的发展，也为新余市当地经济社会发展和转型探索，提供了人才支持。

新余市委、市政府对全市民办职业教育的兴起与快速发展，在高度重视的同时，也同时未雨绸缪，将民办职业教育的发展提升到全市未来经济社会发展规划定位的高度。

从 1995 年开始，新余市把职业教育列入新余经济社会发展总体规划。

自此，新余市职业教育的发展规划，被赋予了地方经济社会发展的重要战略意义。

世纪之交，全国民办教育发展大势强劲，民办高等教育领域的发展突破正处于重要的转折时期。

"依托 20 多年来民办教育发展探索已奠定的良好基础，抢抓国家大力推动民办高等教育发展的重大机遇期，趁势而进，把新余市民办教育发展成为江西全省民办教育的范例之一。"

1998 年初，新余市委、市政府审时度势，决定在提升全市民办教育办学水平层次上取得突破。

其时，这一年 2 月召开的江西省"两会"上，江西省政府提出的全省教育发展报告中也提出：大力支持民办教育发展，鼓励社会力量办学，推动全省民办高等职业教育提升办学层次。

再看国家层面对推动民办高等教育发展的重大举措，更是令人心潮彭拜，豁然开朗——实践证明，民办教育已成为我国教育事业的重要组成部分，是推进我国大众化教育进程，解决教育资源不足问题的一支主力军。

在国家大力推动民办高等教育发展的趋势背景下，不难看出，新余市提出大力促进全市民办教育发展，提升办学层次，可谓水到渠成，正逢其时也正逢其势！

与此同时，还有十分关键的一点。

那就是，新余市委、市政府把全市民办教育的发展准确定位于职业教育这一领域，提出办学层次由中专向高等职业教育逐步提升，从而形成职业教育多层次的办学格局。

这一准确定位，在此后为新余市赢得新世纪高等职业教育的蓬勃发展格局，具有十分重要的意义。这是因为，从20世纪80年代新余职业技术培训班起步的民办教育，实际上走的就是职业教育之路。到世纪之交，经过近二十年发展探索，职业教育"新余现象"一张亮丽的城市名片，已成为新余最大的特色，最大的优势，最大的品牌。

世纪之交的新余民办职业教育，在全国职业教育领域先行者的领军影响力，开始得以日益凸显。

也正是在这样的时间节点，新余职业教育迎来了发展突破的一次重大机遇。

这一重大机遇，就是全国民办高等职业院校发展春天的到来。

"推动新余民办学校的办学特色鲜明，加快办学成效显著的一批民办中专学校，向民办高等职业学院升格。"1998年上半年，新余市提出了对于全市民办教育发展的明确目标。

而恰在此时，新余华丽服装中专学校实现的首届毕业生令人惊叹的高就业率以及办学特色尤其是显著的办学成果，让新余市委、市政府及教育主管部门意识到：新余民办中等职业教育的一颗新星已升起，具有进一步向高等职业教育办学层次提升的坚实基础。

在办学过程中，詹慧珍赢得了当地党委、政府的认可，新余华丽服装中专学校，已经崛起为新余民办学校中的一颗新星，而且学校在外界已具一定的影响力。

这样的办学成绩，来之不易，令人赞叹！

"希望新余华丽服装中专学校志存高远，抓住国家和我省大力支持与推进民办教育发展的机遇，在已取得的办学成绩基础上，向更高的办学层次提升。"新余市委、市政府对詹慧珍寄予厚望。

对于新余华丽服装中专学校而言，提升办学层次可谓水到渠成！

1996年，鉴于国家公办高校招生数量远远不能满足广大青年读大学的现实需求，教育部决定，采取改革措施，依托具备条件的民办高校举办自学考试和学历文凭教育，拓宽高等教育发展渠道。

高等教育自学考试，自 1981 年经国务院批准创立，是对自学者进行的以学历考试为主的高等教育国家考试。这种通过个人自学、社会助学和国家考试相结合的高等教育形式，到 20 世纪 90 年代，已成为我国社会主义高等教育体系的重要组成部分。

改革开放新时代下产生的高等教育自学考试，是我国高等教育改革的一项重大的体制与制度创新，是我国深化教育改革的成功典范。它的产生和发展顺应了世界教育发展的潮流和中国教育的实际国情，是具有中国特色的高等教育模式。

十多年的实践充分证明，高等教育自学考试以灵活、开放、廉价等优越性受到社会各方面的广泛欢迎和重视，为促进高等教育发展，提高全民族的科学文化素质做出了重大贡献。通过自学考试这种模式，大批在职干部、职工取得了本专科文凭，成为各行各业的骨干力量。因此，高等教育自学考试毕业证、学位证，也渐渐成为"含金量"高的大学文凭。

20 世纪 90 年代，由于高等教育发展水平和发展规模所限，普通高校计划招生数额很小，大量高考落榜生迫切需要接受高等教育，自学考试就成为他们的首选教育形式。这一部分青年通过自考，不仅获得了专科或本科文凭，为以后就业、深造打下了坚实的基础，而且在很大程度上提高了他们的实际工作能力。

为此，国家希望通过有条件的民办大学开设"自考助学班"的形式，来助推高等教育自学考试的进一步发展，一方面弥补国家公办高校招生数量的不足，另一方面满足高考落榜生迫切需要接受高等教育和社会对高质素人才的需求，从规模和质量上提升国家高等教育的发展水平。

针对应用性、职业型、社会急需专业的学历文凭教育，是对尚不能独立颁发国家承认学历文凭的民办高校的一种学历认证考试。

这是社会力量办学与国家考试相结合，教考分离，宽进严出的全日制高等教育，其办学主体是个人或民间机构出资建立的民办高校，主要招生对象为刚从中等学校毕业出来的想接受高等教育的学生。专业教学计划按照原国家教委《成人高等专科教育制订教学计划的原则意见》，由试点省市教育行政部门组织本省市高等教育自学考试委员会办公室和试点学校共同确定。专业教学计划中的基础理论课程以必需、够用为度，突出专业和职业技能训练，加强实践性教学环节。参加高等教育学历文凭考试取得毕业证书的毕业生，国家承认其大学专科学历，享受大学专科毕业生的待遇。

这是国家高等教育改革赋予民办大学发展的重大机遇！

深受鼓舞的詹慧珍，对自己今后教育事业发展的视野豁然开阔起来——砥砺奋进，引领新余华丽服装中专学校向民办高等教育领域迈进！

1998 年 5 月，新余华丽服装中专学校正式向新余市教委提交申请，并随后报经江西省教委批准为江西赣西专修学院，在中专办学层次上升格为高等教育学历文凭考试试点院校。到 2014 年詹慧珍将赣西专修学院向省政府申请批准升格为列入国家计划统招的高等职业学院，而后赣西科技职业学院可面向全国招生。

自此，詹慧珍事业前行的脚步进一步迈进了民办高等教育这方舞台。

第七章
职教明珠耀赣西

创办中等职业学校的成功开篇，为詹慧珍迈向高等职业教育领域奠定了坚实的基础。而顺势提升办学层次成立赣西专修学院，詹慧珍实现了其办学历程中最为关键的一次方向定位与跨越。

她志在创办一所特色鲜明、具有规模的一流民办大学。

詹慧珍引领学院管理与师资团队，稳健立足"产教结合，校企合作"这一职业技术教育基点。同时，积极顺应国际国内高等职业教育进入新时期发展的新特点、新趋势与人才市场新需求，倾力探索创新。

2004年，学院升格为赣西科技职业学院，面向全国招生，纳入国家统一招生计划。

站在高等职业院校的这一崭新起点，詹慧珍探索创新的大方向，逐渐定位在校企深度融合，以现代学徒制为中心的现代高等职业教育体系。

在这一发展过程中，学院投资3亿元建设第二校区，斥巨资建设一批实训中心，率先开设了现代学徒制试点专业，先后与200多家企业建立人才培养合作机制，在全国建立了一批各专业的实习就业基地。学院形成了雄厚的师资力量，以博士、硕士，教授、副教授、高级工程师、讲师及"双师型"教师为主的业务素质高、结构合理的教师队伍，成为赣西科技职业学院又一道风景线。学院多层次办学格局中，以理工为主，经、法综合发展的8大教学系部、30多个特色品牌专业，逐渐构建成蔚为壮观的学科专业体系。

砥砺前行，春华秋实。

到2016年，经过20多年的发展，赣西科技职业学院犹如中国高等职业院校中的一颗璀璨明珠正在赣西大地冉冉升起！

第一节　六载奋进　二次升格

由创办新余华丽服装培训班到赣西专修学院，对詹慧珍的事业历程而言，1998年可谓是一个具有里程碑意义的年份。

实现了办学层次的跨越提升，詹慧珍对高等民办教育的发展，开始投以深切的关注。与此同时，她内心深处涌动一种激情——将来有一天，自己要创办出一所特色鲜明、具有规模的一流民办大学！

如果说两年前创办新余华丽服装中专学校走上办学之路，只是一种偶然机遇步入的人生事业新方向，那么现在，詹慧珍对自己未来人生事业的方向是那样清晰明确。

伴随改革开放进程应运而生，蓬勃发展的民办高等教育，既无成功经验可搬，又无现成本本可读，一切只有靠勇敢地去"摸着石头过河"。

詹慧珍深深知道，自己已站在了一个全新的起点，前行的办学之路将充满着任重道远的探索。

"我们要创办的大学，该是怎样的一座大学呢？首先，那应该是有着雄伟壮观的教学楼，明窗净几的图书馆，宽阔的校园林荫大道，还有科教仪器齐备的实验大楼……"

在脑海中，她一次次构想着令他充满神往的江西赣西专修学院的情景。

对于一所大学而言，校园场地、教学生活设施等，是最基本的硬件条件——詹慧珍构想蓝图中的第一步，就是要建设一流的新校园！

实际上，在 1998 年上半年着手筹备新余华丽服装中等专业学校升格为江西赣西专修学院的过程中，詹慧珍就在酝酿和规划新校园的建设。在詹慧珍内心深处，那方校园是承载着八方而至学子们热情奔放理想的方舟，也是自己人生事业的崭新天地！

1998 年 10 月，詹慧珍筹资收购位于新余市劳动北路上的一家倒闭企业，规划在此建设赣西专修学院新校园，一期新校园规划建设能容纳 2000 多名学生的校舍和运动场地。

投资数千万元，高标准建设新校园，这在江西省专修学院层次的民办院校中尚不多见。

因此，詹慧珍此举随即引起社会较高关注。

20 世纪末、21 世纪初，对于民办高校的创办者而言，情形基本相似，那就是大部分是采取租用场地办学。这其中最主要的原因，就是担心民办高校未来的发展前景，租用场地办学，则可进退从容。

对于詹慧珍大手笔投资建校的做法，有不少人认为，赣西专修学院刚起步就迈出如此大的步子，似乎有些过于激进冒险了。

更有对詹慧珍出于关切的朋友，这样提醒她："民办大学建设，全靠你自己个人来投资，如果一下投资过大，而一旦办学不景气，那'船小还好调头'，也不至于损失无法承受。"

还有朋友更直白地劝说詹慧珍道："走一步，看一步。"先还是把学校放在华丽服装厂里面，可以在此基础上搞扩建。等过个两年，如果招生情况好，再着手建设新校园那也不迟。

而且，这样对于投资办学来说也没有风险。

对此，詹慧珍无比感激各方友人对自己的关切。但她有自己深远的理解——既然决心要创办出一所一流的民办大学，那在校园规划和建设的一开始，就务必要舍得大投入、站在高起点，既使得学院拥有一流的硬件设施，也为学院未来的发展留足空间。

詹慧珍是抱着要办一所一流民办大学的目标而投资办学的！

对办学而言，她一开始定下的就是一个宏大而神圣的事业远景目标。在她心里，绝没有"走一步看一步"的折中方案。

詹慧珍办学的坚定信念，得到了新余市政府的大力支持。

赣西专修学院新校园建设的启动，标志着詹慧珍的办学事业翻开了崭新一页，也显现着她志在创办一流民办大学的蓝图壮志。

与新校园建设同步，就是学院的学科规划设置。

学科规划设置，是一所大学人才培养方向的重要体现。这是一项复杂的系统工程，需要科学的顶层设计和整体谋划，加强学科建设与人才培养、队伍建设和科学研究的关联性、系统性和可行性研究。

学历文凭考试的教育定位，是为国家培养专科层次的应用型人才，人才培养的基本要求是"提升学生全面素质教育，以基础理论课够用为度，突出专业课和职业技能训练，加强实践性教学环节，使学生具有较强的动手和上岗能力"。在专业设置上注意面向市场需求，主要是社会急需的应用型、职业型专业，一定程度上满足了社会发展的需求。

"学科建设既不可能一蹴而就、也不可能一劳永逸。学科建设需要立足长远目标，扎扎实实做好当前工作，一点一点积累，一步一个脚印。但我们一开始就要定准我们的学科特色。"詹慧珍提出，赣西专修学院的学科要紧紧围绕人才需求实际来进行科学设置。

这是她对民办高校办学理念、办学方向、人才培养目标等一系列内容，进行深入研究和深刻理解的准确把握。

最终，赣西专修学院把重点学科设定在理工、文史、经济、教育、管理五大类别，并在充分调研市场人才需求的基础上，开设了计算机、机电一体化、数控技术、应用电子技术、工商管理、服装设计与制作、汽车工程、电子信息工程、文秘等近20个专业。

从学科规划设置可以看出，赣西专修学院的发展目标，是建设成多科性的综合性民办院校，培养应用型专门人才。

学院所开设的学科专业，均为社会紧俏人才专业。同时，一些学科专业如数控技术与汽车工程，又具有产业发展的前瞻性。

1998 年赣西专修学院的招生情况，有力证明了学院学科专业设置的科学性——赣西专修学院第一年招生，入学的新生即达到了 2000 多人。对于刚刚设立的赣西专修学院来说谈不上任何的社会知名度，学生主要就是冲着学院的专业来的。

从规划建设新校园到学科专业设置，赣西专修学院成立后迈出的发展第一步，果敢而稳健！

再回到新校园一期建设工程上。

为了让学生们尽快搬进新校园，詹慧珍对将新校园建设的工期定为一年，整个工程进度时间之紧张，建设任务之繁重，可想而知！

为建校工程如期顺利地推进，詹慧珍亲自担任了赣西专修学院新校园建设的总指挥。从开工建设的那一天起，她和施工人员一起，几乎日夜奋战在建设工地上，有时一连数日吃住都在工地上。

赣西专修学院的校园建设，以令人惊叹的速度向前推进着。

主体教学大楼、实验实训大楼、错落有致的学生宿舍楼群日渐拔地而起，日渐崛起的宏伟校园建筑群，成为新余市劳动北路上一道引人注目的风景。

而这背后，凝聚着詹慧珍多少的艰辛付出：

各个施工队的施工进度协调与配合，建筑材料供应商的材料供应问题，现场施工中临时出现的情况……各种应接不暇的建校事务，需要詹慧珍往来奔波忙碌。

教学大楼主体工程封顶，混凝土连续浇筑施工，在这一过程中，詹慧珍一刻也没有离开过工地，直到浇筑封顶顺利完成。

校园建设是百年大计，工程的许多环节直接关系到建筑的整体质量，詹慧珍更是时时牵挂在心里，她无法以自己过于疲劳的理由去马虎。

"如此拼命，就是铁打的身体也有超越极限的时候啊！"学院其他领导和老师，总是劝她要注意休息。

可詹慧珍的回答总是："新校园建设工程没有竣工，我哪里有心思去休息！"

也有好多次，詹慧珍生出"实在扛不住了"的感觉，但心中那创办一流大学的坚定信念，总在此时成为她巨大的精神支柱。

是的，只有詹慧珍内心深深知晓，那个如此打动自己去创办大学的信念，就是感召自己不知疲惫前行的不竭动力。赣西专修学院的新校园，正一天天呈现出规划图纸上的雏形，她也仿佛真切地感受到，自己正向事业的梦想一步步地迈近！

"办大学不同于办企业，它更多的是公益事业，只能是低回报的长线投资，不能以追求利润最大化为目标。所以教育投资方要有社会责任感，有长远眼光，不求短期利益。"詹慧珍说，"有强烈责任感，对学生和社会负责是我办大学的最终追求。"

正是基于对教育事业意义的深刻理解，詹慧珍认为，学院要从具体实践中来培养德能兼备的人才，那就必须保证教学设施的先进。

对新校园教学设施的配套，詹慧珍同样提出了高标准，不惜巨资投入。

赣西专修学院新校园的电子化教学设备，全部达到国家一流水准，电教中心的建设和设施配备，能够同时接受本科、大专、中专等不同层次的大型比赛。此外，学院置办了国内最先进的数控加工设备，以及电子通讯实验室、数码网页设计专用操作室等各类工作室。

特别值得一提的是，赣西专修学院用于实训教学的很多设备，连省内很多公办高校也羡慕不已。难怪江西省教育厅有关负责人在参观后发出了这样的感叹：仅从一流教学设备的大投入这一点看，赣西专修学院有别于一般民办高校的显著特点和优势就得以充分体现！

高标准的校园建设和教学设施投入，使得赣西专修学院一期新校园建设中，实际投入资金在原计划资金的基础上多次进行追加。对此，詹慧珍从未有过任何的犹豫。

教学质量是学院生存和发展的生命线，学院紧抓教学与科研腾飞的双翼，全面提高教学质量。

在为校园建设投入大量时间精力的同时，詹慧珍对学院教师队伍、人才培养等重点工作高度重视。

詹慧珍深知，师资队伍是关系到学院教学质量的关键所在。在师资队伍建设上，赣西专修学院引进了各学科的一批经验丰富教师，逐步建立专业技术职称评审制度，同时，建立教师的激励、培养、淘汰机制，形成了学院、系部、学生三级教学质量检查评估体系。

"学校造就人才这是首要目的，但其最终目的是为了人尽其才，有所作为。"根据民办院校学生素质、培养方向等特点，赣西专修学院制定素质评估考核制度，在学生之中实行"学分制"和"品德分制"，规范学生毕业证书的颁发，因地制宜，因材施教，全面促进学院教学质量的不断提高。

在以培养学生创新精神和实践能力为重点的同时，赣西专修学院尤其重点强调学生的全面发展。

为此，学院各专业在教学过程中，突出专业课和职业技能训练，加强实践性教学环节，培养学生的动手和上岗能力。这样的教学特点，与之前新余华丽服装中专学校一脉相承但又得以全面提升。

实践再次证明，这样的教学设计不但赋予实践教学以前所未有的比重，而且改变过去比较孤立地重视实践教学和各行其是的教学状态，把实践教学纳入到教学的大系统之中，形成了理论、实验、实训、设计"四位一体"的教学模式，提高了四项教学环节在培养学生能力中的整体功能。而且，理论与实践紧密结合的教学，也让学生从实验实训中产生了浓厚兴趣，再带着问题学习理论，做实验充实理论，通过实训提高技能，最后在毕业设计中提升综合设计能力，完成一个螺旋式上升的过程，达到质的飞跃。

大力培养学生的实践能力和创新精神，不仅在课程教学中增大教学实践环节，还根据学生的特长、兴趣和文化层次的高低，开设多种课外活动课，选修课和职业技能培训班。

为紧密结合实践与创业人才培养的特点，赣西专修学院继而又提出：学院要让学生在扎实完成各学科学业的基础上，同时完成各项职业技能培训，获得计算机等级证、NIT上岗证、英语等级证等证书。对每一个毕业生，都要求必须同时取得两个以上的职业资格证书。此举，为的就是着力培养复合型、实用型技能人才！

在此基础上，学院开展思想和职业道德、校园文化、创新教育、心理健康教育等一系列丰富多彩的校园活动，通过全方位的素质教育使学生学会做人，学会学习、学会发展、学会创新。学院还采取"请进来，走出去"的方式，聘请专家学者和社会知名人士到学院进行讲座，组织学生参加有益的社会活动……

改革与创新这一主题，从赣西专修学院成立之时起就被确定为不断突破发展的方向。学院通过在全体教师员工中明确树立不改革创新就没有发展、就不能生存的危机感，采取了一系列行之有效的措施，加大改革和创新力度。

改革的突破主要着力点在教学改革上：一是课程改革，依照瞄准市场设专业的思路，对课程设置进行优化组合，力求纵向缩减，横向拓宽，削枝强干、强化实践。二是改革分配制度，向教学科研一线倾斜、向学生管理倾斜、向中层管理倾斜、向优秀拔尖人才倾斜，形成良性激励分配机制。

在注重改革的同时，赣西专修学院特别强调创新。

2003年，学院在教学育人中全面推行"四个双料制"：一是专业课教师"双师型"，课堂上是理论教师，实验实训是技师；二是学习方式"双元型"，学生课堂上理论，实习基地学操作技能。三是毕业生"双证制"：要求毕业学生毕业时既要拿到学历文凭，又要获得专业技术等级证书；四是班主任"双责制"，既有教书育人的责任，又有对学生监护的"家长"责任。"四个双料制"育人机制的创新既是办学思路的创新，也是育人方式的突破，产生了良好的效果。

努力探索中的赣西专修学院，其鲜明的办学特色得以逐渐形成，突出的办学成效也开始逐年显现。

1999年，赣西专修学院多个学科专业的学生荣获江西省民办院校各类技能比赛奖项。

1998年到2003年，赣西专修学院中专班文化统考的通过率始终保持在95%以上，学历文凭考试通过率普遍高于全省通过率，有些科目的通过率达到了100%。

2001年，赣西专修学院大三毕业生多篇论文及毕业设计，在江西全省民办高校中获奖。学院学生的服装设计、电子设计和模具类作品，在全省学生技能大赛中均获得团体名次。

2003年，学院荣获江西省自考委、省教委授予的"全省自学考试工作先进单位"荣誉称号。同时，学院的德育工作也走在全省民办高校前列。

尤其引人注目的是，从2001年首届大专生毕业到2003年，每年都出现毕业生供不应求的局面，毕业生就业率达98%以上。服装设计、电子信息工程、汽车工程和计算机等专业的毕业生，就业率更是达到了100%。其中，有不少用人单位是慕名来到学院招聘毕业生。

从1998年到2003年，五年办学成果斐然，赣西专修学院在全省专修学院层次民办院校中声名鹊起。有媒体在深入专访赣西专修学院的办学成效后，总结学院在办学探索中成功摸到了三块"智石"：

第一是市场。公办高校尽管年年扩招，但终归有限，不能满足广大学子的求学需求。随着公办中专、高校不包分配的政策实施，给民办院校的发展提供了市场空间。为此，詹慧珍确定了"办学方向瞄准市场，开设专业跟踪市场，培养学生适应市场，教书育人服务市场"的办学理念，以期牢牢把握市场，实现自谋发展创名校的奋斗目标。

第二是特色。为了吸引生源，赣西学院创办了"厂校互动，产学结合"的办学模式。为了充分发挥这一特色，经过不断研究论证，学院终于找到了两者的最佳结合点，那就是"把工厂作为学生的实习基地，把学院作为培养工厂技术骨干的基地"。这样，企业能够为学院的发展提供强有力的资金支持，而学院又能为企业提供智力支撑和科技动力，两者双赢，相得益彰。

第三是就业。詹慧珍深知，如果学生就业不畅，那么生源就会逐渐枯竭。为此，她视加强学生就业工作为关系到学院生存与发展的生命线来抓。学院专门成立了就业办事机构，在北京、广州、深圳、上海、杭州、厦门设有毕业生就业办事处，加强了与全国各地企业的联系，与上汽大众、广州丰田、华为科技集团、柒牌公司、好孩子、宏碁电脑、中兴科技等数十家企业建立稳定的人才委培关系，在确保优质量的同时，毕业生就业率达98%以上。

赣西专修学院的快速发展，得到了社会各界的认可，同时也得到了江西省教育厅和新余市教育主管部门的高度重视。

也正是这种高度重视，让成立仅五年的赣西专修学院，再一次获得了提升办学层次的宝贵机遇。

这一次提升办学层次的机遇，就是实现从专修学院到高等职业院校的跨越。

世纪之交，我国民办高等教育的改革发展定位更加清晰。1999年6月，《中共中央国务院关于深化教育改革全面推进素质教育的决定》进一步指出："高等职业教育是高等教育的重要组成部分，要大力发展高等职业教育，培养一大批具有必要理论知识和较强的实践能力，生产、建设、管理、服务第一线和农村急需的专门人才。"

"新高职"是专科层次高等学历教育，其招生计划为指导性计划。在教学管理上要求按社会需求调整专业设置和培养目标，教学计划和课程设置按适应职业岗位群的职业能力的要求来确定，强调理论够用实践为重，毕业生具有直接上岗工作的能力；学生毕业时，由学校颁发国家承认的学历文凭，不使用教育部统一印制的《全国普通高等学校本专科毕业生就业报到证》，实行不包分配、自谋职业的就业制度。

举办新高职的目的，就是旨在促进我国高等教育更好地适应经济建设和社会发展需要，加快培养面向基层，面向生产、服务和管理第一线职业岗位的实用型、技能型专门人才的速度。

"崇尚一技之长、不唯学历凭能力。"在世纪之交，我国高等职业教育开始迎来了改革发展的重要契机！

从 1999 年开始，根据教育部的规划部署，在全国专修学院的基础上提升一批民办高等职业院校，纳入国家统招计划院校。

世纪之交，江西的民办高等教育发展已进入了全国前列。

在高等职业教育成为重点发展方向后，江西省委、省政府明确提出，大力发展江西民办教育，要坚持积极鼓励、大力支持、依法管理、打造特色的方针，使教育发展的活力得到充分释放、有利于教育发展的积极性得到充分调动、适宜教育发展的社会资源得到充分利用，加快形成政府主导、社会参与、办学主体多元、办学形式多样、公办教育与民办教育协调发展的格局，满足人民群众多样化教育需求。要加大民办教育的支持力度，优化发展环境，努力形成促进民办教育发展的强大合力。

詹慧珍再次深刻意识到，从创办新余华丽服装中专学校到赣西专修学院，自己的办学实践努力与"产教结合"的办学思路，与国家高等职业教育发展中"培养应用型技能人才"的方向完全吻合。

"我们一直以来沿着职业教育办学思路的实践，使得赣西专修学院具备了升高职的基础条件。更为重要的是，这不仅是办学层次的再次提升，也是学院未来发展方向的准确再定位。"

由此，詹慧珍把学院发展的目光投向了高等职业教育办学层次。

2003 年，在确立申报高职院校后，赣西专修学院决定再投资 3 亿元扩建第二校区。

在严格的升高职考察过程中，江西省政府、省教工委对赣西专修学院进行认真考察，再经高校设置评议委员会评审，赣西专修学院得到了一致的高度认可。

2004 年，经江西省人民政府批准、教育部备案，赣西专修学院升格为高等职业院校，成为纳入国家计划内统招的普通高校，学院同时更名为赣西科技职业学院。

历经六年，詹慧珍引领赣西学院的办学层次再次升格！

第二节　定准特色立校方向

一所大学只有坚持质量兴校，靠特色立校，才能成就办学品牌。

总结新余华丽服装中专学校和赣西专修学院的八年办学历程，詹慧珍深刻认识到，正是因为始终坚持"产教结合"的办学模式，才取得了这两个阶段办学的成功。

"作为人才培养重要阵地的学校，绝不能在办学理念和人才培养思路不清的情况下办学！"2004 年 10 月，在赣西科技职业学院成立后的首次校务会上，詹慧珍提出了学院发展的这一关键问题。

那么，现在学院升格为高等职业院校后，赣西科技职业学院将确立怎样的特色办学之路呢？

"高等教育主要培养的是研究型、学术型和高技能型人才，肩负着推动基础理论发展的和技术创新变革的责任，而职业教育主要培养的，是能够在具体实践中应用这些新理论、新技术来解决实际问题的技术技能型人才。"詹慧珍认为，准确把握高等职业教育的使命，是确立赣西科技职业学院特色办学之路的关键。

培养应用型技术技能人才——赣西科技职业学院最终聚焦这一办学方向。

"课堂即车间，实训即生产，上课即上班，教师即师傅，小组即班组。"詹慧珍和学院领导一致认为，过去两个阶段的办学成功，始终都是围绕应用型技术技能人才培养这一核心，之前八年办学的深厚积淀已为赣西科技职业学院的特色立校方向奠定了良好的基础。

2004 年，刚刚成立的赣西科技职业学院，确立了自己坚持产教结合，培养应用型技术技能人才的特色办学方向。

此后学院在江西乃至全国高等职业教育院校的快速崛起，证明这一特色立校方向是正确的。

新千年之初，先进制造业技术的创新日新月异，对制造业发展模式和竞争格局产生强大影响，对高技能人才提出了更高的要求。在这样的背景之下，我国技术人才培养体系相对滞后，部分领域高端人才培养相对缺失的状况，逐渐成为我国先进制造业快速发展的重要制约因素。以数控机床为例，我国职业院校的数控人才培养体系尚只能满足经济型或初、中级水平数控机床操作人员的需要，对高端数控技能人才的培养严重不足，掌握多轴联动数控设备和数控多轴加工技术的数控高端技能人才严重匮乏，企业难以找到适用的技能人才，影响了生产设备的更新换代和产品升级。对此，职业教育为产业发展提供高素质应用型技能人才的重要意义日渐凸显。

赣西科技职业学院的发展，一开始就在准确把握我国高等职业教育使命的前提下，定准了未来的发展方向。

特色立校的大方向既定，那接下来就是人才培养模式。

"因材施教，因人施教，个性化教育，一定是大学教育的发展方向。"

詹慧珍提出，在这一方向下，赣西科技职业学院应用型技能人才的培养，应形成教、学、做"三位一体"学徒制人才培养模式：

这一人才培养模式的主要思路——围绕用工企业和现代产业用人标准，以校企合作为基础，以学生（学徒）技能培养为核心，以专业设置、课程改革为纽带，以工学结合、半工半读为形式，以学院、企业的深度参与和教师（师傅）的深入指导为支撑。

这一人才培养模式的实施路径——学院和企业合作，真正按照企业的用人标准和要求来培养应用型技能人才，在人才培养过程中，采取理论＋实践紧密结合的教学方式，科学灵活设置专业课程，理论教学和实践教学各占一定比例时间，实践环节课程走进企业生产一线，企业参与人才培养的全过程。

2005年，赣西科技职业学院推出的这一人才培养模式，引起了社会的广泛关注。而对于学生来说，这样的人才培养模式意味着"招生即招工，上课即上岗，毕业即就业"，与职业教育"产教结合"的方向吻合。

这一年，赣西科技职业学院的招生呈现出火热的情形。

由此，"三位一体"的学徒制人才培养模式，在赣西科技职业学院的教学实践中开始全面实施。

在此过程中，学院主动和省内外一批知名企业形成合作，学校、企业、学生签订三方协议，采取委托培养，尤其是订单式培养的方式，学院和企业共同制定人才培养方案。与此同时，学院投入巨资建设一批高标准的实训基地，加快"双师型"教师队伍的建设。

敢为人先的探索，终于收获了令人欣喜的成果。

赣西科技职业学院首批学徒制试点专业毕业生，得到了用人单位的一致好评，大部分毕业生进入企业后很快成为企业一线骨干，学院培养的应用型技能人才的优势得以充分体现。

"这种形式的合作所培养的学生，从技术发展各方面来说具有较大优势。通过提前介入的企业岗位培训，我们希望他们成为我们企业真正的高级技师类的人才……"

"与赣西科技职业学院的人才培养合作，为我们企业高质量技能人才的来源，打开了新的方向。"

赣西科技职业学院的人才培养模式，赢得了第一批合作企业的高度认可与赞誉，纷纷提出继续合作培养要求。

更令人欣喜的是，上汽大众、华为科技集团、中兴通讯股份有限公司，富士康科技集团鸿准精密模具（深圳）有限公司，江西瑞晶太阳能科技有限公司，晶科能源有限公司，江西佳沃新能源有限公司等众多省内外知名企业，开始陆续与赣西科技职业学院建立人才培养合作关系，或采取委托培养的方式或开设企业订单班。

赣西科技职业学院的办学之路，正逐年打开越来越开阔的天地。

"希望你们大胆改革、先行先试。"江西省教育厅对赣西科技职业学院寄予厚望。

来自教育主管部门、用人企业和社会各界的认可，给了詹慧珍极大的信心。

2008 年前后，在已取得的一系列成功经验基础上，赣西科技职业学院又重点从"培养形式""课程建构""基地建设""师资培养""教学实施"和"质量监控"六个方面，在学院全面推进校企合作、产教结合的人才培养模式试点工作，不断加大探索力度。

赣西科技职业学院取得的初步探索成功，无疑为全国职业教育高地的江西新余市增添了特色。

2010 年，教育部提出探索职业教育的现代学徒制培养模式。

现代学徒制是产教融合的制度基本载体和有效实现形式，也是国际上职业教育发展的主导模式。现代学徒制是通过学校、企业的深度合作与教师、师傅的联合传授，对学生以企业岗位技能培养为主的人才培养模式。

该模式破解了企业招工难等难题，现代学徒制历来颇受欧洲等地一些老牌制造业强国重视，其中英国在世纪之交制定了复兴学徒制计划，德国、瑞士等国家也在强化完善现代学徒制体系。推进现代学徒制有利于促进行业、企业参与职业教育人才培养全过程，提高人才培养质量和针对性；有利于推进"双证融通"（学历证书＋职业资格证书），建立国家技术技能积累制度；有利于"双师型"师资队伍建设，创新职业教育招生制度、管理制度和人才培养模式；有利于完善现代企业劳动用工制度，解决企业招工难问题，对完善我国现代职业教育体系具有重要的战略意义。

在这一探索创新过程中，其中的重点方向之一，是以我国人才市场对职业技术人才的实际需求为前提基础，借鉴德国等在职业教育方面具有丰富经验、已走在世界职业教育前列国家的职业技术人才培养模式，从而逐步形成准确适应我国职业技术教育特点的模式体系。

至此，我国高等职业教育进入到了现代学徒制探索的新起点。

作为一直走在职业教育前列的新余市，在探索现代学徒制的这一新阶段，同样希望以成功的探索为我国职业教育的现代学徒制提供范本。

因此，赣西科技职业学院人才培养探索取得的突出成效，尤其是与现代学徒制探索方向的高度吻合，被新余市委、市政府赋予了引领全市职业教育现代学徒制模式探索的新使命。

对于江西高等职业教育发展而言，现代学徒制模式的新探索即是全省高等职业教育转型发展的全新方向。

"在更大规模与层面上，实施企业与职业院校紧密协作，试点探索新余和江西'校企深度合作、产教结合'方向下的现代学徒制成功模式。"2010年，詹慧珍提出了成立职业教育集团的设想，旨在形成新余市和江西省职业教育"联合、共享、互补、开放"格局下，全面创新探索现代学徒制人才培养模式。

詹慧珍的这一构想，随即得到了江西省教育厅和新余市政府的大力支持以及众多企业的积极响应。

2010 年 12 月 31 日，赣西科技职业学院与江西江南理工专修学院、江西新余中大电脑科技学校、江西东南科技学校等学校，江西赣锋锂业有限公司、新余吉阳新能源有限公司、江西中材太阳能新材料有限公司、江西省华通电工城投资发展有限公司、江西蓝天宇家纺用品有限公司、力德风力发电（江西）有限责任公司、富士康科技集团鸿准精密模具（深圳）有限公司、宁波雅戈尔日中纺织印染有限公司等合作企业，按照"学校 + 企业"的模式，组建成立"赣西科技职业学院职业教育集团"。

在成立大会上，詹慧珍当选为职教集团理事长。

从曾经服装培训班实行的师徒制实践出发，到理论和实践结合教学、一专多能技能人才培养模式，再到赣西科技职业学院遵循现代职业教育发展理念下创新探索现代学徒制的人才培养之路，詹慧珍与学院同仁们孜孜不倦创新探索，引领着赣西科技职业学院一步步稳健崛起。

时间走过新千年第一个十年的赣西科技职业学院，已成为江西乃至全国职业教育改革先行者的代表之一。

而在詹慧珍对学院发展的目标中，下一个十年，赣西科技职业学院志在打造现代职业教育的"赣西科技职业学院范本"。

第三节　把准人才需求脉搏

对于一所高校而言，人才培养模式是其办学理念最为鲜明的体现。

而人才培养方向或者说为哪些行业领域培养人才，培养怎样的人才，对一所民办高校来说则直接关系到其生存发展。

从新余华丽服装中专学校到赣西专修学院，为什么能在十年时间中赢得社会各界尤其是教育部门的高度肯定与认可？为什么学院毕业生历年来受到用人单位的青睐？

"因为从中专层次的办学阶段开始，我们的办学方向，实际上就是沿着职业教育走的探索实践路径。学院之所以能被升格为全国高等职业教育专科院校，十分关键的一点，就是我们近年来职业教育办学过程中理念与实践探索获得了社会各界的认可，尤其是受到了学子们的欢迎和用人单位的青睐。"詹慧珍认为，在全面分析的基础上进行深度总结，这对于已明确定位于高等职业教育办学方向的赣西科技职业学院来说，具有十分重要的现实意义。

据此，詹慧珍与学院领导层形成了这样的共识：在赣西科技职业学院今后的发展中，人才培养方向，依然始终要紧紧围绕市场用人单位的需求，即在把准市场人才需求脉搏的基础上来办学！

这首先就是要体现在学科专业的设置上。

赣西科技职业学院提出，学院的专业设置，要始终围绕人才市场需求而设定，即专业对接产业的需求。

"当前受企业青睐的专业我们要坚持开设，未来具有巨大发展潜力的产业人才，我们要未雨绸缪提前设置。"2005 年上半年，赣西科技职业学院着手对学院的学科专业进行深度调整和全面规划。

学科专业调整，就是根据新世纪以来产业发展的新趋势与新方向，重新规划学院学科专业设置的科学性、合理性与适应性。

经过十多年的积淀发展，服装专业已成为赣西科技职业学院的优势学科和特色品牌学科专业，这一学科专业首先要保留。

但詹慧珍和学院领导们都深刻认识到，近年来服装行业的快速发展、服装裁剪技术的更新换代，使得原来的服装教学课程已不适应当前服装产业发展的需求，必须结合当今服装产业发展的新状况进行深度调整。

从 2005 年到 2010 年，赣西科技职业学院在深度调研服装行业发展现状的基础上，将服装设计学科由赣西专修学院办学阶段的设计、裁剪和制作三大专业应用技术人才培养方向，进一步扩展至电脑设计与制图、服装结构设计、服装企业生产经营管理等应用型、创意创新型、管理型等五大类服装设计工艺技术人才和服装类企业经营管理型人才。

这一学科经过科学设置后，与现代服装工艺和工业的发展现状实现了很好的对接，真正体现了现代职业教育为现代产业发展服务的办学方向。

向学科深度与产业各领域延伸后，服装专业更名为"服装艺术与设计专业"。

机电一体化、模具制造与设计和汽车检测与维修技术，也已成为赣西科技职业学院的优势学科，同样根据产业人才需求的变化而进行调整。

汽车检测与维修技术专业，由过去的汽车零部件维修技术人才培养方向，拓展至汽车制造、汽车经营管理和汽车生产经营管理，汽车售后与服务等四大类汽车人才培养方向。

模具设计与制造专业，根据现代制造业技术领域发展的趋势，由过去以模具工、模具设计员、调度员、检验员为主要就业岗位，进一步扩大到以模具设计师、模具工程师、项目经理等基层管理岗位为就业发展目标，通过职业学习与训练，培养熟练掌握模具设计与制造技术，具有较强的组织管理能力的高技术技能专门人才。

机电一体化专业，培养具有一定机械设计与电气控制专业基础理论知识，并有较强机电设备操作与维修、自动化设备安装与调试、机械加工与制造等实际动手能力的机电一体化技术专业高素质技术技能型专门人才。

为实现这些专业的人才培养目标，专业的课程也随之调整。

所有专业，围绕"应用型技术专业人才"这一培养目标，在专业课程调整中，均侧重于实践教学，使学生更多地直接接触与面对面演示教学，缩短教学与实践应用的差距，提高学生的技术应用能力。有的专业，还增加专业课程设计，实践环节单独授课，单独考核。

职业院校要把准人才需求市场的脉搏办学，就必须顺应新兴产业发展大势，及时或未雨绸缪设置与之对应的新学科、新专业。

在詹慧珍的理解里，这是一所高等职业院校不断顺应时代发展、锐意革新的需求。新世纪以来，先进制造业产业尤其是新兴战略性产业大潮涌起，我国迫切需要这些产业领域的各层次技术人才。例如，她十分关注的数控应用技术领域。

数控技术和数控装备是制造工业现代化的重要基础，同时又是加快先进制造业发展的重要先导应用技术。而且，数控技术的应用还为传统制造产业带来革命性的变化。此外，随着数控技术的不断发展和应用领域的逐渐扩大，对国计民生的一些重要行业如 IT、汽车、轻工、医疗等产业的发展，起着越来越重要的推动作用。

通过广泛深入调研，赣西科技职业学院发现，我国沿海经济发达地区对数控人才已呈现出供不应求的局面，主要集中在模具制造企业和汽车零部件制造企业，具有数控知识的模具技工的年薪已超过了 10 万元。

对此，学院及时增设数控专业，着重培养数控领域中的产品设计与加工、数控编程、数控机床操作、数控常用 CAM 软件多轴加工、数控设备调试与维修等方面的应用型技术人才。

再比如新兴战略性产业领域。

面对太阳能光伏等新能源产业日新月异的发展势态，詹慧珍进行大量深入调研后，在 2008 年就设立了光伏材料加工与应用技术、光伏发电技术及应用专业，并将这一专业作为重点学科专业大力建设。

值得一提的是，设立新能源产业应用技术专业于全国高等职业院校中，赣西科技职业学院也是先行院校之一。

建立学科专业设置动态调整机制，紧跟新产业发展的时代大潮，着力建设应用性学科专业特色，使得赣西科技职业学院的学科专业始终与新技术发展和产业转型升级同步。与此同时，在实现学科专业深度调整和产业需求有效对接的过程中，赣西科技职业学院整体学科专业建设层次得以不断提升。

更令人注目的是，从 2005 年到 2015 年前后，历经十年的学科专业建设，赣西科技职业学院一批特色鲜明的重点学科、特色专业逐渐形成。

学科专业设置与产业需求实际的对接，在赣西科技职业学院的办学特色上，这只是完成了第一步。

第二步，也是詹慧珍和学院领导们最为重视的一步，那就是最大限度地与企业用人实际需求实施精准对接——真正体现职业院校为各行各业培养应用型技术人才！

在多年的办学实践探索中，詹慧珍深刻体会到，长期以来，产教融合不深入、人才培养质量与企业需求有偏差等问题，一直是高等职业教育的一大"痛点"所在。

事实上，在赣西科技职业学院，这是被赋予学院办学最鲜明特色的关键——在产教结合、校企合作过程中灵活设置专业。

"实现专业设置与产业需求、课程标准与职业技术标准、教学过程与生产过程、毕业证书与职业资格证书的'无缝对接'，打通职业教育产教结合的'最后一公里'，为企业培养准员工和零距离上岗的实用型人才。"

自 2004 年赣西科技职业学院定准办学探索方向后，学院专业的深度调整、全面规划及新专业的开设，又始终与企业合作办学这一探索方向同向而行——各学科专业大力形成与对应行业企业的合作办学机制，通过校企合作开设定向班或企业委托培养、企业参与培养等多种合作办学方式，形成赣西科技职业学院的人才培养模式特色。

詹慧珍十分坚信，这也将成为赣西科技职业学院在专业设置上最大的特色。

因为她从办学实践中已认定："在赣西专修学院尝试和一些企业开设定向班后，很多企业是冲着这种学徒制的定向班纷纷来谈人才培养合作的，这说明企业充分认可了这种全新的校企深度合作方式。"

订单式培养，是由学校与用人企业针对社会和市场需求共同制定人才培养计划，签订用人"订单"，通过"工学交替"的方式分别在学校和用人单位进行理论与实践教学，学生毕业后直接到用人单位上岗就业的一种产学研结合的人才培养模式。

赣西科技职业学院逐年扩大和各行业企业的合作，在各个学科专业与各类企业合作开办订单班。这些订单班由学院与企业来共同制定人才培养方案、人才培养的标准，包括课程的设置、教材的编撰、实践环节的实现等。

比如，比亚迪汽车和大众汽车的汽车构造、汽车钣金、汽车电控班；华为的电子电路分析与实践、电子产品生产与检测、电子电路测试与检测；天润物流公司的物流管理、物流机械设备；富士康科技集团鸿准精密模具公司的冷冲压成型设备、数控仿真技术、数控设备维护及保养、模具制造工艺、产品设计；百纳电子商务公司的网络支付、网络安全班……

随着订单班的不断开设，赣西科技职业学院与企业的合作不断扩大深入。

从 2004 年到 2016 年，经过十多年的发展，赣西科技职业学院已与全国数百家企业形成了稳定的办学合作。这一校企合作的丰硕成果，让赣西科技职业学院在江西乃至全国的高等职业教育中具有很高的美誉度。

大力实施推进与企业合作办学，让赣西科技职业学院的"校企合作、产教结合"办学模式越来越彰显出特色。而这一模式，这也正是赣西科技职业学院探索现代职业教育的历程。

校企合作、产教结合的推进实施，同时又充分实现了学院专业设置与产业需求、课程标准与职业技术标准、教学过程与生产过程、毕业证书与职业资格证书的"无缝对接"。

第四节　延揽名师育人才

教师队伍，是一所高校的立校之基、兴校之本、强校之源。

"大学者，非有大楼之谓也，乃大师之谓也。"纵观国内外著名高等学府的厚重发展积淀历程，无一不是各学科领域大师名师汇聚的过程。

办学之初取得显著成效，很大程度上是因为一开始就有了实力强大的师资力量。更为重要的是，在近十年的发展过程中，学校已逐步拥有了一支优秀的教师队伍。这主要体现为：在学院已开设的各类专业的师资队伍建设上，从华丽服装中专学校到赣西专修学院两个发展阶段的积累，已使得赣西科技职业技术学院从成立伊始，就在服装、机电、计算机、模具制造与汽车工程五大类专业上，具备了雄厚师资的力量。

与此同时，经过多年教学探索实践，一批既具有丰富实践操作经验又具有丰富教学经验的资深教师队伍已初步形成，这在新余甚至全省同类民办高等院校的师资队伍建设上都优势凸显。

此外，通过以优厚待遇、提供施展才华的平台等作为吸引力，赣西专修学院在几年的发展过程中从全国各大高校陆续引进了一批优秀本科生及硕士毕业生，这又为学院未来的高水平师资储备打下了基础。

"学院升格为高等职业院校，意味着学校发展各方面都将务必同步提升。这需要一个过程，但师资队伍建设的提升在学院各方面提升中，是居于首要和核心位置的。"

与中专和专修学院办学阶段相比，如今，经过近十年办学的探索实践，詹慧珍在学校师资建设上已具有丰富理论与实践经验，也有自己深刻的师资队伍建设见解。她深刻认识到，高等职业院校因其办学定位、人才培养模式与学科专业等具有自身的鲜明特点，决定了学院的教师队伍建设必须与此相适应。赣西科技职业学院只有拥有了强大的师资力量，方能实现成就高等职业教育名校的目标。

深谙"大师成就大学"之道的詹慧珍，在学院升格后，随即把汇聚具有丰富经验的专家学者和各学科名师，作为成就赣西科技职业学院办学特色品牌的重要战略。

2005年上半年，赣西科技职业学院制定了"名师工程"实施方案。

在"名师工程"的实施过程中，刘汉教授、龚杏根教授、范绎民教授、黎祖谦教授、李超彬教授等一批曾在省内外高等院校担任校领导职务的专家学者，先后被请进赣西科技职业学院，担任学院的领导或顾问。

先后聘请到学院分管各领域工作的，都是学科领域中的知名专家学者。

谢世汉，教授，物理学学科专家，任学院副院长；

刘锡忠，教授，电子学科专家，任学院院长；

钟华仁，教授，材料科学学科专家，任学院副院长；

梅华清，副教授，教育管理学专家，任学院副院长；

欧阳方庆，教授；

陈云辉，副教授，电子学科专家，任学院副院长；

王萍涛，教授；

李仲侨，教授，机电学科专家；

这些专家学者的陆续到来，并担任学院的领导职务，让赣西科技职业学院"专家治校"的办学理念得以充分实现。

"名师工程在师资力量的全面提升与建设上，是学院所有的学科专业都要逐渐形成一流的师资队伍。"赣西科技职业学院"名师工程"的实施，是要真正实现学院"名师执教"的目标。

为建设各学科专业一流的师资队伍，赣西科技学院舍得给待遇、提供良好的工作条件及提供充分的科研条件，在全国广泛延揽人才。

从2005年到2015年的十年中，赣西科技职业学院在先后从全国知名高校、科研院所聘请一批教授、副教授的同时，陆续引进一大批博士、硕士和优秀本科毕业生，各学科专业均建立起了实力雄厚的师资队伍。

与此同时，通过教师继续教育、校本培训、系级业务培训等形式，不断加强对专任教师和兼职教师的教育理论、教育技术、教育教学方法和职业素养的培训，提高基本教学能力。

"名师执教"，为赣西科技职业学院的特色办学又添一道靓丽风景。

拥有一大批具有丰富技术经验，既能胜任理论教学又能指导学生实践的"双师型"教师队伍，是职业教育改革发展的关键，也是实现"校企合作、产教结合"的重要基础条件。

根据赣西科技学院的办学定位、人才培养模式与学科专业特点，倾力打造各学科专业的"双师型"教师队伍。

在詹慧珍看来，这是支撑学院特色办学的重大举措。

为此，建设"双师型"教师队伍，成为赣西科技职业学院"名师工程"推进实施过程中的重要内容。

在此过程中，尤其是从 2010 年确立探索现代学徒制的人才特色模式开始，赣西科技职业学院的教师深入到专业对应的企业、行业一线，参与企业的生产、经营或产品开发，不断增强技术实践教学能力。

而实施校企合作的企业，根据其对人才学科、专业的特点和需求，选派专业人员到赣西科技职业学院进修学习，提高理论教学实践能力。一批具有行业影响力的专家作为专业带头人，一批专业人才和能工巧匠作为兼职教师，先后成为赣西科技职业学院"双师型"师资队伍中的重要力量。

"双师型"教师队伍建设取得的丰硕成果，为赣西科技职业学院人才培养质量的提升奠定了坚实基础。

一所学校青年教师队伍的成长，直接关系到学校未来的发展。

对青年教师的大力培养，赣西科技职业学院高度重视。

十余年来，学院始终把青年教师在职进修培养工程放在突出重要位置。对于引进的青年教师，赣西科技职业学院十分关心他们的成长和职业规划，设立专项经费用于青年教师在职进修，鼓励青年教师在职攻读硕士、博士学位，参加国内外"访问学者"和"优秀骨干教师"培养项目。

到 2016 年，赣西科技职业学院参加各类在职进修的青年教师已达近两百位，学院为此投入经费超过了一千万元。

如今，青年教师队伍的成长壮大，已为赣西科技职业学院的发展构筑了"金字塔"形的教师人才梯队。

第五节　现代学徒制"典范样本"

一所大学人才培养模式的确立，决定了其学科设置、课程内容及师资队伍建设等各方面的探索方向。

而在实现人才培养目标中，还有尤其重要的一环——教学环节。

多年的办学实践，更让詹慧珍深刻体会到，教学环节是关系到人才培养质量的关键一环。

2004 年，赣西科技职业学院在确立应用型技术技能人才培养模式后，随即也开始对教学环节进行深度改革与全面规划。

"产教结合、校企合作"办学探索方向下，应用型技能人才培养体现在教学过程中，实训教学是重要内容。对教学环节进行深度改革与全面规划，就是要沿着这一重点方向努力。

"实训教学，那就必须要有实验实训室，这是最基本的条件。"詹慧珍提出，与学科设置、课程内容及师资队伍建同步，规划建设各个专业的一流实验实训室，让实训教学在赣西科技职业学院的各个学科专业得以实现。

汽车实训室；

模具设计与制造实训车间；

机电一体化实训车间；

数控实训车间；

在原有基础上全面提升的服装与服饰设计实训基地；

……

在升格为赣西科技职业学院后的第一个五年中，学院对应各个学科专业，改扩建与新建的一批实验实训室先后完成。

特别值得一提的是，在实验实训室建设上，赣西科技职业学院全部配备行业领域最先进的全新技术设备，高规格、高水准进行建设。例如汽车实训室，每一品牌的每一款类型新车，都是购置同款车中配置最高的。再比如数控实训室，引进了数控车床、数控自动换刀立式镗铣床、立式数控升降台铣床等高、精、新先进设备。

每一个实验实训室的所需资金都较大，但赣西科技职业学院在这一方面从来都舍得投入。

2010年，赣西科技职业学院在明确现代学徒制的人才培养探索方向后，更是进一步加大对实验实训室建设的投入。学院对实验实训室的建设，也随之提升到了学院争创特色高职院校的重要高度。

与企业深度合作，在校外建立生产性实训基地，是现代学徒制人才培养模式的一大特点，也是职业院校建立实训基地的一个重要方向。

在加快校内教学型实训基地建设的同时，赣西科技职业学院不断加强与各大校企合作企业建设校内外生产性实训基地，建立"校中厂、厂中校"。到2016年，学院在全国各地企业中建设的紧密型校外实训基地、产学研合作基地，总数已近百家。

在江西省乃至全国高等职业院校中，拥有这样多校外实训基地的还不多。

我们特选取了赣西科技职业学院的部分校外实训基地，从这些实训基地可以清晰地看到，经过多年的稳步建设，赣西科技职业学院已形成了覆盖各学科专业的校外实训基地：

校外实训基地情况

序号	实训基地名称	主要合作企业名称	适应专业	企业所在地
1	服装设计实训基地	新余华丽服装制衣有限公司	服装与服饰设计	江西新余
2	服装与服饰设计实训基地	才子服饰有限公司	服装与服饰设计	福建福清
3	服装与服饰设计实训基地	东莞市思华姿服装有限公司	服装与服饰设计	广东东莞
4	服装设计实训基地	新余蓝天雨家纺用品有限公司	服装与服饰设计	江西新余
5	服装设计实训基地	江西曼妮芬制衣有限公司	服装与服饰设计	江西赣州
6	服装与服饰设计实训基地	好孩子国际控股有限公司	服装与服饰设计	江苏昆山
7	汽车检测与维修技术实训基地	光洋六和（佛山）汽车配件有限公司	汽车检测与维修技术	广东佛山
8	汽车检测与维修技术实训基地	南京恒诚联晟汽车配套服务有限公司	汽车检测与维修技术	江苏南京
9	汽车电子技术实训基地	江西汉腾汽车有限公司	汽车电子技术	江西上饶
10	汽车检测与维修技术实训基地	台州爱车坊汽车服务有限公司	汽车检测与维修技术	浙江台州
11	汽车检测与维修技术实训基地	上海大众汽车制造有限公司	汽车检测与维修技术	上海
12	汽车电子技术实训基地	温州长江汽车电子有限公司	汽车电子技术	浙江温州
13	汽车检测与维修技术实训基地	浙江众泰集团	汽车检测与维修技术	浙江永康
14	机电一体化实训基地	海信容声（广东）冰箱有限公司	机电一体化	广东佛山
15	机电一体化实训基地	深南电路股份有限公司	机电一体化	广东深圳
16	机电一体化实训基地	莱克电气股份有限公司	机械类各专业	江苏苏州
17	机电一体化实训基地	青岛海尔电冰箱（国际）有限公司	机电一体化	青岛平度

续表

序号	实训基地名称	主要合作企业名称	适应专业	企业所在地
18	数控技术基地	美的集团冰箱事业部	机电一体化	安徽合肥
19	模具设计与制造	圣美精密工业（昆山）有限公司	模具设计与制造	江苏昆山
20	模具设计与制造基地	富士康科技集团	机械类各专业	广东深圳
21	模具设计与制造实训基地	海维科技有限公司	模具设计与制造	广东深圳
22	建筑工程技术实训基地	浙江省第一测绘院	建筑工程技术	浙江杭州
23	建筑工程技术实训基地	江西核工业测绘院	建筑工程技术	江西南昌
24	建筑工程技术实训基地	新余市亿田测绘有限公司	建筑工程技术	江西新余
25	建筑工程技术实训基地	上海我爱我家房地产经纪有限公司	建筑工程技术	上海
26	通信技术、电子信息工程技术实训基地	江西胜讯科技有限公司	通信技术	江西新余
27	通信技术、电子信息工程技术实训基地	昌硕科技（上海）有限公司	通信技术、应用电子技术	上海
28	电子信息工程技术实训基地	名硕电脑（苏州）有限公司	电子信息工程技术	江苏苏州
29	应用电子技术实训基地	世硕电子（昆山）有限公司	应用电子技术	江苏昆山
30	应用电子技术、电子信息工程技术实训基地	英华达（南京）有限公司	应用电子技术、电子信息工程技术	江苏南京
31	计算机应用技术实训基地	江西浚泰科技发展有限公司	电子信息工程技术	江西新余
32	计算机网络技术实训基地	昆山云景网络有限公司	通信技术	江苏昆山
33	电子商务实训基地	万科企业股份有限公司	电子商务	广东深圳
34	电子商务实训基地	上海链家房地产经纪有限公司	工商企业管理	上海
35	电子商务实训基地	中国平安银行上海分公司	电子商务	上海

续表

序号	实训基地名称	主要合作企业名称	适应专业	企业所在地
36	电子商务实训基地	上海聚联电子商务有限公司	电子商务	上海
37	电子商务实训基地	杭州上佰电子商务有限公司	电子商务	浙江杭州
38	电子商务实训基地	上海聚连电子商务有限公司	电子商务	上海
39	经济管理类实训基地	浙江人本集团	会计、电子商务、物流管理、金融管理	浙江温州
40	物流管理实训基地	新余市天润物流市场发展有限公司	物流管理	江西新余
41	酒店管理实训基地	新余融城大饭店	酒店与旅游管理	江西新余
42	酒店管理实训基地	深圳市华神龙餐饮管理有限公司	酒店与旅游管理	广东深圳
43	光伏材料制备技术实训基地	晶科能源有限公司	光伏材料制备技术	江西上饶
44	光伏发电技术及应用	韩华新能源（启东）有限公司	光伏发电技术及应用	江苏启东
45	光伏材料加工与应用技术、光伏发电技术及应用实训基地	江西佳沃新能源有限公司	光伏发电技术及应用、光伏材料加工与应用技术	江西新余
46	光伏发电技术及应用实训基地	江西瑞晶太阳能科技有限公司	光伏发电技术及应用	江西新余
47	法律事务实训基地	深圳龙城物业管理有限公司	工商企业管理	广东深圳
48	法律事务实训基地	浙江永康巡特警大队	智能技术交通运用	浙江永康
49	网络信息安全实训基地	深圳市盐田区保安服务有限公司	信息安全技术	广东深圳
50	交通安全与智能控制实训基地	江西省警江铁卫高铁服务有限公司	高速铁路客运乘务、交通安全与智能控制	江西南昌

校内实验实训基地与校外生产性实训基地的建设，使得赣西科技职业学院"校企合作、产教结合"的办学定位越来越清晰，应用型技能人才的培养模式特色得以鲜明呈现。

而更为重要的是，依托校内实验实训基地与校外生产性实训基地，赣西科技职业学院的理论教学与实践实训真正实现了深入融合。现代学徒制的探索实践，已在学院产生了实质性跨越，形成了具有自身特色的模式。

关于实现现代学徒制的发展思路：

深入探索职业教育新的人才培养模式，坚持以政府主导、企业主体、学校主办"三位一体"为平台，以招生即招工、上课即上岗、毕业即就业"三维互动"为主线，以学徒对接岗位、学校对接企业、教育对接产业"三个对接"为核心，积极推进办学体制机制创新，加快职业院校与企业深度融合，建立职业人才培养与企业用人对接机制。

现代学徒制的任务与工作目标：

按照企业和现代产业用人标准，灵活设置学制，科学开展课程，共同开发教材，联合培养师资，创建考评体系，严格就业准入制度和职工培训制度，建立企业、学校的考试评估体系，完善学校评价考核标准，提高技能型人才素质。创建"职业教育对接企业，服务产业"的职业教育人才培养新途径，实施职校与企业全方位、深层次的对接。

企业对接学校；车间对接基地。与企业实行集团办学，允许企业兼并学校，允许学校到企业承包或买断生产车间。按照企业生产需求和学校退城进厂的原则，将学校建在企业比较集中的工业园区，并建立统一的公共实训基地，为在校学生和在岗职工培训服务。

厂长对接校长；师傅对接教师。建立厂长和校长相互兼职交流制度。在企业师傅和学校教师保持身份不变的情况下，其岗位可以互通互动，根据工作需要在学校和企业评聘职称、领取报酬等。

生产对接科研；教学对接评估。研究职业学校的课程设计、教材开发、学校评估和学生的考试考核。按照"文化过关，理论够用，技能为重"的原则评价学生，理论考试由学校教师负责，技能考试以企业师傅为主，学什么考什么，以考核为主，考试为辅。

岗位对接课程；工种对接培训。打破传统的一年两个学期制度，实行四个学期制，缩短学生寒暑假时间，实行弹性学分制。成绩优秀者可提前毕业，围绕产业设专业，围绕岗位设课程，自编校本教材。着重围绕新能源、新材料、钢铁、机械加工等企业需求，大力培养适应性高素质技能型人才，为服务地方经济发展保驾护航、增添后劲。

通过以上对接，强力推进职业教育"校企一体"的办学改革，探索职业教育现代学徒制人才培养模式，以校企共赢为合作基础，力争在人才合育、教学合作、研发合创、产业合建等方面实现新突破。按照"世界眼光、中国特色、国际案例"高起点、高标准、高效率建立赣西科技职业学院现代学徒制职业教育体系，为构建服务产业发展的现代人才培养提供可借鉴的模式。

赣西科技职业学院来自于对现代学徒制实践的经验总结，已受到教育部门和众多高等职业院校的高度关注。

2011年6月，全国职业教育改革创新国家试点推进会在海河教育园区举行。推进会上，新余作为试点城市在会上做了发言。其中，赣西科技职业学院的现代学徒制人才培养模式被作为典型经验之一在此次会议上进行交流探讨。

2013年至今，来自全国各地的职业院校慕名来到赣西科技职业学院，对其现代学徒制的探索成效经验进行深入调研学习。同时，赣西科技职业学院也连年受邀参加全国职业教育各类会议或论坛，就现代学徒制的探索实践经验作交流介绍。

尤其令人欣喜的是，成效凸显的实验实训基地和实训教学，更是被高等职业院校同仁们誉为现代学徒制的"赣西学院经验"。

第八章

再绘宏图著华章

成功，总是垂青那些与时俱进、创新奋进的人。

从一所服装学科的中等职业学校升格为综合性专修学院，再升格为高职院校、成为江西乃至全国高职院校中的一颗耀眼明珠，詹慧珍以执著奋进的探索实践与开拓创新，赢得了办学过程中的一次次令人注目的成功。

机遇，也总是垂青那些执着求进、目标坚定的人。

新千年步入第二个十年，我国的职业教育发展再次迎来了新一轮重大发展机遇期。2014 年 6 月，国务院印发《关于加快发展现代职业教育的决定》，明确提出到 2020 年形成现代职业教育体系，打通从中职、专科、本科到研究生的上升通道。其中，以现代学徒制为试点的人才培养模式，被提升到现代职业教育体系新一轮发展的全新战略高度。

历经 20 年不懈努力，赣西科技职业学院立足于"产教结合，校企合作"并作为现代学徒制探索实践的先行者，已奠定了大力发展现代学徒制办学方向的坚实基础。

适逢新的发展重大机遇期，赣西科技职业学院正逢其时，也正当其势。

站在新的发展起点，再绘赣西科技职业学院未来宏图，再著学院在现代职业教育发展进程中的华章。

面对职业教育发展新的历史机遇期，詹慧珍和赣西科技职业学院的同仁们果敢而为，再次确立了学院更为高远的发展新目标——创办特色鲜明的一流应用型本科院校。

以"十三五"规划全新的起点，詹慧珍又带领学院团队跨入了新时代，制订了新目标，迈向了办学新的征程。

第一节　教育品牌享誉全国

一

　　一路艰辛执着探索，一路不懈奋进，回望赣西科技职业学院砥砺奋进的发展进程，这是詹慧珍心底永远难忘的激情岁月。

　　春华秋实，厚积薄发。

　　在稳健快速发展的过程中，赣西科技职业学院的品牌影响力，尤其是其办学特色，逐渐享誉省内外。

　　事实上，赣西科技职业学院发展腾飞的全面布局，早在赣西专修学院办学阶段已开始迈出了办学特色探索的步伐。因而，当正式升格为高等职业院校之后，其初显成效的现代高等职业教育特色和人才培养模式经验，就引起了新余市和江西省教育部门的高度肯定与关注。

　　教育部对赣西科技职业学院的探索实践经验，此时也开始关注。

　　2005 年 4 月下旬，全国民办职业教育经验交流会在江西新余市召开，这是新世纪初年全国职业教育领域一次重要的高规格会议。这次会议的议题之一，就是探讨交流新时期全国职业教育发展方向、人才培养模式及教学改革等一系列问题。

　　众所周知，新世纪第一个五年，江西新余市已在全国高等职业教育领域树起了民办职教品牌旗帜，全国民办高等职业教育的"新余现象"更是对全国众多民办高等职业院校的办学者们具有强烈的吸引力。

因此，全国民办职业教育经验交流会选择在江西新余召开，还因为会议要以"新余经验"为典型案例进行深度总结交流与探讨。

对于典型经验的借鉴交流，江西省教育部门和新余市都认为，赣西科技职业学院的探索实践是"新余现象"中具有典型意义的代表院校之一。如此，赣西科技职业学院被确定为会议期间进行现场交流的学院之一。

这一年的4月27日，是赣西科技职业学院发展史上一个重要的日子。

按照会议安排，这一天，在新余市参加全国民办职业教育经验交流会的时任教育部部长周济、副部长吴启迪，率领与会的全国各省（区、市）主管教育的副省长、教育厅领导及教育专家、高职院校负责人共200多人，来到赣西科技职业学院参观考察。

站在开阔的校园操场放眼赣西科技职业学院，一派现代化校园的景致，一流的办学设施，这些无不令每一位参观考察者频频点头赞许。

在图书馆、实训基地和实训教学的参观考察中，参观考察者们赞叹不已。尤其是现场观摩赣西科技职业学院的实训基地和实训教学，给每一位参观考察者几乎都留下了深刻的印象。

在赣西科技职业学院召开的现场交流会上，詹慧珍向周济、吴启迪等领导介绍自办学以来，学院始终走"厂校合一，产学并举，以厂兼校，以校促厂，互动发展"的办学模式，得到了教育部领导和与会专家的高度评价。与会者们高度肯定：赣西科技职业学院的探索实践，与现代职业高等教育的目标方向高度一致，从办学定位到人才培养模式，都很有特色，很有成效，值得推广交流。

"赣西科技职业学院，高起点办学，实训教学舍得投入！"

"企业办学，资金雄厚；产教结合，校企合作，学企互动。赣西科技职业技术学院这条办学探索之路，走对了。"

"招得进、稳得住、学得好、用得上、送得出、反映好。一句话，这就是高等职业教育的办学成功之处！"

"升格仅一年的赣西科技职业学院，正努力探索创新特色鲜明的办学之路，值得借鉴、学习。"

教育部领导、全国高等职业教育领域的权威专家、高等职业院校办学同仁，对赣西科技职业学院纷纷给予肯定。

探索创新的办学之路走对了！

这些认可与肯定，无疑给了詹慧珍无限的自信。

办学探索创新之路是否走对了，最终还会体现在一个关键数据指标上，那就是学院毕业生的一次性就业率。

2008 年 11 月，江西省教育厅授权省内权威媒体发布了当年全省民办高校毕业生就业情况。发布的数据显示：赣西科技职业学院 2008 年毕业生，实现一次性就业率为 98% 以上，在全省民办高校中，赣西科技职业学院的毕业生就业率位居前列！

这一毕业生的就业率，再次印证了学院办学成效的显著。

赣西科技职业学院从发展伊始，就因其特色的办学定位与成效，赢得了令人注目的社会关注度。

由此开端，赣西科技职业学院的办学影响力、美誉度尤其是特色彰显的人才培养模式，也开始逐渐走向全国。

2005 年 12 月，因学院在全国民办职业教育经验交流会期间引起的强烈反响，中央电视台走遍中国《名校奇迹》栏目组专程来到江西新余，对赣西科技职业学院进行全方位深入采访。

随后不久，央视《名校奇迹》分三集专题，在黄金时档连续报道了赣西科技职业学院的办学特色与探索实践。

央视聚焦一所地方民办高校并进行深度采访和专题报道，这在全国不多见。因此，这组专题报道在全国产生了广泛关注。

创新探索、充满活力的赣西科技职业学院，也开始吸引各省市教育考察团来校、参观与交流。先后慕名前来的有：

赣州市教育考察团

上海市人民政府教育考察团

甘肃省凉州区教育局

江苏省张家港市教育局

重庆市永州市教育考察团

湖北省团风县教育局

湖南省湘乡市金天科技学校

江苏省宿迁市教育考察团

河北省政府教育考察团

江苏省无锡市教育考察团

河北省衡水市教育考察团

湖北省教育厅教育考察团

云南省民办教育促进会

四川省教育考察团

湖北省咸宁市教育考察团

山东省淄博市教育考察团

安徽省池州市教育考察团

浙江省长兴县教育考察团

广东省江门市教育考察团

河南省教育考察团

山西省新绛县教育考察团

黑龙江龙江县教育考察团

江苏省东海县教育考察团

辽宁省本溪市教育局

湖南省教育考察团

贵州省教育考察团

河北省教育厅教育考察团

香港时装设计院

香港华商联合会考察团

……

从 2005 年至 2015 年，慕名前来赣西科技职业学院考察、交流和参观学习的单位，累计 200 多家。

特别是自 2010 年学院大力发展现代学徒制以后，前来参观考察与交流学习的单位，对学院特色彰显、成果丰硕的"现代学徒制"模式及经验，纷纷给予高度的肯定。

还有不少省外职业院校，与赣西科技职业学院开展联合办学。

赣西科技职业学院的现代学徒制模式经验，由此不断传向外界，也为许多职业院校探索发展现代学徒制人才培养模式提供了经验借鉴。

二

高素质技术技能型人才的培养，需要高职教育从重视知识转变到重视技能，需要强调学生将学科知识转化为职业技能，而职业技能竞赛正是促进这种转变的催化剂。

普通教育有高考，职业教育有大赛。

从新世纪开始，全国各地举办的职业院校技能大赛，逐渐成为职业教育领域里一方展示职业院校办学成果与学生才艺的大舞台，也是相互促进和经验借鉴的交流平台。从 2008 年起，教育部又联合国家有关部委共同定期举办全国性职业教育学院的学生竞赛活动，更大范围和深度促进全国职业院校与学生的交流借鉴。

各级各类职业技能大赛，已发展成为全国各个省（区、市）积极参与，专业覆盖面最广、参赛选手最多、社会影响最大、联合主办部门最全的国家级职业院校技能赛事之一，成为中国职教界的年度盛会。

在这一方广受社会注目的舞台和平台，赣西科技职业学院每年赢得的出彩，成为展示学院办学成果的又一道靓丽风景。

当我们翻开历年来江西省及全国职业院校技能大赛的获奖名单，其间赣西科技职业学院的校名频频出现在其中。名单中荣获各类奖项的一位位赣西科技职业学院莘莘学子的名字，总是令人倍感欣喜：

2008年，在江西省职业院校大学生技能竞赛中，赣西科技职业学院服装艺术设计、模具制造和数控三个系别组队参赛，捧回团体一、二、三等奖，参赛学生获一等奖2项，二等奖3项。

2010年，在江西省职业院校大学生技能竞赛中，赣西科技职业学院电子、计算机系和服装艺术设计系分别荣获两项团体三等奖，参赛学生获一等奖3项，二等奖5项。

2011年，赣西科技职业学院派出19名学生参加全省第八届职业学校学生技能大赛，共有12名学生荣获8个项目的奖项，分别获得一等奖1个，二等奖5个，三等奖6个，居新余市职业院校首位。

同年，在全国服装设计技能大赛中，赣西科技职业学院学生黄敏捷获三等奖；在全国服装平面模特大赛中，赣西科技职业学院学生葛明月获三等奖。赣西科技职业学院服装艺术专业的两个项目，分别代表江西省、新余市参加国家级比赛，获奖名次，全省排名第一。

2012年，在江西全省职业院校技能竞赛中，赣西科技职业学院囊括大赛三个项目第一名。

同年，在"2012全国职业院校服装技能大赛"上，赣西科技职业学院孔祥静同学代表江西省参赛，喜获三等奖。

2015年1月，在江西省教育厅、省人力资源和社会保障厅、团省委联合举办的"江西省大学生科技创新与职业技能展示活动"中，赣西科技职业学院荣获"创意电子商务"组5块金牌、5块银牌、10块铜牌，荣获专科组团体总分二等奖。

同年4月，在江西省职业学校第十二届技能竞赛节服装设计与制作技能大赛中，赣西科技职业学院参选选手荣获两个一等奖，两个二等奖，学院3名教师喜获"优秀指导教师"荣誉称号。

……

再看赣西科技职业学院学子们在大赛中屡屡赢得的精彩：

张帅帅，在2015年江西省大学生科技创新与职业技能竞赛荣获机械设计与创造技能赛（数控车工）赛项专科组二等奖；

唐伟琦、郭路行，在2015年江西省大学生科技创新与职业技能竞赛中，双双荣获建筑工程技术（建筑CAD）专科组一等奖；

梅雕，在2015年科技创新与职业技能竞赛荣获电子专题设计赛项（专科组）中，荣获一等奖；

刘百宝，在2016年江西省大学生科技创新与职业技能竞赛中，荣获建筑工程技术（建筑CAD）专科组一等奖；

……

经粗略统计，历年来在各级各类职业院校技能大赛中，赣西科技职业学院荣获各类奖项的学子近500人，其中一等奖项或"金牌"奖项占到近百项。这一数字在省内外职业院校中居于前列。

大赛点亮人生，技能改变命运。

赣西科技职业学院大力实施技能竞赛引领工程，坚持把职业技能竞赛作为提高人才培养质量的重要载体，以赛促教，以赛促学，以赛促评，以赛促建，评建结合，为学生"人生出彩"创造机会，对于学院的莘莘学子而言，共同享有了人生出彩的机会和梦想成真的平台。那些在各级各类技能大赛中赢得奖项的莘莘学子，很多人毕业之后拥有了理想的工作岗位或事业天地。

不仅在各级各类职业技能大赛获奖，而且在各种展现综合才艺与精神风貌的舞台，赣西科技职业学院的学子们同样犹如璀璨之星。

例如，在第六届大学生文明风采大赛中，赣西科技职业学院荣获国家级二等奖和优秀奖各 1 个，省级一等奖 5 个，省级二等奖 3 个，省级三等奖 3 个，市级获奖共计 33 个。

再比如，在 2014 年 11 月举办的江西省首届国际麻纺博览会上，赣西科技职业学院组织了 1000 名学生参加会展活动。会议期间，这些充满着青春活力的莘莘学子活跃在安保、礼仪接待等岗位，以出色的表现赢得了大赛组委会及与外宾的高度赞誉肯定。

更给人们留下深刻印象的是，学院艺术系选送的 60 名学生绣娘，以精湛灵动的秀技展示了赣绣风采，在国际麻纺博览会上得到了海内外嘉宾的一致好评。

……

对于赣西科技职业学院以及学院学生在各级各类职业技能大赛中的频频出彩，以及在各种展现综合才艺与精神风貌舞台上的风采，中央电视台、中央人民广播电台、江西电视台、新余电视台、《人民日报》《中国教育报》《江西日报》《新余日报》等 20 多家新闻媒体，先后作过解读式专题报道。

从这些解读式报道中人们可以看到，高度重视实训教训的人才培养模式，被认为是赣西科技职业学院赢得技能大赛中频频出彩的关键原因所在。

三

毕业生的就业率与就业质量，是一所大学办学成效的直接体现。

人们仍然那样清晰地记得，无论是当年的新余华丽服装中专学校、赣西专修学院还是 2004 年刚刚升格为高等职业院校的赣西科技职业学院，都因为毕业生的高就业率得到了社会的广泛关注。

而在赣西科技职业学院发展至今的整个办学历程中，学院不仅以毕业生就业率之高，还以毕业生就业质量之好得到了社会各界的如潮好评。

从历年来发布的《江西民办高校毕业生就业报告》中，我们发现，在2005 年到 2015 年的十年中，赣西科技职业学院的毕业生的一次性就业率始终保持超过全省高校平均水平。

对于赣西科技职业学院毕业生就业情况的整体评价，曾有媒体这样报道："多年来保持这样稳定的毕业生高就业率的高等职业学院，这在江西乃至全国高等职业院校中都为数不多。"

更令人叹服的是，赣西科技职业学院在保持毕业生高就业率的同时，还始终保持着毕业生的高质量就业。

根据赣西科技职业学院多年跟踪统计的数据，在学院办学二十多年来为社会输送的近 10 万名高素质、高技能的应用型人才中，现已有一万多人成为企事业单位的技术骨干、技能专家和中高层管理者。

这是学院毕业生高质量就业情况的有力证明！

此外，对赣西科技职业学院毕业生就业质量情况，从多年来的媒体报道中也得到了相同的印证。

让我们再来看 2015 年 7 月，新浪网"教育"专栏在采访全国高等职业院校毕业生就业情况的一篇调研稿：

在被冠以"史上最难就业季"的 2015 年，当高校毕业生仍在艰难寻觅"婆家"时，一些尚未走出职校的新生却已实现"提前就业"，成为公司的"准员工"。

"毕业生对用人单位吸引力有限"，一直是摆在职教面前的一道难题。

记者近日在走访赣西科技职业学院采访过程却发现，该校破题"现代职业教育创新"的成效，显著地反应在学院毕业生就业形势喜人的现象上。尤其该校服装设计、汽车工程、机电工程等专业的毕业生甚至还出现了供不应求的状况，这成为"升级版"职业教育引人注目的"新亮点"。

更值得关注的是，赣西科技职业学院毕业生去向的单位，很多是国内知名企业，而不少毕业生的工作岗位也同样令人羡慕。

在这篇调研稿件中，赣西科技职业学院被作为"史上最难就业季"中高职院校就业情势的典型特例。

其时，在每一年关注高校毕业生就业的视角里，赣西科技职业学院都有值得让人们深思的"看点"。

例如，2017年5月，新余市渝水区劳动人事局人才服务局在赣西科技职业学院组织了一次用人单位的"2017届高校毕业生就业双选洽谈会"，就有72家用人单位提供机械设计、文员、模具、数控、新能源，电子、计算机、应用技术等4000多个招聘岗位，平均每家用人单位提供50多个招聘岗位。

对此，江西一位高等职业院校的校长这样感叹道："如果不是学院毕业生对用人单位来说有吸引力，那这种情况一般是不多见的。"

事实也的确如此。

在用人单位对赣西科技职业学院毕业生的评价中，"动手能力强，实践操作能力强，岗位适应能力强，爱岗敬业且发展后劲十足"等这样的评价很普遍，这也是多年来，许多用人单位把赣西科技职业学院作为人才招聘、委托培养或合作培养基地之一的主要原因。

赣西科技职业学院毕业生的就业情况，也获得了新余市、江西省教育主管部门和国家有关部委的表彰。

十余年来，赣西科技职业学院多次荣获"江西全省职业院校就业工作先进单位""全国诚信就业单位"等殊荣。在新余市，赣西科技职业学院已连续多年被评为"毕业生就业先进院校"。

在以毕业生良好的就业状况引人关注同时，赣西科技职业学院也给现代职业教育的探索创新带来了深思与启示——现代学徒制模式导向下，应用型技能人才培养的方向定位，当为现代职业教育创新探索的全新方向。

毕业生高质量的就业，为赣西科技职业学院更添社会影响力。

从升格为高职院校以来，赣西科技职业学院历经十余年的探索前行，如今已经实现了精彩蝶变。

尤其令人注目的是，通过创新探索以能力为主线，校企合作、产学结合的实践教学体系，赣西科技职业学院的现代学徒制人才培养模式，已成为江西乃至全国高等职业院校中的典范。学院已构建全日制普通高等专科、五年制高职、自考大专（本科）、全日制中专等多个办学层次，以理工为主，文、经、管综合发展的专业体系和教学、科研、实训一体化的办学格局初步形成。

这一切探索实践，无疑为现代职业院校的创新探索作了精彩诠释。

与此同时，赣西科技职业学院的办学成果获得了党和政府及社会的充分认可，多年来获得国家、省、市各类荣誉称号和奖项达 100 多（次）项：

全国"千校百万"进城务工青年培训工作先进单位；

全国妇女联合会授予的"巾帼文明岗"；

中国诚信建设示范单位；

中国民办高等教育优秀院校；

江西省人民满意的十大品牌高校；

江西省综合治理工作先进单位；

江西省自学考试优秀主考单位；

江西省优秀学校；

江西省十大诚信院校；

新余市德育先进学校；

……

这些荣誉和奖项，见证着赣西科技职业学院的发展、在发展中不断探索崛起之路！

第二节　砥砺奋进再跨越

年轮，镌刻着奋斗的荣光；希冀，昭示着美好的未来。

从当年艰辛开缝纫店、办服装厂到办培训班和创建学校，再到此后升格为职业院校、成为职业教育领域现代学徒制新模式的先行探索者，詹慧珍数十年来奋力前行，以执着坚韧、睿智创新谱写了不平凡的人生事业篇章。

尤其让人充满敬意的是，自从走上办学之路后，她始终满腔热忱地执着于教育事业，以此作为实现人生价值与追求的舞台。

2016 年，赣西科技职业学院建校近 20 多年来。

在詹慧珍对自己办学事业未来发展的规划思考中，走过近 20 多年办学历程的赣西科技职业学院，又迎来前所未有的发展机遇。

这一机遇，就是国家对大力发展现代职业教育的高度重视。

2014 年 6 月，国务院印发《关于加快发展现代职业教育的决定》，明确提出到 2020 年形成现代职业教育体系，打通从中职、专科、本科到研究生的上升通道。其中，以现代学徒制为导向的人才培养模式，被提升到未来现代职业教育体系发展的全新高度。

与此同时，从国家到地方层面，一系列关于加快发展现代职业教育的顶层设计和制度创新也应运而生。

显然，党和国家把加快发展现代职业教育摆在更加突出的重要位置，强调职业教育是国民教育体系和人力资源开发的重要组成部分，是广大青年打开通往成功成才大门的重要途径，肩负着培养多样化人才、传承技术技能、促进就业创业的重要职能。

詹慧珍敏锐而深刻意识到，职业教育发展迎来的新一轮机遇期，对赣西科技职业学院实现更远大的发展目标，正逢其时也正当其势。

对于一所职业院校，20 多年，风华正茂！

而作为现代学徒制探索实践的先行者，赣西科技职业学院正以不懈的努力，奠定了大力发展现代学徒制办学方向的坚实基础。为此，詹慧珍认为，应当站在新的发展起点，再绘赣西科技职业学院未来宏图，再著学院在现代职业教育发展进程中的华章。

同时，由于处于高职专科层次，再加上学院所处的地域限制，在很大程度上影响了学院的发展，特别是在引进和留住高层次人才方面处于严重不利的境地，不利于学院的长足发展。

由此，詹慧珍酝酿已多年的学院发展新目标——在"十三五"规划中将学院升格为应用型本科院校，这将是创业者詹慧珍人生中又一个全新的发展起点。

"我们十分清楚地懂得，我们面对的将是新的高度、新的目标。我们要把已取得的成绩作为全新起点，以一如既往的执着进取和开拓创新，共同把赣西科技职业学院打造成为全国一流、江西领先的高等职业院校……"

创办应用型本科院校，实现办学层次的提升，培养高技能应用型人才，既符合江西省对新型工业化人才的需求，对促进区域地方经济转型升级具有重要的战略意义；也符合民办教育发展的基本规律，更是学院进一步发展的内在要求和必然选择。

抓住国家职业教育新一轮发展良机，砥砺奋进，实现办学层次新跨越。面对职业教育发展新的历史机遇期，詹慧珍和赣西科技职业学院的同仁们果敢而为，再次确立了学院更为高远的未来发展新目标——以现代学徒制人才培养模式为特色，创办应用型本科院校。

重大机遇，在关键时间节点上又让詹慧珍更添信心——"十三五"开局之年，江西省"十三五"学校设置规划开始编制。

一种时不我待的急迫感，促动着詹慧珍把学院升本提上重要日程。

赣西科技职业学院提出的升本构想，得到了江西省和新余市的大力支持。有关专家在对学院升本的条件与基础进行多方论证后，一致认为，学院积累了很多科学有效的职业教育办学经验，具备了良好的办学基础，学科建设、师资配备、教研设备、图书资料、实验实训基地以及规范管理、教学质量、培养模式等特色办学方面都已达到设置民办本科高校的条件和实力。

此外，学院的科研成果与能力，已形成了较强的基础条件。

还有，在本科院校创建的过程中雄厚的资金支撑，那就是与办学同步，华丽集团的经营发展始终稳健。

升本的可行性得到了充分论证，在此基础上，赣西科技职业学院组成了创建本科院校规划小组，对学院本科院校建设的一系列总体规划编制随即展开：

——总体目标定位：实施"质量立校、特色兴校、创新强校"发展战略，做大做强，依法治校，建设区域一流，特色鲜明的高等职业技术学院。

——办学类型定位：适应行业产业和区域经济社会发展需要，实施培养的高素质技术应用型人才的高等职业教育。

——办学层次定位：以高职专科教育为主，努力发展应用型本科教育。以职业技术教育为主，积极开展多样化继续教育，顺时而动，助推学科专业向应用型转型。

——人才培养目标定位：培养具有社会责任感、富有创新精神的高素质应用型人才。

——学科专业结构：以工学学科为主导，以文科、医药、财经、教育等学科为支撑；以土建、机械制造类专业为主导，以经济管理、电子、艺术、公共事业、机电、模具、数控、汽车制造与维修、新能源、新材料等专业为支撑，形成职业技术教育学科专业的新格局。

——服务面向定位：立足江西，面向长三角区域，辐射沿海地区，服务行业产业、区域经济、服务经济社会发展，培养人才，提供智力支持。

    ……

根据总体规划蓝图，赣西科技职业学院将在现有基础上，按照本科院校标准建设占地面积1500多亩的高职、本科校区。新校区容纳三万名学生，集学习、生活、实习实训与科研为一体。

新校园选址于新余市仙女湖省级职教园区，计划建设总投资约12亿元，从基础设施到各方面软环境配备，均按照一流大学校园标准进行建设，为师生创造良好的学习、生活环境。

赣西科技职业学院争取升格为应用型本科院校，将是一次学科建设、师资队伍建设、优势专业建设以及实训教学基地建设等全方位提升过程。为此，詹慧珍提出，与江西省"十三五"学校设置规划同步，全面启动学院"十四五"未来五年建设发展规划。

赣西科技职业学院的"十三五"发展规划正逐步全面实施，在未来五年中，学院将实施一系列跨越式发展：

学科专业建设。按照"科学规划、重点建设、优化资源、培育特色、注重创新、提升水平"的方针，及时跟踪市场需求的变化，主动适应区域、行业经济和社会发展的需要，根据学校的办学条件，有针对性地开展专业建设与改革，建立以重点专业为龙头、相关专业为支撑的专业群，辐射服务面向的区域、行业、企业和农村，增强学生的就业能力。围绕专业建设，加大课程建设与改革的力度，加强专兼结合的专业教学团队建设，加强实训、实习基地建设，建设共享型专业教学资源库，高等职业教育专业建设取得显著成效。

优化专业设置。科学合理设置专业，健全专业随产业发展动态调整的机制。对现有专业进行优化整合，根据社会经济发展趋势和学校发展需要，紧密结合产业、企业、职业岗位来优化专业，参照国家最新《产业结构调整指导目录》，面向先进制造业、现代服务业、战略性新兴产业和社会管理、生态文明建设等领域，重点建设区域经济社会发展急需的鼓励企业转型升级的产业，区域经济社会发展急需的鼓励类产业相关新专业；取消部分与限制类及淘汰类产业相关的专业。

打造品牌专业。按照扶需、扶特、扶强的办法，遴选重点专业进行项目化管理和建设省级特色建设，为学院升格本科院校夯实基础。重点建设会计专业、物流管理专业、建筑工程技术专业、电子商务专业、汽车检测与维修专业、汽车制造与装配专业，打造一批品牌专业。

打造实训平台。按《高等专业学校专业教学标准》扩建平台，依托专业新建40个实训室和仿真平台，实现"理论知识脑图、企业设备仿真、生产过程模拟、服务流程再现、工作环境虚拟、学习情境创设、工学互动参与"。重点专业的实训设备配置水平与技术进步要求相适应，实训课开课率达到95%以上。

学院要发展，靠的是实力；学校的实力，关键在教师。

为此，学院在办学中加强构建人才平台，着力打造一支师德高尚、业务精良、乐于奉献的师资队伍和"双师型"教师团队。

通过引进和培养，计划到2020年，教师数量将根据升本师生比达到国家标准，其中专职教师达到85%。50%的教师具有硕士以上学历，其中40%的教师具有副高以上职称、50%的教师具有"双师型"资格。

探索和大中型企业共建"双师型"教师培养培训基地，实行五年为一个周期的教师全员培训制度。完善和落实教师到企业实践制度。完善企业工程技术人员、高技能人才到职业院校担任专兼职教师的相关制度，兼职教师任教情况应作为其业绩考核评价的重要内容。

重点引进专业领军人才，正高职称教师保持在60人，以满足专业建设需要。

——探索新的人才培养模式。以行业产业需求为依据，按照教学服务就业的要求，坚持"学基础、强能力、重应用"原则，启动新版人才培养方案，明晰人才培养目标，正确处理理论教学与实践教学的关系，推进工学结合的人才培养模式，突出能力，强化实践，培养学生基本技能、专业技能、综合应用与创新能力。加大推进"双证书制度"的力度，帮助学生获取职业资格证书，切实增强学生职业竞争能力。积极创造条件，组织学生参加国家、省内各级各类科技技能、职业技能竞赛并获取奖项。

——课程改革。适应经济发展、产业升级和技术进步需要，建立专业教学标准和职业标准联动开发机制，形成对接紧密、特色鲜明、动态调整的职业教育课程体系。以实用型本科院校课程建设为标准，推进课程改革。调整理论课程与实践课程的比例，理论课程够用管用，加大实践课程比重；引入企业技术标准，校企合作共同开发专业课程，构建以能力为主线、校企合作、产学结合的实践教学体系；建设精品课程，建成两门国家级精品课程，四门省级精品课程，20门院级精品课程，逐步形成国家、省、院三级精品课程体系；开设"课程超市"，启动双语教学，提高育人功能。科学合理设置课程，将职业道德、人文素养教育贯穿培养全过程。

——教学方法、手段改革。融"教、学、做"为一体，改革创新教学方法，探索"任务驱动、项目导向、理实一体"的课程教学模式，采取以项目为基本教学单元，以技能培养的具体工作行为方式组织教学过程，推行"案例教学、项目教学、工作过程导向教学"等方法。支持与专业课程配套的虚拟仿真实训系统开发与应用。推广教学过程与生产过程实时互动的远程教学。

——校企合作改革。构建校企合作新机制，坚持专业设置与产业需求对接，课程内容与职业标准对接，教学过程与生产过程对接，毕业证书与职业资格证书对接，职业教育与终身学习对接，培养服务区域发展的技术技能人才。依托专业引入企业项目与资金，新建20个校企合作实训室，新建20个校外实习基地，筹建人力资源培训基地。开展校企联合招生、联合培养的现代学徒制试点，推进校企一体化育人。积极推进学历证书和职业资格证书"双证书"制度。组建100个教师学生团队，全方位服务企业员工培训、文化建设，服务企业特别是中小微企业的技术改造、产品研发、升级，推进企业经营管理和技术人员与学校领导、骨干教师相互兼职，实现高职院校和企业共成长、共发展，实现企业的发展和学校的发展相同步。

——教学评估改革。强化质量意识，加强质量管理体系建设，重视过程监控，强化教学、学习、实训相融合的教育教学活动，强化以育人为目标的实习实训考核评价，吸收用人单位参与教学质量评价，逐步完善以学校为核心、社会参与的教学质量保障体系。注重考核评价方式改革，注重"基础知识＋专业技能＋综合与创新能力"的多元化考核机制，注重考察学生的知识积累和素质养成。在评估过程中要将毕业生就业率与就业质量、"双证书"获取率与获取质量、职业素质养成、生产性实训基地建设、顶岗实习落实情况以及教学团队建设等方面作为重要考核指标。

——科研建设：未来五年中，学院创建院级研究机构达到 10 个，院级科研创新团队 5 个，省级重点实验室 1~2 个。

……

从赣西科技职业学院"十三五"发展规划中可以看到，这一规划既是学院各方面的全面提升发展，也是升格为应用型本科院校的创新发展新的规划。因此，这一规划实际上充分体现出了专科层次与本科层次之间的顺次发展提升。

与此同时，2016 年是我国"十三五"规划的开局之年，正值赣西科技职业学院创建二十周年。选择这一时间节点作为学院新一轮发展的全新起点，詹慧珍显然有自己的深远立意。

"人因梦想而伟大，事业因目标而清晰。把学院未来的发展规划自觉地与国家发展规划同步，就是要紧跟国家经济和产业发展的前沿办学，为社会培养优秀的应用型人才。"詹慧珍对自己未来的办好人民满意的职教事业的思考，又站在了一个新的起点高度。

宏伟蓝图催人奋进，风鼓征帆豪情满怀。

詹慧珍渴望把自己的办学事业做大做强以实现高质量办学发展，把赣西科技职业学院办成全省有特色，全国有影响的一流职业院校，乃至在全国民办高等教育界树立一面旗帜。

第三节 "工匠精神" 领航前行

培养一流人才是大学永恒的核心使命。

职业教育作为产业人才输送的主要"根据地"之一，其发展需要具有前瞻性布局，才能不断适应经济发展、产业升级和技术进步的需要。

二十多年办学过程中，詹慧珍在人才培养上最为深切的体会就是，一所大学要落实人才培养的关键是准确定位创新人才培养机制与模式。从新余华丽服装中专学校到赣西专修学院再到赣西科技职业学院，人才培养的机制准确定位始终在于产教结合，实现的路径在于实施校企深度合作，逐渐发展到现代学徒制人才培养这一模式。

卓有成效的办学成果，也充分证明了现代学徒制导向下人才培养模式应突显应用型、技能型优势。

那么，在为升本、创办一流应用型本科院校而砥砺奋进的过程中，赣西科技职业学院将如何再次提升人才培养机制模式，这成了引领学院人才培养具有"工匠精神"，为国家培养合格人才的重大课题。

一直以来对社会人才市场需求状况的持续关注，让詹慧珍清楚地看到，进入新世纪第二个十年以来，随着经济社会发展呈现出的新趋势，我国在应用型技术人才方面已出现越来越缺乏的现状。

在从"中国制造"向"中国智造"转型升级的关键时期，国家对高素质技术技能人才的需求比以往任何时候都更为迫切，这关系到我国在新一轮科技革命和产业革命中的崛起。

詹慧珍关注到的这一状况，也正是我国开始着力调整对职业技能人才培养的趋势方向！

2016 年，国家提出加快职业教育发展的背景，就在于全面提升应用型技术人才的培养数量与水平，尤其是高水平的技能人才队伍，以适应新一轮科技和产业崛起过程中对技能人才的需求。

各产业领域中的高水平技能人才，被誉为"大国工匠"，他们具有高超的技术技能，是某一行业和产业领域的专门人才。

社会对高技能劳动者的大量需求趋势，对职业教育也提出了更高的要求。

"紧跟国家经济和产业发展的前沿办学，为社会培养优秀的应用型人才，我们的方向就要顺应这一新趋势和新方向。"詹慧珍提出，赣西科技职业学院在实施"十三五"发展规划与创建应用型本科院校的过程中，对人才培养目标上首先要全面提升——着力培养高水平的技能人才队伍。

大国崛起，需要大国工匠，而大国工匠的培养离不开高等职业教育。

在国外职业教育领域，不少国家早已把职业教育作为高端技术人才培养的"中流砥柱"，德国、英国、美国等国家就是如此。

在詹慧珍看来，赣西科技职业学院在启动实施升本的规划中，已将学院未来的发展定位于国家产业发展的前沿，那就必须在应用型技能人才的培养目标定位上与此一致。

高水平技能人才培养，是精湛技艺与匠心独运的一体融合培养过程。即对产品精雕细琢，对工作精益求精，把事情做到极致、做到完美，甚至一辈子专心致志就做这一件事情。这种精神，就是工匠精神。

质量之魂，存于匠心。工匠精神，在设计上追求独具匠心，在产品质量上追求精益求精，在技艺上追求尽善尽美的精神，蕴涵着严谨、耐心、踏实、专注、敬业、创新、拼搏等可贵品质。

2016 年全国"两会"的政府工作报告里，首次提出要"培育精益求精的"工匠精神"的学生。当年的全国职业院校技能大赛，把"工匠精神"

写进了大赛主题。

"工匠精神"，开始被提升为职业教育的灵魂地位高度，成为接受职业教育的学生的价值追求、向往境界。

如何以"工匠精神"为引领，培养高素质技术技能型人才？

"应用型技能人才培养的基础，都要高度注重理论与实训的结合，这是前提。"因此，赣西科技职业学院提出，在升本和创建应用型本科院校过程中，学院"产教结合、校企合作"这一人才培养机制与模式要始终坚定清晰。

在此基础上，将"工匠精神"全面融入学院人才培养之中。

学校层面，将工匠精神渗透到教学育人全过程，强化学生工匠精神的培养和塑造；企业层面，充分利用校企合作、现代学徒制等形式将工匠精神的培育与生产领域相融合，强化工匠精神的实践应用。

培实滋养工匠精神的人文土壤。注重人文知识融通，积极搭建平台、营造氛围，引导师生在知识交汇中感受文化、拓宽视野；注重艺术文化熏陶，通过组建艺术社团、建设艺术长廊等，使校园真正成为消解躁动的文化空间；注重文化实践锤炼，搭建学生"自我教育、自我管理、自我服务"载体。

培育学生的"匠心"，使他们虚心学习、拜师学艺，精雕细琢、精益求精，吃苦耐劳、持之以恒，积极进取、创新创业。

把工匠精神贯穿于各门专业课教学中，把职业道德教育与专业课程教学相结合，指导学生把工匠精神内化为职业道德品质，塑造德技双馨的职业人格。在课程建设中充分融合企业用人标准、职业资格认证标准和专业教学标准，引导师生严格遵守专业标准规则，精益求精地完成教学与学习任务。

精益求精组织实践教学。在组织学生进行校内外实习实训过程中注重细节，培养学生在实习实训操作过程中不断追求完美，使具体操作过程和形成的产品达到极致的要求，以培养学生精益求精的工作态度。

注重适时开展行业人才需求调研与评价，实现教育教学与行业企业对接，在教学中培育工匠精神、锤炼技术技能。

在学院对高水平技能人才的培养专业领域上，首批重点确定一批精品特色本科专业：服装与服饰设计、通信工程、能源与动力工程、车辆工程、材料成型及控制工程、土木工程。

……

与新时代新发展紧密融合的学院发展定位，无疑为詹慧珍决心创办一流应用型本科院校的宏大愿景目标指明了清晰方向。

2017年，赣西科技职业学院开始启动了以"工匠精神"为引领的高质量人才培养模式创新探索。这其中，最引人注目的就是重点精品学科专业在培养高质量应用型人才中的创新。

学院对艺术设计、汽车工程、经济管理、新能源新材料、酒店管理、政法类及建筑的人才培养模式进行整体创新规划，这些院系按照新时代科技产业与经济管理等发展的新特征、新趋势，分别对应建立自己的企业。即经济管理系首先创办电商企业，汽车工程系创办汽车销售与服务4S店，服装设计系创办服装公司和设计工作室，政法系创办（及与省内外知名律事务所合办）律师事务所，新能源新材料在与江西瑞晶太能有限公司建立校企合作人才培养的基础上再创办新能源新材料企业。如此，这些院系专业未来将真正实现自身产教学研的结合，这样，在以"工匠精神"为更高要求标准的人才培养过程中，也就真正实现了院系"双师型"校对队伍的精准对接，实现了高质量人才培养过程中高、精、严标准的精准对接。比如，在服装设计系，院系主任相应对接车间主任，各授课教师分别对应设计制作工艺得班组负责人，而学生的实训教学——对应于各道设计生产实践中的管理、技术等员工。

这一以"工匠精神"为引领下的探索，在原来成功经验的基础上再次开启了学院人才培养模式的又一次创新提升。其成效也很快得到显现。如经济管理下创办的电商企业，到 2018 年初仅半年多时间就实现了 2 万多单网购（售）业务。

"以'工匠精神'为引领，紧跟新时代产业对高质量管理、技术等专业人才的需求，在不远的将来创建学院一批精品专业，培养出一批又一批的'大国工匠'。"詹慧珍对此充满期待与信心！

在"大众创业、万众创新"的时代背景下，创新创业教育具有导向性和全局性作用，其重要意义不言而喻。

为此，赣西科技职业学院继而又提出，以"工匠精神"为引领，培养高素质技术技能型人才过程中，将积极实施大学生创业引领计划，引导大学生投身自主创业，努力营造"双创"的良好氛围。

培养创新精神、创新能力的本质要求就是要促进学生的个性发展，根本方向是激发学生自主学习的兴趣、培养学生乐于创新的学术精神。在实施大学生创业引领计划的过程中，采取"无形学院，有形运作"的新模式，构建"一体两翼"的创业课程教育体系。

"一体"即创业平台空间；"两翼"中的一翼是"面上覆盖"，面向全校学生，通过开设创业教育通识课，开展大学生创新计划，持续举办创业计划大赛等，培养终身受用的创新精神、创造理念和创业意识；另一翼是"点上突破"，面向一部分有强烈创业意愿的学生，通过提供独具特色的创业课程及创投导师、创业导师的指导，培养企业初创者和未来企业家。

丰富的"双创"活动，让赣西科技职业学院增添了人才培养过程中更多的应用型导向。

在如今的赣西科技职业学院，实验室、实践基地、创新工场、创客空间、科技园等创新创业场所，都成了学子们的"新课堂"。

第九章
十万英才遍天下

二十余载倾情倾力办学，一段流光溢彩的事业征程。

对一所学校而言，最为重要的办学成果，就是体现在其培育的人才数量与质量两方面。

在20多年的办学历程中，赣西科技职业学院已经为社会输送了近十万名高素质、高技能的应用型人才。这些毕业生广泛分布于全国各地。如今，他们当中已很多人成为所在单位的技术骨干、技能专家和中高层管理者。

同样引人注目的还有，相当一部分毕业生走向了创业之路，成就了自己的企业。一批毕业生中的"创业明星"，成为赣西科技职业学院桃李百花园中的一道靓丽风景。

每一滴汗水都折射出太阳的光芒，每一份付出都能照亮梦想的天空。

桃李芬芳，这是对办学者不断追求的最好回馈。

纵览詹慧珍二十多的办学历程，她兴学办教育的最大精神动力和育人追求目标，就是把更多有志青年学子托向他们人生理想和追求的高度！

在詹慧珍心里，这也是崇尚追求的兴学办教育的成就与境界，是她引以为豪的最大事业荣耀。

奋进成就人生事业精彩。

詹慧珍，一个普通的农村姑娘，一位极其平凡的女性，一个从学徒到授徒再成职业教育现代学徒制新模式的先行探索者，孕育出一片桃李芬芳。

在奋进的时光岁月里，她用执着谱写了不平凡的人生乐章！

第一节　四海凌风桃李竞

人才是教育的终极目的。

衡量学校工作的根本标准，是其培养人才的数量和质量。而办学者心中一定要装着学生，这是办好学、育好人的前提。

1982年4月，中共中央颁布的《关于教育体制改革的决定》开宗明义："教育改革的根本目的是提高民族素质，多出人才，出好人才。"正是从那一年起，顺应教育体制改革的时代大潮，民办教育幼苗沐浴着春天的阳光雨露蓬勃生发。

从最初的服装培训班起步到后来的民办中专、专修学院，再到特色彰显的高职院校和全国民办高等职业院校中的一颗璀璨明珠，詹慧珍的办学探索之路基本上与改革开放进程中的我国民办教育同步而行。

也正因为从一开始就洞悉国家教育体制改革的初衷，深刻领悟"多出人才，出好人才"这一办学要义，詹慧珍带领教育团队，从办学伊始就秉持高度的责任感与探索创新精神，围绕"多出人才，出好人才"这一办学目标孜孜以求，为培育技能型、复合型、创新型人才殚精竭虑。

从1996年新余华丽服装中专学校成立，到2018年，詹慧珍办学已历经二十二载春秋。

到2018年，从中专办学层次、到高等学历教育，再到高等职业院校办学层次，在22年不断提升的办学历程中，共向社会输送了近十万名毕业生。这些毕业生广泛分布于全国各地。如今，他们当中已很多人成为单位的技术骨干、技能专家和中高层管理者。同样引人注目的还有，相当一部分毕业生走向了创业之路，成就了自己的企业。一批毕业生中的"创业明星"，成了赣西科技职业学院桃李百花园中的一道靓丽风景。

办学二十多载，辛勤汗水结硕果。

如今在教育事业领域已荣誉等身，但最让詹慧珍引以为豪与欣慰的，依然是桃李满天下的事业之境！

1998年那个葱茏夏季，依依不舍欢送学校第一批毕业生走向各自工作岗位的情景，詹慧珍至今仍仿佛历历在目。在此后的每一年夏季里，都有一批毕业生在她深情的目光中与校园和老师们挥手作别，走向四面八方。

当然，学子们心中难舍他们的校长詹慧珍，但更懂得校长詹慧珍融注在毕业离校寄语中的厚重期望，懂得欢送离校时她目光里的殷切希望。

那目光里还有无限的深深祝福！

是的，詹慧珍期待与祝福，每一位毕业学子在未来的人生之路上始终保持正直、善良的品格，有志向、有坚守、有境界，更有人生事业成就。

因为充满了期待与祝福，詹慧珍慈母般关切的目光，从来都未曾离开过她的学子，包括当年华丽服装培训班的那些学员：华丽服装培训班首期学员，结业后，这些学员进入服装厂的有多少人，进入的服装厂分别位于哪个省、哪个市，什么服装厂……学员中，有哪些人开了缝纫店，有哪些人后来开了服装厂……第二期、第三期、第四期……对每一期培训班有多少学员，结业后的去向与历年来工作、发展等等这些详细情况，詹慧珍讲起来时都如数家珍一般。

而从新余华丽服装中专学校首届毕业生开始，学校每一届毕业生就业或创业的情况，都进行了详细记录。此外，从2000年以来，学院毕业生就业指导中心每年都对往届毕业生工作和发展的情况进行回访。

这些数据，再次有力印证了学院历年来毕业生的高就业率。

事实上，赣西科技职业学院每年持续开展的对往届毕业生的回访工作，还有一项十分重要的意义，那就是全方位、深度掌握毕业生的就业与发展动态，为不断提高学院人才培养质量提供参考依据。

历年回访的整体情况显示：

当年从华丽服装培训班走出的学员，一部分选择了开个体服装店或经营服装，其他大部分人进入了省内外的服装企业。

中专办学阶段，正逢我国服装工业的大发展时期，对服装设计与制作技术人才需求猛增。新余华丽服装中专学校的毕业生，凭借着扎实的服装专业技术功底，在企业的实际岗位历练中快速成长，首届毕业生，各个岗位上成绩突出，成为中流砥柱。

学历文凭办学阶段，即赣西专修学院办学阶段。由于学院设置的一系列专业均为市场人才急需的"热门"专业，因而学院各类专业的毕业生十分走俏，学院始终保持着毕业生高就业率。同时，又因为学院毕业生实践能力强，在各工作单位一大批人成长为技术或管理岗位骨干。

更让学院全体教职员工和詹慧珍倍感自豪的是，通过多年来持续跟踪调查记录，统计数据显示：到2017年，学院数以万计的毕业生中，很多在全国各类企事业单位担任中、高层管理人员或担任生产、业务与研发部门的骨干和技术能手的。

在赣西科技职业技术学院校史馆，阅览优秀毕业生的情况简介，令人情不自禁地感叹不已——一所民办高等职业院校培养的毕业生，在他们走向工作岗位后竟如此出彩！

在其中，我们随意挑选了几位毕业生的情况：

顾红，江苏连云港人，在校期间任学生会主席。计算机专业毕业后，由学院推荐至深圳富士康工作。先后任技术员、线长、车间主任等职，连年被评为分公司先进典型。2007年，被派往台湾富士康总部学习一年，现任深圳富士康生产部主管。

李乔军，山西保德人。应用电子技术专业毕业，由学院推荐至步步高集团公司工作，先后担任技术员、助理工程师、技术部工程师等职位。2008 年被公司派往美国学习深造一年，回国后任公司市场部经理助理。

涂梅珍，新疆哈密人。酒店管理专业毕业，由学院推荐至首都旅行社工作。因勤奋敬业，业务能力强，被提拔为公司市场部经理助理。2008 年任企划部主任，2009 年由公司派往新疆分社任总经理助理。

李洋峰，山西临汾人。电子应用专业毕业，由学院推荐至浙江杭州工作，2010 年被单位派往德国进修学习，现为杭州晓峰电子有限公司工程部主管。

周柳根，江西抚州人。计算机专业毕业，由学院推荐至广东友威光电（东莞）有限公司工作。因业绩突出，调至总公司工作。2010 年，被总公司派往昆山分公司担任经理助理。

徐海洋，2004 年毕业后由学院推荐至富士康（深圳）公司工作。因出色的工作业绩和优异表现得到多次提拔，成为公司技术工程部主管。2006 年被公司派往德国深造进修。回国后担任公司技术副总监。

……

对于办学者、为师者来说，还有什么比自己的一位位学子在毕业走向工作岗位后成就他们的人生精彩，更让人充满成就感。

在詹慧珍心底，这是她最深感自豪的人生成就。

她说，有时候自己放眼苍穹，凝望群星闪烁的浩大深远夜空，这种巨大的感动就会悄然在自己内心涌流——仿佛那样真切地看到，那一颗颗璀璨耀眼的星星，是自己学院在四面八方的学子——

四海凌风桃李竞，兰台万里跃璋贤。

第二节　闪耀的创业之星

在改革开放的伟大进程中，詹慧珍心怀梦想，以奋进拼搏改写人生命运，创就了自己精彩的人生事业。在赣西科技职业学院，詹慧珍的人生奋进其实也是一种具有强大感召力的榜样。

赣西科技职业学院的很多学子，在求学的几年中，已不知不觉把今后人生努力奋进的方向确定为"要像院长詹慧珍那样创就一番人生事业"。

而且，在赣西科技职业学院的人才培养目标中，创业精神与能力的培育是一项重要内容，学院鼓励并支持毕业生创业。

因而，办学 20 多年来，赣西科技职业学院的毕业生中，已涌现出了一大批各行各业的"创业明星"。

马美，江苏宿迁人，1998 年毕业于新余华丽服装中专学校服装设计专业。

如今，她已是当年学校首届毕业生中，知名度最高、影响力最大的创业者之一。

1998 年 6 月，作为华丽服装中专学校优秀毕业生，马美被雅戈尔服饰有限公司招聘为设计人员。

当时的雅戈尔服饰有限公司，已经是全国服装企业界中的一家大型企业，驰名商标"雅戈尔"西服，畅销国内外。能进入这家著名的服装企业，可见马美毕业时的专业实力与功底很强。

在雅戈尔服饰有限公司的工作过程中，马美的出色专业才华与各方面综合素质能力，得到了公司领导与同事们的见证。

马美一步步从普通服装设计人员，成为公司的设计骨干，再到担纲"雅戈尔"系列服装设计研发团队中的重要一员。尤其是她作为公司设计团队中的核心成员，为"雅戈尔"品牌崛起和企业发展壮大所做出的贡献，得到了公司领导的高度认可。

自然，马美也拥有了令公司同事们十分羡慕的待遇。

但在此过程中，马美内心深处的一个梦想也渐渐萌发——她要创办自己的服装企业！

在 2006 年，马美辞去了在雅戈尔服饰有限公司的工作，回到她的家乡江苏宿迁市创办自己的服装厂。

凭藉出色的服装设计才华，也得益于在雅戈尔服饰有限公司工作期间对服装企业经营管理经验的累积，马美的服装厂以深得消费者青睐的一系列新款服装，快速打开了自己的销售市场。

在服装厂赢得快速发展的过程中，马美也不断向着更大的事业目标迈进。

如今，马美的江苏宿迁服装总公司，已成为当地的知名服装企业，固定资产达 8000 多万元，企业提供就业岗位 280 多人。

马美本人，也被评为"宿迁市十大青年创业明星"。

从一位民办中专学校的毕业生，到成功的优秀女企业家，马美实现了自己人生的蝶变。

"无限感恩我的母校，当年让我打下了扎实的服装设计专业知识。深深感恩我尊敬的詹院长，她的人生奋进之路，当年潜移默化地成了我心底的一盏励志明灯。如果没有这两方面的原因，我不可能有今天的成功。"

谈及自己的创业之路，马美在很多场合这样动情地说。

"当时我在雅戈尔的待遇已很优厚，工作环境、生活条件也很优越，可以说是标准的'白领'。我辞职时，很多同事不解，创业伊始我也历经很多艰辛，对此很多人也不解我为何要辞去在雅戈尔公司那么好的工作。但其实，在新余华丽服装中专学校读书时，我知道了詹校长，心里特别敬佩，特别受鼓舞，还有我的同学也同样是如此。"

的确是这样！出身贫寒农家、白手起家的詹慧珍，执着于心中的那个梦想，凭借一把剪刀、一把尺子和一台缝纫机，奋力走出的精彩人生之路，成就的教育事业蓝图。她的人生奋进历程，对学子们的激励力量是巨大的。

这力量传递给学生，创造的事业那样惊人，比如学生李小芳。

李小芳，江西宜春人，1998 年电脑艺术设计专业毕业。

毕业后，在学院的推荐下，李小芳进入到深圳创新创意有限公司工作。在深圳数年的打拼过程中，萌生了强烈的创业愿望。

李小芳说，心底萌生的这个愿望，正是当年在读书时所向往的——如自己的院长那样，通过一步步奋斗，去实现人生事业的嬗变！

2003 年，李小芳果断辞去了工作，在深圳成立了自己的大方装饰广告有限公司。

由于对广告市场的熟悉，加上李小芳对公司重点广告业务的精准定位，大方装饰广告有限公司迅速成为深圳广告行业中的一匹"黑马"，在短短几年中得以快速崛起。

如今，李小芳的公司已颇具规模，资产近亿元。

走进服装大世界的璀璨百花园，人们会欣喜地发现，无论是在服装设计与技术人才领域，还是在服装行业企业家中的佼佼者中，都活跃着毕业于赣西科技职业学院的学子身影。

周文就是其中的一位。

周文，赣西专修学院 2000 届毕业生。

无论时光飞逝得如何之快，也无法冲淡学院老师对学子的记忆。只是，很多时候，当一别多年再次重逢时，学子们总带给老师那么多的惊喜。

毕业整整十年之后，周文再次来到母校时，已是福建闽鸿服装有限公司的董事长兼总设计师。

他的企业福建闽鸿服装有限公司，在福建服装行业已小有名气。

要知道，在服装企业林立、品牌众多的服装大省福建，这着实不易！

周文的家境一般，创业完全靠自己。

那么，他是如何在强手如林的福建服装行业中创立出自己的企业的？

"最关键的，还是我们在公司服装设计方面的实力。"周文说，在学校对服装设计的扎实学习特别是对设计实践的历练，让自己一毕业即拥有了很强的服装设计能力，这就是自己创业的无形资产。

就是靠着这一无形资产，周文从最初为别的服装企业做设计师到后来设计服装委托服装厂生产，再到后来创立自己的服装厂，一步步到现在形成自己企业的规模和服装品牌。

除了专业知识之外，还有十分重要的一点，让周文对自己走上创业之路充满深切的感激。

"将来毕业后，我能不能也像敬爱的詹院长那样，创立自己的服装厂，创出自己的服装品牌！"周文说，当年在学校求学时，自己心底萌生出的这种梦想，是让自己毕业后走上创业之路的力量源泉。

事实上，詹慧珍在办学过程中不只是以知识赋予了学子们打开自己人生事业天地的钥匙，她的人生奋斗历程与创业精神，也同时给予了学子们巨大的激励力量。

沿着学校发展的历程梳理，在历届毕业生中，像马美、李小芳、周文这样走上创业之路的毕业生不胜枚举：

钟黎明，江西宜春人。2004年模具设计与制造专业毕业。毕业后被学校推荐到阿里巴巴网络营销中心上海分公司，先后任营销专员、cel国际控股集团售后服务部部长、vip会员部主管，2009年自筹资金创办黎明机械制造厂，现企业固定资产已达两千多万元。

纪秋华，湖南长常德人。2005年汽车检测与维修技术专业毕业。毕业后被学院推荐至比亚迪汽车有限公司工作，先后担任技术员、工程师。2009年自筹资金创办汽车维修中心。因技术精湛，公司业务不断扩大，现公司已有四家汽车维修与装潢中心。

敖昌平，江西泰和人。2003年电子商务专业毕业，毕业后被学院推荐至厦门进出口公司任报关员，在工作期间积累了关于产品出口的丰富实践经验与一定市场资源。2007 年，回到家乡创办"名扬天下泰和"乌鸡出口基地，年出口量达三百万只，为国家创收了大量外汇。

倪洋，河南驻马店人。2002 年机电一体化技术专业毕业，毕业后被学院推荐至浙江永康鑫鑫机械厂工作，先后担任技术员、车间主任和厂长助理。2008 年回家乡河南驻马店创办洋洋机械厂。经过几年的发展，先企业员工已达数百人，年利润超过 500 万元。

……

对学院毕业生的创业情况，多年来，詹慧珍及赣西科技职业学院领导和老师们终给予热切的关注，而且对许多创业的毕业生给予了很多帮助。其中，学院也跟踪记录了许多毕业生创业的历程。

在此，我们撷取其中的几个创业故事以飨读者。

之一：大学毕业创业 4 年从零到千万，看看他是怎么做的

个子不高、瘦瘦的徐小龙，说话简洁干脆。

他随身携带的公文包里，一本记事本、四部手机是标配。"每天都有各种谈判，一天谈八九场是常态，手机不多带几个根本不够用。"徐小龙直言，目前团队里具体事务都已交给其他人去执行，他最主要的工作则是负责跟一些重要客户谈判。

一个团队，创始人是灵魂。经过近三年的积累，徐小龙俨然成了"谈判专家"。他的口才和经营管理能力，除了受经商家庭环境的影响外，更多得益于他从大三开始的创业经验。

2001 年暑假，他打算通过自己的努力去赚取学费。像很多大学生创业者一样，他决定从袜子、地板鞋等日常用品入手。别人摆小摊，他就搞批发。在暑假，他绕开学校周边商贩，直接找到江苏、浙江的 200 余个生产厂家，硬着头皮谈下最低价格，"除了口才外，人家最看重的是江西百万学生市场"。

当时卖日常用品时，徐小龙还是"光杆司令"，所有员工都是当时和自己玩得好的同班同学。"1辆4.2米长的卡车运货到从赣西科技职业学院借到的地下仓库，从下午4点卸货卸到晚上10点。我只睡几个小时，凌晨5点又得起床配货。"徐小龙回忆，当时七八个人卸货卸了六个小时，一直没吃饭，卸完货所有人都累瘫了，倒头就睡。2005年，部分员工成了他的合伙人。

徐小龙说起生意经头头是道，一些日常用品价格并不贵，拼的就是薄利多销，要赚钱必须控制成本，进货渠道十分关键。

一双袜子，从厂家直接进货，比从学校周边拿货要便宜近一半。地板鞋等商品直接从江苏南通那边厂家进货。

而宣传、销售、物流、记账等所有环节的工作，全部由他一个人承担，一个月下来，徐小龙瘦了20多斤。好在，一炮打响。在新生开学的一个月内，他做出了20多万元的营业额，净赚3万元。

创业路上初战告捷，让原本只打算小玩一把的徐小龙信心倍增，他感觉"大学校园是一个无限大的市场，就像阿里巴巴的宝库。"

他决定大干一场，在自己的老家诸暨市注册成立了公司。主要做特殊的袜子和地板鞋市场，最重要的是把控成本，"像特殊袜子之类，自己采购了设备，自己设计生产，成本更低。"徐小龙谈道，在2005年的毕业季之后的几年时间里，通过他和他的团队的不断努力，他的公司以配有相应的缝制车间、定型车间、包装车间。现有技术人员25人，管理人员50人，职工300人。年产双针筒袜子2000万双。产品主要销往欧洲和美国市场。

徐小龙感到很骄傲，短短十年时间，自己将生意做到了国外，还积累下几千万元的固定资产，每年的纯利润在200万左右。

之二：李博：90后"江西思翰"教育培训校长的创业故事

李博，一个来自江西新余的阳光大男孩儿，从赣西科技职业学院一毕业就扎根市场自主创业。他是国家大力扶持大学生创业的早期受益者，在教育服务市场里摸爬滚打五六年，已经在行业内小有名气。

李博出生在一个教师家庭，大学学的是电脑艺术设计专业，却偏偏对教育最有兴趣。

抓住某机构在校园招聘兼职的机会，李博在大二时就成了大学生拓展训练的校园代理。开朗的性格，富有号召力与感染力的授课风格让他很快成为人气教练，积累了最初的教学经验，也在心里暗自埋下了当培训师的职业"种子"。

此后，李博自学考取了体验式培训师中级职称、团体心理培训师高级职称。为他的"培训师梦"奠定了坚实的理论基础。

2016年，李博大学毕业，正值国家大力推行大学生创业，于是，他去注册了公司，开始了自己的创业之路。"那时听说国家提倡、各高校对大学生创业都有一系列扶持政策，我就把公司开到了自己的母校'赣西科技职业学院'。"回想起公司成立之初，李博觉得自己是幸运的："赣西科技职业学院创新创业孵化基地给的条件非常好，50平方米的办公室，办公桌、电脑、饮水机都是免费配套的，网络也不用交费。"

解决了基础配套的问题，李博轻装上阵，和同学一起开始做起专升本教育，却遭受了市场的当头一棒。"很多学生做培训都会选择教育经验丰富的培训机构，对于我们这样的新培训机构，他们的眼光总是不信任的"。

没有经验，是很多大学生创业项目共同面临的困难，但李博并不气馁，而是一个班一个班地问学生要不要培训。"幸运的时候，学生和我多聊两句，大多数时候是被直接拒绝。"李博几乎跑遍了新余各大高校，却收获甚微。"跑十几个应届班级才有几个学生对这一块有一点兴趣，但大多数都只是好奇，并不是真的想考。"李博说，但只要有学生感兴趣，李博就投入100%的热情和责任心去做好它。一年多的时光，李博逐步摸索学生经营的方向，积累了作为教育服务提供商的初期经验。

2016年，李博成了一名年轻的校长，麾下有五名海归教师。通过引入现代西方的教学理念，加上强有力的师资力量支撑，李博的"江西思翰教育"迅速成为后起之秀。"我们的学生有拿雅思满分的，有被新余学院、南昌理工学院、宜春学院等江西名校录取的。"积累了丰富的教学成果。

在李博的规划里，江西思翰教育将提供"一站式"国际教育培训，都为学生提供相应的专升本教学服务。而对于"双创"时代的幸运儿，他希望自己能在力所能及的范围，尽可能地把优质教育资源送到最贫困、最需要的地方，"推进教育资源均等化，希望有我的一份力"。

之三：90后创业电商，从打工仔变电商大咖

"生活像弹簧，你弱它就强。穷人与富人之间并没有绝对的界限，有的只是对于生活的努力程度。"宿州市埇桥区解集乡前杨村电子商务信息咨询服务部的"90后"刘益军说。

但是，谁能想到，半年前的他还是一个月收入六七千的花艺师，现在他已经成了一个月入十万以上的电商信息质询大咖。

刘益军出生在安徽宿州市一个工薪家庭，家庭条件还算优越，学习成绩也不错，他本来可以像其他孩子一样无忧无虑地上学，但是母亲的一场大病花光了家中所有的积蓄，突如其来的家庭变故打乱了他平静的生活。读大学的他不得不一边读书，一边打零工赚取生活费。

生活的打击让刘益军变得成熟起来。在学校里，他省吃俭用，把节省下来的钱给母亲治疗。

人穷不能志短。为了减轻家庭负担，刘益军大学毕业没有选择继续求学，而是决定去打工挣钱，一方面可以养活自己，另一方面还可以补贴家用。

刘益军首先来到一家花店打工，从学徒做起，当时月薪只有1500元。但花店不包吃，这点可怜的工资根本不够生活费。为了省钱，他经常一天只吃一顿午饭，有时候饿得实在受不了就喝凉水充饥。

刚开始做学徒，没有人会尊重自己。有时刘益军插花不到位，就会招来主管的一顿呵斥。但是无论日子有多苦，刘益军都咬牙坚持着。因为他深知，只要不放弃，日子就有希望，如果一旦放弃了，就彻底失败了。

刘益军凭着自己的韧劲，刻苦学习，不懂就问，不会就摸索，终于熬过了学徒期，成为一名真正的花艺师。凭着出色的插花技艺，刘益军的工资直线上升，最后达到了月薪六七千元，生活似乎越来越好。

可是，就在这个时候，母亲生病住院，需要手术，刘益军当时就傻眼了：自己根本没有那么多积蓄，只能靠父亲东拼西借。来自一个男人的自尊一下警醒了他，他暗下决心要想彻底驾驭自己的命运。要改变命运就不能满足于眼前的苟且，他决定单干去做生意。

从那以后，刘益军就开始寻找合适的创业项目。终于，在一次朋友聚会上，大家都在讨论电子商务创业话题，他眼中迅速闪出一个想法，能否也做电商信息质询呢，不投入太多，可以边销售边投入。

为谨慎起见，刘益军决定做一番市场调查。在乡里领导的支持下，就辞去了花艺师的工作，全职做起了电商信息质询。

万事开头难。做电商信息质询开始的时候，"起初做宿州市埇桥区解集乡宣传的时候被怀疑是传销，朋友不相信我，把我拉黑。有时候还会遇到一些无理取闹的客户。"刘益军说，只要保持一颗真心，真诚待人，就能赢得客户。从最开始的几个客户，到现在的几十个名实力客户，刘益军用自己的行动实现了自己当初的想法。

现在，刘益军基本每天都要接待上百位客户。"每天咨询的人都很多，我每天都要忙到凌晨，现在月收入可观，我用成绩证明了我能够给母亲幸福了，也能帮助更多有梦想的人，这也是我做电商信息质询的骄傲。"

刘益军现在已经是个成功的电商信息质询，自己开豪车，旗下有几百人的团队，月流水过百万。成功后，他开始帮助很多当初跟他一样有梦想的人，不少人在他的帮助下获得了事业的成功。

之四：大二在校学生创业历程

朱余余来自农村，朱余余们家属于农村普通家庭，爸爸妈妈都是农民，妈妈的身体一直都不好，家里还有个读中学的妹妹，每次回家看到爸爸妈妈为朱余余和妹妹的学费发愁，还为朱余余在外地上学的生活担忧，心里就是一阵心酸。

大学的业余时间是很多的，从大一开始朱余余就在学校附近找各种兼职为自己筹学费。有一段时间很辛苦，连续做了一个月的促销，每天上完课就跑到超市去叫卖，一天站几个小时回到寝室发现腿都是肿的，喉咙也差点发炎。

朱余余想这样长久下去也不是办法，一个月下来虽然赚了一千多块钱，够朱余余一段时间的生活费了，但是长久这样下去身体受不住，而且也影响了朱余余的学习，不管怎样，学习还是最重要的。

因为家庭条件的缘故吧，朱余余比一般20岁的女孩都成熟。她们每天想的是去哪里买漂亮的衣服和化妆品，朱余余每天想的都是去哪里赚钱，怎么赚钱。大一进来朱余余就参加了学校的创业协会，社团里都是学姐学长，朱余余想他们在创业和赚钱方面都比自己更有经验。

上个学期在社团里认识了一个学姐，她告诉朱余余她正在做微商，每天在寝室里弄，收入还不错。朱余余一听就来了兴趣，她跟朱余余说了个大概后朱余余心里就有想法了。

成本不高，方便操作，还不用到处跑，最重要的是朱余余看着班上的女生一次几百几百的化妆品买进来，挺有市场的，为什么不做呢？首先朱余余就跟爸妈说了自己想法，其实他们不是很赞成，因为他们觉得朱余余没有这方面的工作经验，而且也拥有不了那么多人脉，怕朱余余失败，好不容易兼职得来的一点钱又赔进去。

但是朱余余还是放不下这个想法，就跟朱余余一个闺蜜聊了聊，她跟朱余余说，不怕，人脉是积累起来的，再说学校里这么多同学都认识，只要做得好，还怕没生意么？她还给了朱余余一些建议，比如她平时买化妆品会注重的一些东西，这让朱余余下定了决心。朱余余觉得做化妆品真的是一个很好的创业思路，每个女生都希望自己有活力，漂亮、美丽，要是朱余余做好的品牌，卖好的东西，不说校外的人，起码校内认识的同学是相信朱余余的，以后都会来朱余余这买。

再说哪有赚钱不花成本的事情呢？有了想法之后，朱余余考察关注了很多，了解周围同学喜欢的品牌，她们对自己皮肤的关注点，不同品牌的化妆品功能等等，最后还筛选了一部分产品买回来小样试用，最终朱余余锁定了"LATOJA"这个品牌。主要是寝室里几个室友都在用这个，听她们说都还不错。

然后朱余余就拿着它们的几个去其他寝室楼层推荐了一下，居然有几个同学当时就愿意购买！震惊之余朱余余马上开启了自己的学霸模式，做各种记录分析她们愿意购买和不愿意购买的原因，最终得出了一个结论：大学女生大都最注重化妆品补水的效果，对于美白和缩毛孔等等功能有辅助要求。

而这些恰好是"LATOJA"产品主打的护肤思路！"LATOJA"护肤品是从植物中提取的天然精华，非常适合现在大学生钟情于自然护肤的概念。而且它从化妆水到面霜一应俱全，也符合大学生平时的护肤习惯，整套搭配，更能满足她们的需求。于是，决定是它之后朱余余就正式开始成为一名的微商了。

成为"LATOJA"品牌团队的一员后，在学校一边做化妆品的销售，一边还不影响朱余余的学业，偶尔还可以去其他寝室推荐产品，感觉自己不仅赚了钱，生活也确实充实了不少。

刚开始做的时候一个月赚了几百块，虽然很少，但起码没赔，这就坚定了朱余余做下去的决心。从第二个月开始情况就越来越好，第二个月朱余余赚了两千多块，半年后，朱余余每个月的收入都在五六千元以上，不止把自己和妹妹的学费赚了起来，家里的生活质量也一下子提升了很多，爸爸妈妈真的为朱余余感到高兴。

今年端午节朱余余回到了家，给爸爸和妈妈买了一些补品，还给妹妹买了几套新衣服，家里的人都夸朱余余能干，还没毕业就已经赚了这么多钱。父母都为朱余余感到骄傲，朱余余也为现在的自己骄傲，做微商让朱余余成了一名成功的创业大学生，朱余余想，在现在这个社会，只要肯动脑筋，肯踏踏实实地努力去做，就一定能得到很好的发展，未来是属于自己的！

朱余余讲述自己的故事，就是为了鼓励更多的想让自己变得更好的人加入到创业的队伍中，也是希望更多的贫困大学生能找到赚钱的门道，减少家里的负担。这样不仅收获了金钱，也证明自己的能力。只要你想、你做、你坚持，就一定能成功！

在创业的过程中，朱余余们要善于发掘好的商机，这是朱余余们创业的开始。微商创业，顺应时代的趋势，被更多的人青睐。

之五：涅槃重生——一个大学生的创业历程

陈亮在毕业后的很长一段时间，显得很是迷茫，对自己的前途无从选择。

后来，他想起了自己的班主任钟清平老师，而巧合的是，钟老师的妻子当时在做微商。

在得知学生陈亮的境况，尤其是他也想试试做微商之后，表示赞同与鼓励。接下来，陈亮与师母联系，在两人聊了一段时间之后，聊得相当投机，由于当时钟老师的妻子已有身孕，就快临盆，所以当时她就把这个项目的代理转给了陈亮，这个代理的就是"艾芘基妮"牌内衣，这个品牌内衣的总厂在广东，当时还交了600元的代理费。

600 元的起点，陈亮把这个视为压力和动力，这一拼就是四年。

陈亮发现，自己原来适合跟人打交道，虽然不是舌绽莲花、巧舌如簧的人，但凭自己的真诚和坚持，往往也能打动一些客户。四年中，陈亮也渐渐成长起来了，开始一步一步从初级代理一直做到高级代理。

当然，从最初的 600 元代理费，也增长到了现在年收入 10 万元左右，业绩比较好的时候，收入高一些；业绩差的时候，收入较低，但由于平台的局限和行业的特征，陈亮发现自己的业务很难扩大，总是局限于一些老客户，很难打开新的局面。

陈亮，有时候会很犹豫，感觉自己原地踏已经半年多，正面临着新的事业危机。其实这是每一个都市打拼者共有的危机感，对任何一份没有增长空间的工作，都会觉得不安全。

一天，陈亮一位朋友从外地打来电话，这位朋友的母亲是经销艾芘基妮内衣的，属于当地一个地级市的总代理，条件相当优越，家里有三套房子、两辆汽车，这个朋友子承父业，现在又将业务扩展到了邻市，代理了邻市的经销权。

这位朋友谈了很多经商和创业的想法，陈亮深受触动。不过这位朋友说他创业的想法，倒是让陈亮内心一跳。他没有想到他是那么大大胆，陈亮通过和他的聊天，之后又到网上查了好多资料，又找了一些女性朋友了解她们对自己的内衣的要求和想法，然后又专门找了一部分有妻子或女朋友的男生了解一下他们对女式内衣的要求和想法，针对这些专门做了一套自己的推销策略。

经过艰辛的筹备后，陈亮的艾芘基妮内衣代理顺利了起来，有厂家在客户开发上的帮扶、品牌口碑的号召力和自己独特推销策略，加上陈亮几年的销售经验，陈亮很快就又红火起来。

柳暗花明又一村，两年后，陈亮已经省级代理，单月平均营收已经超过了 10 万，一年能够做到的利润不少于 100 万元，现在社会爱美女士越来越多，女生们开始追求舒适，富裕的人也越来越多，陈亮的收入已经达到以前的 10 倍，而且这个数字还在不断增长。

陈亮目前已经做到官方董事，在这个品牌销售的前三，年营收达到 200 万元以上。

"许多大学生欠缺的只是决心和毅力以及那小小的机遇。"陈亮如是说。

第三节　最厚重的人生拥有

鲜花感恩雨露，因为雨露滋润它成长；苍鹰感恩长空，因为长空让它飞翔；高山感恩大地，因为大地托起它的高度。

赣西科技职业学院的一届届毕业学子，无论离开母校多久，但在他们心底有着对母校真挚而深切的情感。

说起母校和母校的老师，他们难以忘怀，母校给予了他们生命中最绚丽的时光，给予了他们人生出彩的知识技能，院长詹慧珍和学院老师给予他们的人生激励力量……

一所学院的学子，对自己的母校和老师充满如此深切真挚的感念之情，这让笔者内心深受触动。

有这样一件事特别难忘。

笔者在一次上网查询赣西科技职业学院有关资料的过程中，无意中看到该学院一个毕业班的同学，通过网络表达对母校的祝福。原来，2016 年是赣西科技职业学院迎来创建二十周年，这些毕业多年的学子怀着对母校的深情，或表达对母校的感恩之情或深深祝福母校：

——一条小溪，流淌对大海的向往；一片绿叶，饱含对大树的感激；一句祝福，充满对母校的深情。祝福母校的未来更加美好！

——曾经有机会在母校接受老师们良好的教育培养，是我们一生的幸运和荣耀。我们感恩母校的辛勤培育，我们祝福老师们幸福安康，我们祝愿母校的明天更加辉煌。

——虽然我已离开母校多年，但母校永远是我生命中珍贵的青春记忆！每每回想起当年母校的温暖关怀、老师的谆谆教诲、同学的亲密无间，不觉萦绕于怀，历久弥新。

——一片培育绿芽的沃土，一个让莘莘学子引以为豪的学院。春风化雨满华厦，芳园披彩溢神州。愿你的明天更加辉煌！更加美好！

——人生中有一种割舍不断的情怀，那叫牵挂；人生中也有一种挥之不去的情怀，那叫眷恋。悠悠岁月，世事变迁，任时光匆匆，岁月潮涌，我，永远都是母校放飞的一线风筝——飞得再高，也忘不了母校的怀抱；飞得再远，也飞不出母校的视线！

……

徜徉于赣西科技职业学院的校史馆，仿佛走进了学院从初创、发展壮大到腾飞辉煌的激情岁月。而那定格于一幅幅照片里的难忘时光，也那样深刻恒久地凝聚在了师生们的心底。

是的，万千学子与母校赣西科技职业学院之间的深情，在时光岁月中历久弥新，他们充满真情的回忆或讲述，也无形中鉴证了学院办学的成功：

"母校给我的教育影响可谓深远，再回首那段时光，总有几多留恋，几多深情。慈母般的詹院长和各位老师，他们教会我待人宽厚、忠诚与爱心；严中有爱的训导与教诲，让我有了严谨求实与进取的做人风格；教师们每一次真诚目光与希冀的话语的交流，让我有了立志的人生觉醒。"

"在赣西学院承载梦想的那方校园，我度过的三年时光，在我人生的道路上，就是自强不息、踏实奋进的不竭精神力量的源头。"

"怀着一股感恩之情，感激栽培我们的老师，感激维系我们的学校。我非常留恋在母校赣西科技职业学院度过的几年学习时光，我衷心感谢母校给了我人生的新天地。"

……

一位位昔日学子对母校的深情，表达在他们的真挚言辞里。

还有很多学子，在毕业多年之后重返母校，感受母校的发展成就，拜访老师，讲述他们在毕业走向社会后的奋进。

这么多年来，詹慧珍接待来校的毕业学子记不清有多少，也时常接到毕业学子的邀请，邀请她去他们工作的单位或是创办的企业参观……

詹慧珍突出的办学成绩，赢得了各级部门的高度肯定与褒奖。

2000 年，民建中央授予她"办学先进个人"荣誉称号；

2002 年，江西省教育厅分别授予她"全省社会力量举办高校先进办学者""民办高校先进办学者"荣誉称号；

……

2009 年，荣获"江西省教育系统巾帼建功标兵"；

2011 年，在首届中国网民最受尊敬的十大高校校长评选活动中，她被评为"最受网民尊敬的江西十大高校校长"之一。同年，又荣获"中国民办高等教育先进个人"；

2017 年，她因卓越的办学成就荣膺"第五届黄炎培职业教育杰出校长奖"。这是我国职业教育界广泛认可、具有极高荣誉感的知名奖项！

在詹慧珍心底，这一切无疑是自己办学事业中最厚重的一份人生拥有。

第十章
一道绚丽的感恩彩虹

执着梦想与不懈奋进改变命运。

年少时萌发而生的那美好梦想，珍藏于詹慧珍的心底并在成长岁月里为实现这梦想而一路风雨兼程。詹慧珍成就人生事业的执着奋进精神，深深打动了社会各界人士，也带给人们深刻启迪。

然而，鲜为人知的是，在詹慧珍那充满巨大正能量的人生事业奋进历程背后，还有她二十多年如一日对社会倾情回报的大爱大义之举。

这慷慨于社会责任的担当，是何等感人至深！

创业初成之时，在关于人生价值的深思中，詹慧珍开始把个人事业的成功与对社会责任的承担紧密相连。从那时起，她推己及人，想到了那些心中有梦想却读不起书、上不起学的贫困学子、想到了那些渴望走出人生困境却因为种种原因而无力改变的下岗职工、身患残疾而苦苦求索的年轻人。

由此，詹慧珍悄然走上了倾情举善之路。

在此后的事业奋进拼搏历程中，詹慧珍心怀感恩之心与真情大爱，视社会责任担当为企业家义不容辞之责任。从助学、助残、敬老到帮助社会困难群体，再到社会救急救灾、支持革命老区建设与精准扶贫行动等等领域，詹慧珍贡献己力，从来都是慷慨而为。

"人生在世不仅仅是为了钱，我决不做金钱的奴隶，而要做社会的奉献者，弘扬中华民族的美德。是改革开放的伟大时代成就了我的人生事业，我理当感恩回报社会。"

詹慧珍的肺腑之言情真意切，她的真情善举义薄云天。

二十多年来，詹慧珍得到了社会各界的广泛称赞。国家有关部委和江西省有关部门，先后80多次授予她"全国外来务工青年良师益友"、"助学爱心大使"、全国"三八红旗手"、"全国妇女创业明星"、"江西十大女杰"等荣誉。

对詹慧珍的社会责任担当，人们对她是这样的社会评价——在几十年的风雨兼程的执着奋进历程中，詹慧珍创就了一片属于自己人生事业的靓丽天空，那么，她二十多年来心怀大爱的倾情举善就是一道感人至深的绚丽彩虹！

第一节　三十年倾力"授人以渔"

当一个人在追求事业成功过程中，开始逐渐产生要以自己个人的成功去帮助别人的想法时，由此也便开始了对人生事业价值的高远追求。

詹慧珍的事业境界升华历程正是如此。

1985 年从上海学成归来后，由开办服装培训班到创办服装厂，詹慧珍不知不觉走上了创业之路，也开始走向了越来越精彩的人生天地。

这一切都源于她的服装手艺。她用心缝织成了一颗爱心，推动社会发展的恒心。

从自己的人生经历中，詹慧珍深知拥有一门技术，对于一个人在社会上谋生立业来说比什么都重要。正是因为这样的原因，在初获人生成功之时，发自内心深处的"想尽己之力去帮助一些需要帮助的人们"这一朴素的初衷，让詹慧珍推己及人。

她首先想到的，就是"授人以渔"——去帮助那些处于生活困境中的人掌握服装设计、裁剪或缝纫技艺，从而让他们拥有在社会上谋生立业的一技之长，通过这样的途径走出生活与人生困境，走向美好的生活与将来。

20 世纪 90 年代，国有企业改革逐渐向广度和深度并行推进。

在这一改革推进进程中，众多国有企业实施改组改造，企业机构部门撤并整合，大量精减人员。

由此，20 世纪 90 年代全国各地出现了一大批国企下岗职工。

与此同时，帮助下岗职工实现再就业越来越成为一个社会关注的热点问题。

江西新余，是一座因钢而立的工业城市。因而，在国有企业改革推进中下岗职工的人数较多。其中，有相当一部分数量的下岗职工在走向社会之后，因就业难而导致他们家庭生活困难。

对此，新余市政府积极想办法帮助，同时也号召社会力量对下岗困难职工施以关心帮助援手。

"4050"大龄下岗失业职工普遍面临着极其严峻的生存考验，贫穷，猝不及防地袭击了他们。

"我一定要尽自己所能，尽可能多地去帮助下岗职工！"

詹慧珍内心感恩新余这座城市，感恩这座城市给予了自己实现梦想的天地。感谢党的改革开放，感谢市委、市政府在事业发展中给予关心、支持。因此，她认为自己理当、也有责任去为这座城市、为市委、市政府分忧解扰，给予身处困境的下岗职工力所能及的实际帮助。

为此，詹慧珍在华丽服装厂招工过程中积极接纳新余市下岗职工。

然而，此时的华丽服装厂规模尚不大，能安排下岗职工的人数毕竟有限。另外还有一个重要原因——绝大部分下岗职工因为没有裁剪缝纫技术，无法安置他们到厂里的生产技术岗位。

于是，詹慧珍开始思考，通过华丽服装厂接纳下岗职工就业这一途径之外，自己怎样去帮助更多的下岗职工。

"每个企业都有自身的生产技术要求，在安置下岗职工就业过程中，除了企业少部分不需要太强技术要求的岗位，大部分岗位对工人是有不同技术能力要求的。这样，如果下岗职工没有与企业基本要求相适应的技术条件，那企业也不便接纳，否则企业自身的发展也就受到影响。"詹慧珍于是想到，既然自己的华丽服装厂存在这种情况，那其他企业也一定同样如此。

由于无法再就业，原本相对稳定的经济来源被切断；

由于原在国企长期拿低工资，积蓄少得可怜；

由于在被买断工龄时所得的"经济补偿金"太低，金额一般是少则数千元、多则一两万元……

"对于这些韶华已逝、文化程度不高，但心中却自立自强的国企下岗职工而言，怎样的帮助途径，才是让他们走出当前困境、走向今后稳定安康生活的最好路径呢？"

因为深情关切，詹慧珍在思考如何帮助更多下岗职工就业的过程中，渐渐想到了从帮助他们掌握一技之长继而实现就业甚至创业的帮助途径。

"自己就是靠服装手艺改变人生处境的，那帮助下岗职工们掌握一门技术，也就等于是帮他们真正找到了在社会上就业的一条路。"于是，詹慧珍产生了一个想法，为下岗职工专门开设服装设计缝纫技术免费培训班，让他们掌握这门实用技术后顺利实现再就业，甚至有条件还可以去创业。

詹慧珍产生这一想法的时候，正值华丽服装学校成立。

学校有师资、租教学场地，还有华丽服装厂作为实训场所，能够让下岗职工在较短时间内掌握服装设计缝纫技术。詹慧珍越思考越觉得，自己的这一想法切实可行。

"这个想法真是太好了！这样的帮助，对于下岗职工来说可谓是'授人以渔'的方法。"当新余团市委负责人在一次和詹慧珍交流中，得知了她的这一想法后，给予了充分肯定。

随后，新余妇联、团市委和新余华丽服装学校联合，积极推动这一面向全市下岗职工免费培训的帮扶项目。

1996年7月，新余华丽服装学校为下岗职工举办的免费服装培训班开班，市委、市政府主要领导到现场祝贺并勉励全部下岗职工好好学习，掌握一技之长，重新就业创业。首批下岗职工200多人走进了培训班。

果然如詹慧珍预料和期望的那样，参加这期培训班的200多名下岗职工在结业后，除了一部分进入华丽服装厂工作外，其他都在新余当地、江西省内或者沿海的服装企业找到了工作，走向了再就业之路。

还有少数几位下岗职工在詹慧珍的直接帮助下，还开起了个体服装缝纫店，家境经济状况后来得到了很大改变，有些还成了老板。

1997 年后新余华丽服装学校又接着举办了数十期下岗职工服装免费培训班。这些培训班的下岗职工学员，同样实现了全部顺利就业或通过开个体服装店创业。一批批下岗职工的免费培训名单得到市委、市政府领导的肯定，为政府分忧，为几千个家庭找到生活出路，为稳定社会尽了微薄之力。

一技之长改变了一批处于困境中的下岗职工的生活境况。

詹慧珍对下岗职工倾力帮助的举动，在新余引起了强烈的社会反响，也得到了新余市政府的高度赞誉。

她为自己能给予他人实实在在的帮助而由衷欣喜。

"帮助下岗职工的这种做法，只要政府需要我们就不会停下来！"詹慧珍由衷欣慰，她决定进一步扩大对下岗职工各种技术培训的帮助。

1998 年，正值新余华丽服装学校升格为赣西专修学院，学院设置的应用技术专业开设也由服装设计到至计算机、机电、模具、数控等等多个专业。同时，师资力量和实训场地及设备正逐步建立。

为此，詹慧珍在开设服装免费培训班的基础上，又增设了专门面向下岗职工的电子、计算机应用、机电维修和模具制造等技术的免费培训班。

在此，有必要提及下岗职工培训班的人力物力和经济投入。

虽然举办培训班的场地学校有，这方面不用花钱，但一种实用技术的一期培训班的顺利举办，需要师资和专门的工作人员，还需要配备教学的实训设备。因而，每一期培训班的举办，詹慧珍除了时间精力的投入，还有资金的投入。更何况，考虑到下岗职工中不少人年龄偏大、文化基础比较差，为让培训班的教学质量达到最优的成效，詹慧珍不惜出比一般老师高出一倍的工资，从新余各大企业中聘请来一批经验丰富、技术功底深厚的一线技术人员，担任培训班实训教学授课的老师。

因此，每办一期下岗职工培训班，就意味着要投入一笔不小的开支。

"这个钱，我们出得值！"

"既然办技术培训班，那就要尽一切努力办好，让下岗职工扎实地掌握一技之长，帮助他们走出人生再就业困境！"

这是詹慧珍发自内心真情的话，也是她率真性格在帮助他人上的鲜明体现。

由此，一位位因下岗失业而处于人生迷茫困境中的下岗职工，先后走进了赣西专修学院，分别走进了计算机、服装、机电、模具、数控等专业培训班。

……

后来，新余市残联负责人找到詹慧珍，希望将培训的对象进一步扩大到新余市的残疾人。

残疾人就业相对下岗职工更难，更需要一技之长。因为没有一技之长，一些残疾人在就业过程中十分艰难，甚至很多人在找工作过程中还要遭受到各种奚落。此外，因为身体的残疾又加之没有工作，更让很多残疾人内心充满着自卑。只有让他们掌握一技之长，才能真正感受到体面和尊严。

对此，詹慧珍深深知晓。

还是在开服装培训班的过程中，曾有一位腿有残疾的新余女青年，渴望能报名参加华丽服装培训班可又怕被拒绝。于是，她鼓起勇气给詹慧珍写信表达自己深切的愿望，希望能学得服装设计与缝纫的一技之长，将来能实现自食其力、自立自强的愿望。

詹慧珍无法忘记，那位残疾青年在信中倾吐的心声："虽然我身体残疾，但我的心灵与精神却是健康的，我的内心深处是多么渴望与健康人一样拥有展现自己人生价值的机遇，通过自己的努力去拥抱灿烂阳光……"

那封深深打动詹慧珍的来信，让她深切地感知到，残疾人是那样期盼走向社会，融入社会，渴望社会给予他们平等的学习与工作机会，从而能够自食其力，自立自强，实现人生的价值，走出沉重自卑的阴霾。

随后，詹慧珍给这位残疾人女青年写了热忱洋溢的回信，欢迎她来华丽服装培训班学习。当这位残疾女青年来报名时，詹慧珍不但免费了她的学费，而且在学习过程中詹慧珍还格外用心教他。

通过培训班学得服装设计知识的这位残疾女青年，后来成为华丽服装厂的一名服装设计师。在此后的工作过程中，她以勤奋努力的工作，尤其是在服装新潮款式设计开发中的出色表现，赢得了厂里同事们的尊敬，也为自己赢得了明丽的生活。

"帮助残疾人实现就业，是帮助他们树立人生自信的最好途径，我愿意尽全力去做！"对新余市残联负责人提出的想法，詹慧珍欣然应允。

于是，下岗职工免费培训班中又融入了一批身有残疾的社会青年。

此后，为更好适应残疾人身体状况的特点，赣西专修学院开设了专门面向残疾人的实用技术培训班。在培训课程的设置上，在师资力量的配备上，詹慧珍更是格外关心重视。

一位位下岗职工和残疾人，走出职业技术培训班后顺利实现就业，重拾对生活与未来的信心。

"帮助下岗职工和残疾人就业的这种方法对了，那接下去，我们就不会停下来！"

詹慧珍从不曾忘记自己当初的承诺，专门帮助下岗职工学各类技术的免费培训班，她一直开办到2008年。而后又一直开办失地农民工免费培训，帮助失地农民掌握一技之长。

这前后长达十几年的时间，也正是江西国有企业改革纵深推进的整个过程。

而帮助残疾人实现就业的免费培训班，赣西科技职业学院至今依然采取不定期开班的方式，从未曾间断过。

值得一提的是，从当年的华丽服装厂到后来的华丽集团，始终倾情倾力接纳下岗职工和残疾人就业。在下岗职工和残疾人实用技术免费培训班每年的结业学员中，都有经詹慧珍亲自安排进入自己企业工作的。

在下岗职工和残疾人心里，充满着对詹慧珍的深切感激。这不仅仅因为是詹慧珍的帮助让他们掌握了一技之长从而改变了人生境况，同时还有从这帮助中获得的巨大精神力量。

一直到今天，那些从免费培训班走出来的下岗职工、残疾人和失地农民，每当说起詹慧珍时，总是依然那样感念。

詹慧珍对下岗职工和残疾人就业帮扶的真情之举，得到了新余市委、市政府各届领导的高度评价。感动了新余这座城市，也先后引起了江西省总工会、省残联等有关部门的高度关注和赞誉。

江西省总工会在深入考察后，把赣西科技职业学院的经验向全省推广。

江西省残联领导多次前往调研，并组织全省地方残联学习赣西科技职业学院"授人以渔"的方法，帮助残疾人真正实现稳定真准就业。

甚至，还有省外一些地方的工会和残联，专程前往新余考察学习。

……

源自于当初一个朴素的想法，詹慧珍就这样不知不觉把自己事业的发展和对社会的奉献紧密相连在一起。

而随着个人事业的不断发展壮大，对企业家之于社会责任承担意义的逐渐提升，詹慧珍对帮助下岗职工、残疾人掌握实用技术，也逐渐产生了更加深刻的认识。

"如果没有党和人民的养育，没有改革开放的好政策，没有各级政府的关怀，没有社会各界人士的厚爱，就没有我和学院的今天。饮水思源，我本人和学院为社会所做的这件事，理所应当！"

詹慧珍开始把帮助下岗职工、残疾人这两类社会群体，上升到企业家对社会责任履职的层面。

正是基于这样的深刻理解，詹慧珍在办学过程中，针对帮助下岗职工掌握实用技术的和帮助残疾人掌握一技之长的免费培训班，至今仍在以不定期地开班的方式延续着。

不仅如此，詹慧珍在21世纪初又把"授人以渔"的帮助对象，扩大到了返乡农民工与失地农民这一群体。

新世纪之初，江西省委、省政府确立了"率先在中部崛起"的发展战略目标，全省工业园建设如火如荼，城市步入新一轮快速发展。由此，江西城镇化率的提速前所未有。

在这一过程中，城镇失地农民的数量逐年增多。

作为一座长期以来以钢铁产业为主的城市，江西新余在新世纪初年，开始探索向新型能源城市转型的发展之路。随着新能源工业用地的急剧增长和城市框架逐年拉开，新余市周边城镇因土地被征用的失地农民也随着增多。解决好失地农民的再就业问题，是新余市政府面临的一项重要工作。

或许是因为对于农民这一群体有着天然的关切之情，同时也因为帮助失地农民实现就业是政府的重大民生工程之一，詹慧珍认为，自己应以积极主动的行动来为政府分忧。

如此，关心和帮助失地农民实现就业的问题进入了詹慧珍的关注视野。

"失地农民们手上有一定数量的土地补偿款，如果他们能掌握到一到两门实用技术，那么就可以利用这笔资金和实用技术开个体经营店、厂或从事其他经营项目，从而逐渐向城镇居民转向。"詹慧珍认为，根据失地农民的实际情况，他们在城镇打工，大部分人只能寻找那些体力繁重、收入低微的工作，而一些不愿意从事这类工作的失地农民，在把土地补偿金"坐吃山空"之后，将面临生活困难，也会产生一些社会问题。

为此，2004年，詹慧珍决定开设专门帮助失地农民进行实用技术的免费培训班。

一开始，针对失地农民的实用技术培训班，主要培训技术是服装裁剪、汽车维修，模具制作等专业。

此后，根据新农村发展中土地流转承包经营、多种经营发展等实际，赣西科技职业学院围绕新型农民培训课题，又结合学院专业课程发展，将针对失地农民培训的内容逐步扩大到新型农民实用技术培训。

此外，2008 年起，大量城市务工农民返乡，赣西科技职业学院也同样积极帮助，向新余返乡农民工开设专门的各类技术免费培训班，让这些农民在掌握实用技术后在家乡创业。

……

从 1996 年到 2016 年，办学历程几经提升，但詹慧珍依托学校这方平台，向下岗职工、残疾人、失地农民等实施技术帮扶的群众倾情"授人以渔"的真情，不曾有过任何的改变。

据统计，20 年来，学校免费开展培训下岗职工、残疾人、失地农民、返乡农民工技能培训，共培训人员 16686 人。

仅这项社会公益投入，总计费用就超过了 1000 万元。

第二节　让教育阳光照亮孩子

知识改变命运的道理，詹慧珍可谓感知深切。

她说，人生的转折点有时候就是一个机会，而读书求学，就是让最多人改变命运的机会。

但同时，曾经的贫寒生活经历也让詹慧珍深知，对于那些家境困难的寒门学子而言，他们心中对求学的机会充满着深切的渴望。不少品学兼优的孩子，不得不因家境的贫困现实而失去上学的机会。

1996 年，是詹慧珍办学的起点，也是她举善之路的开端。

那一年，因为走上办学之路，詹慧珍第一次近距离地走近了贫困学子的内心世界——在招生过程中，她耳闻目睹了家境贫困的孩子上不起学的境况，更是那样深切地感受到了那些品学兼优的贫困学子渴望求学的强烈渴望。

"大多数人正享受着无忧无虑的校园生活。然而，有这么一群人，在本该恣意张扬的年纪，却不得不扛起了生活的重担，用稚嫩的肩膀帮助大人撑起家的天空……"

詹慧珍内心深处生发出一种强烈愿望：不能让那些品学兼优的贫困孩子还没有起飞就折断了翅膀！

这一年，刚刚创办的新余华丽服装中专，不但开设了下岗职工实用技术免费培训班，而且还专门拿出了招收免费生的名额。

"帮助一位寒门学子读书，就有可能改变他（她）的人生。"显然，詹慧珍从办学一开始，就已把一种内心的朴素愿望融入了她倍感荣光的教育事业，她认为自己办学的过程中必须要有这种充满大爱的教育情怀！

这是詹慧珍对教育深层意义的深刻理解。

正是基于这种深刻理解，在此后办学的岁月历程中，詹慧珍始终秉持着办学的教育公益理念，向家境贫困或处于各种人生困境中的学子投以深切关注的目光，更以自己的大爱之举去倾力帮助他们实现读书改变命运的梦想。

1998 年夏，江西及长江中下游不少地方发生特大洪涝灾害，很多农村家庭颗粒无收。

"农民送小孩秋季入学读书的经济来源，主要就是靠卖早稻稻谷。受灾地区的农民现在无稻谷可卖，那么，灾区就将很可能会出现无钱报名入学而辍学的学生。"詹慧珍自然而然地想到了自己学院的学生。

于是，在开学之前，詹慧珍召开校务会议专门研究这一问题。

詹慧珍在会上提出，要对已录取的每一位灾区的学生家庭受灾情况做了解，根据他们家庭受灾情况减免学费，确保每一位学生都能顺利入学。

这一年的 9 月，学院共为灾区学生免学杂费 10 多万元，没有一名在学校就读的学生因家庭受灾而辍学。

而对当年招录进学院的来自洪灾地区的学子，赣西专修学院做出决定：凡家中受灾严重的学生，均减免学费！

此外，还有已经被招录来的新生，因家中受灾特别严重而打算退学，赣西专修学院不但免学费而且还按月发给生活补贴。

一场洪灾中对学院学子的真情之举，折射出赣西专修学院浓浓的爱心。

这爱心，在从华丽服装中专学校到赣西专修学院，再到赣西科技职业学院的发展进程中，不断汇聚成了温暖博大的爱心公益办学品牌！

从 1996 年到 1998 年，学校减免贫困学子学费和向困难家庭学生发放助学金达 60 多万元；

1999 年，这一数字超过了 100 万元；

2000 年到 2005 年，赣西专修学院减免贫困学子学费每年平均在 50 万元以上；

2006 年至 2008 年，赣西科技职业学院减免贫困学生学费每年达 100 多万元；

2009 年至 2012 年，赣西科技职业学院减免贫困学生学费每年为 150 万元；

2013 年至 2015 年，赣西科技职业学院减免贫困学生学费每年为 200 多万元；

2016 年至 2017 年，赣西科技职业学院减免贫困学生学费和专项帮助贫困地区学子的经费，每年达到 260 多万元。

从 2004 年升入高职院校以来每年均在事业经费中提取 5% 的助学金帮助贫困家庭学生减免学费。

在二十多年的办学历程中，詹慧珍就把学校作为帮助贫困学子实现成才梦的平台，学校不但以减免学杂费的方式帮助家境贫困学生，还对特困生和身处逆境的学生给予特殊关爱。

在赣西科技职业学院的发展历程中，一个个充满温暖关切的故事，那样打动人心：

江西省鄱阳县的学生詹炎鸾，身有残疾，而且家庭生活十分困难。

但内心坚强的詹炎鸾，从小却充满了对求学的深切渴望，她想通过读书来改变自己人生的命运，改变贫困的家境。因此，当中学毕业时詹炎鸾了解到赣西科技职业学院的办学特色后，她决定选择这所学院就读。

女儿的坚强和志向让父母实在不忍让她失望，于是咬紧牙关，东挪西借为詹炎鸾凑够了学费。

深深懂得父母艰难不易的詹炎鸾，进入赣西科技职业学院后，勤奋苦读，成绩十分优异，各方面都表现得很优秀。

但第二年，家里无论如何再也借不到钱了，詹炎鸾不得不面临辍学的现实。

得知詹炎鸾的情况后，詹慧珍心中被深深触动了。

"你只管好好读书，其他的一切你都不要担心，学院一定会圆你的读书梦！"詹慧珍决定，免除詹炎鸾在校读书期间的全部学杂费，此外还每月补贴她 450 元的生活费。

詹炎鸾的命运得以从此改变。

除了在经济上帮助詹炎鸾，詹慧珍还在精神上给予她鼓励关爱，让她从内心深处对未来充满信心。

感受着院长詹慧珍的关爱，感受着学院老师和同学们的关心，詹炎鸾在赣西科技职业学院就读期间，勤奋刻苦、乐观向上、积极进取。在以优异的成绩毕业后，她被一家企业顺利录用。

"命运带给我那样多的艰难，曾让我感到自己是那样的不幸与无助；然而自走进赣西科技职业学院后，我却开始变得如此幸运。这一切，都是因为遇到了亲爱的院长您啊！"

詹炎鸾后来在写给詹慧珍的信中，这样动情地写到。

江西玉山县的学生周玉来，儿时在一场意外车祸中右腿被汽车压断。

但在不幸中成长的周玉来，性格里有一种不向命运低头的倔强。他心中同样也是把改变命运的渴望寄于读书上，勤奋学习的他从小学到中学的成绩一直十分优异。

然而中学毕业后不久，周玉来却陷入了巨大的痛苦之中。因为缺失一条腿，虽然成绩优秀但没有哪所学校愿意招录他。

周玉来遇到的求学困境，让他本人及父母倍感无奈无助。

一个偶然机会，詹慧珍得知了周玉来的情况。

"我们要帮助这个品学兼优的孩子实现大学梦！"詹慧珍委托学院招生办派出专门人员，前往玉山县周玉来的家里进行详细了解，她决定帮助这位身残志坚的孩子。

赣西科技职业学院破格录取了周玉来，在校就读期间的所有学费全部减免，还给予助学金及生活费补贴。同时，根据周玉来的兴趣爱好选修专业。

为了帮助小周圆大学梦，詹慧珍联系医院，出资 1.2 万元为其安装假肢，并在他安装假肢期间派人到江西南昌市进行护理。

"遇到詹院长，真是我们家玉来的福分啊！"周玉来的父母感激不已。

在周玉来就读的三年时光里，詹慧珍对周玉来关爱的目光从不曾远离。尽管平日里工作事务再繁忙，她时常会抽空去看望小周，给予谆谆教诲关心，询问他学习、生活及思想上的情况，鼓励他努力学习，发奋进取。

詹慧珍慈母般的关怀，给了周玉来青春成长岁月里以巨大的激励力量。

……

这样的例子不胜枚举。

在赣西科技职业学院，那些受助人和学院学生，在对他们尊敬的院长詹慧珍的称呼中，除了尊称"院长"之外，还有一个亲切的称呼，他们称詹慧珍为"詹妈妈"、"爱心天使"。

这是学子们心中，对詹慧珍慈母般善爱情怀的真情表达！

十年寒窗图破壁，对莘莘学子尤其贫困家庭的孩子而言，上大学不仅将改变自己的命运，也将改变家庭的命运。

"寒门学子苦，求学路上难。我希望尽我所能，给社会上更多的孩子们以求学读书的帮助，让他们的未来人生路走得更轻松、更顺畅一些。"推己及人，詹慧珍由自己学院困难学生读书求学的艰难，想到了社会上其他身处贫困家庭或特殊家庭的孩子们。

在帮助自己学院的寒门学子过程中，詹慧珍又情不自禁将相同的情愫，播散到更多、更广范围的寒门学子身上：

她想到了困难下岗职工家庭孩子的求学之难；

她想到了贫困农家的孩子读书不易；

她想到了革命老区贫困家庭的孩子读书之艰；

她想到了贫困家庭的女童读书艰难；

她想到了自己应该去关心军属及烈士子女读书求学；

她想到了有些家庭突然变故而面临辍学的学子；

她想到了身残志更坚的残疾学生。

……

詹慧珍助学的对象，就这样年复一年地多了起来，渐而在她事业前行的岁月里凝结成深厚的教育慈善情结。

沿着詹慧珍人生事业前行的岁月历程，随意挑出一个年份去追溯，都有那一桩桩、一件件教育慈善大爱之举，让人为之感动：

——2008 年 8 月，在四川汶川地震中领养了 52 个灾区学生，对他们的吃穿用住全管，学杂费全免，总计约 186 万元。

——2009 年 5 月，为江西省新余市姚圩镇姚圩中学捐款 3.5 万元。

——2009 年 7 月，为江西省新余市仁和乡仁和中学捐款 3 万元。

——2009 年 9 月，为江西省新余市下村镇下村中学捐款 3.5 万元。

——2010 年 4 月，为青海玉树地震灾区学子捐款 5 万元，同时学院组织为玉树地震灾区捐款 3 万元。

……

在詹慧珍事业奋进年轮里，我们随机选择一个年份深情凝望，都能看到她一份份深深融含着大爱的教育慈善情怀。

请看 2013 年詹慧珍的教育慈善公益捐赠：

2013 年，在新余市工商联组织的助学活动中，詹慧珍为 5 名贫困学生每人每年捐款 2000 元；并资助 1 名清华大学的贫困生每年 5000 元，赞助他完成学业。

詹慧珍于 2013 年至 2016 年向江西省妇女儿童基金会捐款 28 万元；同时，在新余市工商联举办"爱心助学"活动捐赠仪式中捐款 1 万元；向北京中百杰文化交流中心捐款 3 万元；

同年 5 月，詹慧珍向分宜县德仁苑学校捐献 80 套服装，每套价值 120 元；

同年 8 月，在新余市政协主办的资助困难学生活动中，詹慧珍为观巢镇上汾村委反下村就读于武汉工程大学张晗同学资助每年 3000 元直至完成学业；在市工商联主办的资助困难学生活动中，资助 5 名学生每年各 2000 元；直至考取大学。

同年 10 月，詹慧珍决定，赣西科技职业学院在前一年发放贫困学生助学金基数上，再增加 20 万元，以扩大资助学生人数。

同年 12 月，赣西科技职业学院参与新余电视台主办图书捐献活动，向分宜县大岗山金冶小学图书室捐款 2 万元；詹慧珍委托学院专人，向一位贵州省特困生寄去 5000 元爱心款。

"让教育的阳光温暖每一个孩子，让教育的阳光照亮每一位学子的前程。"这是詹慧珍心中的期望，也是促使她不断将教育公益慈善目光投向更广阔范围的力量。

江西永新县是革命老区，当詹慧珍了解到该县沙市镇的涂下小学还没有卫星接收设备后，她当即决定，负责承担全套设备及安装费用共计 16 万元。

多年来，詹慧珍通过向江西省希望工程捐款的方式，默默表达着对江西各地贫困学子的资助。

"嫁出去的女，就等于是泼出去的水，女孩子读那么多书干什么，读了书又有什么用……"在新余市及江西、贵州等地的一些偏远贫瘠山区，还存在着女孩读书的偏见落后意识。再加上经济贫困的原因，使得有些家境贫困的女孩上不了学。为此，詹慧珍不但捐款帮助这些地方女童上学，而且还通过各种宣传、帮扶方式去改变那些地方家长对女孩上学不重视的意识。

多年以来，在个人不遗余力倾情教育慈善的过程中，詹慧珍还利用担任江西省工商联（总商会）副主席及江西省女企业家协常务副会长、江西妇女儿童基金会副理事长、新余市女企业家商会会长等职务的影响力与感召力，积极联络与号召女企业家姐妹们共同来关爱贫困学子。

"我们每位女企业家，多奉献一分助学爱心，就能多帮助一些贫困家庭孩子求学读书。"

"一滴水，不足以激荡起湖面的涟漪。还需要更多人倾注真情，奉献爱心，伸出援手，积极参与到慈善事业中来。"

"让更多的人接受教育是最有价值的慈善，培养更多优秀的人才，是慈善回馈社会的真正体现。"

"教育就应该像阳光一样，给孩子们以温暖和力量，让他们有能力去精彩绽放。我们大家多给予一分关爱，多献出一分爱心，那些贫困孩子的人生天空就多一分温暖的阳光。"

如今，为詹慧珍大爱真情深深感染的新余市女企业家，已具有深厚的教育慈善情结，在教育慈善活动中总是时常看到她们的真情大爱之举。

2016 年，在新余市工商联举行的一次助学活动中，包括詹慧珍在内的 54 名与会女企业家，每人在此之前都捐赠了一定数额的善款。然而，当她们在会上得知还有临时增加的贫困学生资助金没有着落时，她们纷纷现场慷慨捐赠，捐款额达近二十万元，还超出了预定助学款的总金额。

……

上善若水，涓涓慈爱，润物无声。

一笔笔捐款就是一份份浓厚真切之情。詹慧珍以资助改善办学条件的方式，把自己感恩社会、感恩时代的大爱真情融注于一笔笔的捐款之中，用大爱真情托起了一片希望的绿洲。

在詹慧珍的倾情相助下，许多家境贫困的学子终圆求学读书梦、大学梦，许多在迷茫困境的青年学生让希望再次腾飞……

倾情教育，矢志不移；回馈社会，一如既往。

关于詹慧珍倾情教育慈善的一个个曾鲜为人知的故事，在岁月时光的沉淀中，今天人们得以知晓品读，那样感人至深。

在新余市，有一个叫简爱的初中女生，家庭突遭困境，面临辍学。

詹慧珍得悉情况后，及时向这个陷入深深困境中的家庭伸出了援助之手。与此同时，在詹慧珍的关爱下，简爱重新回到了学校课堂。詹慧珍还承诺，简爱将来考上大学后，会一直负责她的学费，直至大学毕业。

一位少女破碎的求学梦，在詹慧珍的帮助下得以重新重圆。

和大多数外出务工的家庭一样，李敏自小就跟随父母在外漂泊，从幼儿园到八年级，李敏在广东、深圳等地辗转完成学业；颠沛流离的她对考入大学、毕业之后找到一份稳定的工作充满了无限的期待和向往。

然而，在 2014 年下半年的一次体检中，李敏的父亲被查出了尿毒症，这个消息如晴天霹雳般地击打着这个五口之家，家中的顶梁柱轰然坍塌了，为了方便父亲治病，李敏一家被迫回到小山村。

父亲每周做两次透析需要花大量的钱，母亲只能靠打零工维持家庭的日常开销，日子一天比一天艰难，母亲心急如焚，笑容也越来越少；看着母亲疲惫的样子，正在中学念九年级的小敏一夜长大了，帮着母亲一起照顾生病的父亲以及家中年幼的弟弟妹妹成为她每天生活必不可少的事情。2015年，学习成绩优异的李敏顺利考入高中，接到录取通知书的那一刻，小敏悲喜交加，她深知，想要走出大山，就只有读书这一条路，然而本来就不富裕的家庭在父亲重病的打击下，已经摇摇欲坠，在经济上不能为她提供更多的帮助；为了凑足高一的报名费，暑假期间，小敏只身来到新余市打暑假工。

一次偶然的机会，詹慧珍得知了小敏的情况，她为小敏家境的不幸感到痛心，更为小敏直面艰难的勇气和强烈的求学精神而感动。

詹慧珍向小敏一家伸出了温情相助的双手。

在她的帮助下，小敏得以念完高中，顺利考上大学。

新余市民余桂花被查出患有白血病，由于她丈夫自小患有小儿麻痹症，丧失了劳动能力，儿子还在读小学，一家三口只能以每月600元的低保艰难度日。而余桂花的治疗需要30万元的费用。余桂花的大哥廖迪新先期垫付了12万元，但再也拿不出来更多的钱。

詹慧珍得知余桂花的困境后，组织新余市女企业家协会的30余名女企业家参加在抱石公园举行的全国知名书画家爱心作品义拍救"弟媳"活动，为余桂花集到善款44400元。

花季少女小芳患有严重的哮喘病，家境贫困的她无钱购买制氧气机。詹慧珍得知后，花2600元为小芳购买了制氧机派人专程送去。

新余市观巢镇上汾村委反下村贫困农家子弟张晗，考上武汉工程大学，可家里却凑不齐学费，詹慧珍及时派人送去3000元钱。

历年来在民建组织的向贫困孩子献爱心活动中，詹慧珍都是热心参与，仅2014年9月，她一次就捐献了4万元帮助贫困学生。

......

关于詹慧珍与受助学子之间这样感动人心的故事，还有很多很多。

而这每一个感人故事的背后，又都一个个不幸家庭走出困境、一位位不幸少年改变命运的故事，读来让人心间充满了温暖的力量。

"我不做一个唯利是图的商人，要做一个有益于社会的企业家。"在詹慧珍的理解中，教育不仅改变一个人的命运，她更读懂了"国家兴亡，匹夫有责"的含意，她几十年如一日，尽自己的微薄之力，点滴贡献给那些需要帮助的人，更能提高一个国家民族的整体素质"青年强则国家强"。

"作为一个有一定经济能力去做教育慈善的企业家，对于助学这样的意义如此之重的善举，为何不去做！"詹慧珍说，倾情倾力于教育公益慈善事业，自己不但现在要做，将来要做，而且计划待到自己退休之后，将致力于以教育慈善为重点的公益慈善事业。

一路风雨伴彩虹，倾力教育慈善最深情。

在詹慧珍个人、华丽集团和赣西科技职业学院对社会公益慈善的捐赠中，捐资助学所占的金额比例最多。

从办学到 2017 年，仅向"希望工程"捐赠款项就达 500 多万元。

二十多年来，詹慧珍情系教育慈善的博大善爱真情，感动了许许多多的人。江西主流媒体，曾对她倾情教育慈善给予这样的深情赞誉——这是善良之举，这是女性之光，这是教育之魂！

多年来，詹慧珍荣获"江西省十大爱心人士""江西省爱心慈善大使""江西省爱心奉献奖""新余市妇女儿童慈善奖先进个人"等殊荣。

第三节　慈于真情，行于大爱

从来女子做大事，九分辛苦一分甜。

在三十多年来的事业拼搏奋进历程中，詹慧珍对此可谓刻骨铭心，感知深切。但在创就人生事业的这一奋进拼搏过程中，她也更逐渐领悟着自己人生事业价值意义的不断升华。

这不断升华的人生事业价值意义，就是以大爱奉献对社会的回馈。

"刚开始开小服装店、后来办服装厂时，就是想多赚钱。但当服装厂的发展势头越来越好，面对曾经想都不曾敢去想的财富，我就总是在夜深人静的感念深思——你詹慧珍一个普普通通的农家姑娘，为什么能赚到这么多钱？是什么让你赚到了这么多钱？"

詹慧珍说，当年自己心里产生的这些感念深思，的确是与丰收时节农民们内心的感念之情是一样的。

的确如此。她说过，无论自己的事业做得再大，无论自己的社会身份角色怎样转变，但在情感深处她永远都是一位农民的女儿。

詹慧珍秉持的淳朴个性依然没有改变！

"我的父母亲就是这样的，丰年里的丰收时节，他们内心无限感念的是'今年的年成好'，是'土地的恩赐'，而对他们在这一年里侍弄农田土地付出的百般辛劳几乎只字不提。"

或许，正是那与农民感恩土地馈赠、感恩时年风调雨顺相同的朴素真挚情感，让詹慧珍在面对人生成就时，情不自禁地去深思靠自己辛勤努力所获得财富的本源。

"如果没有国家改革开放政策给予的机遇，那自己怎能有机会走出家乡的山沟深处，到新余市来开个体服装店？"

"如果没有改革后服装市场的兴起与蓬勃发展，那自己又哪来的创办服装厂的机会？"

"从开服装培训班到创办华丽服装中专学校，再到成就全国职业教育领域的品牌，这一切的背后，都是改革开放时代给予自己发展的机遇，更得益于党和各级政府的关心支持才成就了自己人生事业的梦想。"

这样的深刻认识，让詹慧珍感到，自己要做一个特感恩的社会人，对社会有责任，对员工有责任，对企业有责任的企业家。

不惜财，不唯利，回报社会担道义。

"钱少时的捐赠，是发自内心想要帮助别人；有了钱再捐赠，就是自己应该承担的社会责任。"詹慧珍说，心中装着他人，就会产生爱心，心中拥有社会，就会产生责任。

是的，在创业初成、开始拥有成就后，詹慧珍也开始对财富有了这样的解读——财富真正的荣耀，是温暖这个世界，温暖更多的人。

正是有了这样的财富解读，于是，也便有了詹慧珍慈于真情的大爱行动：

1998年夏，江西发生百年未遇的洪涝灾害。詹慧珍先后向省、市赈灾部门捐款捐物28万多元。

特别值得一提的是，在这一年抗洪救灾中，詹慧珍是新余市捐款最多的个人之一。其时，她的华丽服装厂正处于扩大规模发展的关键时期，厂里正是资金十分紧张的时候。

1999年和2000年，詹慧珍积极响应江西慈善社会福利事业发展，向新余市及江西省社会福利事业部门先后捐款20多万元。

"只要我的企业能够发展起来，我就每年都不会忘记回报社会，尽企业的责任和义务。"也就是从那时起，无论在企业的经营过程中遇到了怎样的困难，对于慈善捐助詹慧珍从没间断过。

2003年至2005年，她向敬老院、福利院、妇女儿童基金会及各类社会慈善、公益事业的捐赠平均每年达十多次，金额共计200多万元。

2006年，詹慧珍一次就资助100多万元，用于支持江西省十二届运动会。

2008年汶川、2010年玉树地震发生后，詹慧珍情系灾区，带头捐款捐物60多万元。

2011 年 6 月，为支持新余市新农村建设，詹慧珍捐赠 20 万元，建设姚圩镇万全村农民文化活动中心。

2012 年 1 月，向江西省残疾人福利基金会组织的"2012 年度'慈善江西'·爱心扶弱，善行助残全省公益接力活动"捐赠 2 万元。

同年，在江西省委统战部、省光彩事业促进会、省工商联组织的"双百·同心"振兴赣南等原中央苏区广昌行启动仪式上，詹慧珍和一批民营企业家带头积极捐款 30 万元。

从 2013 年到 2016 年，詹慧珍出钱出物，为新余市"颐养之家"和敬老院送温暖，自己带头并号召全市女企业家，开展"妇女创业巾帼林"义务植树活动，为少数民族村民安装路灯改善村容村貌。

……

据不完全统计，詹慧珍几年来为残联、敬老院、福利院、儿童基金会捐款捐物 100 多万元。

一项项社会公益项目捐赠，一项项公益慈善活动的开展，一笔笔饱含着真情的善款，映照出詹慧珍对社会公益事业的博大情怀。

"为什么会如此慷慨？"笔者还是忍不住问詹慧珍。

"就犹如在丰收的季节里，农民对土地自然而然地心生深厚的感恩之情那样，在我创业初成之时，我内心深处总是情不自禁地涌动着一种感恩的情愫。与此同时，还有一种想对别人、对社会做点什么实事的急切。"

詹慧珍的回答如此质朴真挚。

她常这样说："我是农村穷人家的孩子，从小到大是吃了很多苦，在创业办学的过程中更是尝尽了人间的酸甜苦辣。但这些酸甜苦辣也教会了我，人活一生，怎样才能感到幸福，那就是时时保有善良、宽容、感恩、明朗的心性。明月不是相送，而是一种相映，能照出互相的光明。"

詹慧珍无限感念时代赋予自己人生事业的一切。

她常说，我们这代人虽然吃苦耐劳，自己能有今天磊落清明而又无比荣光的事业，要感谢党和政府给予了深切关怀和大力支持，要感谢校企合作企业和社会各界对学院的充分信任和认同，才有了企业集团和学院发展到今天的成就。

深怀对时代对社会的感恩之心，常思对国家对社会的责任担当。

"企业家应该担当一定的社会责任，'社会责任'这个概念范围比较广，我认为其中一个很重要的方面就是尽自己所能帮助那些需要帮助的人，企业从事慈善事业是企业担当社会责任的一个方面。"

"对于生活，我自己没有太多索求，也不打算留给子女太多财富，他们应该靠自己的劳动来取得成功。"

詹慧珍早已把财富与责任担当相连，与对国家社会的贡献相连。

驰援重大灾害的慈善赈灾工程、关爱贫困群体的扶贫济困工程、温暖弱势群体的慈善慰问工程、关爱莘莘学子的支教助学工程、心系困难人群的助医助残工程、无私奉献的志愿服务工程、传播大爱的慈善教育工程，还有点对点帮扶社会弱势群体……

慈于真情行于大爱。

詹慧珍以倾情参与的社会公益各领域项目，默默表达与奉献着慈和善。

她以自己饱含大爱大义的奉献，否定了传统的"商人"定义，书写了一名民营企业家、民办教育家广博大爱的高尚情怀。

多年来，省内外许多媒体广泛报道了詹慧珍的事迹。

"她不仅是一位搏击商海、执掌高校的女强人，更是一位助人为乐、广施仁爱的社会慈善家。"江西及全国主流媒体在对詹慧珍的报道中，给予了她这样的评价赞誉。

詹慧珍博善济施的高尚情怀，赢得了社会的广泛好评与赞誉。在全国民办高校的卓越领军人物中，她又是备受人们尊敬的倾情倾力回报社会的优秀代表之一。

向上、向善之心是心灵的温度，是人与生俱来的精神属性。

詹慧珍把这充满温情的正能量融注于自己的事业奋进历程中，在她事业发展的年轮中，社会慈善公益之举始终与企业的发展和学院的腾飞同步，慈善公益已成为她人生事业奋进追求中不可或缺的组成部分。

而且，随着自己事业的不断发展，她向社会公益事业投以关注的目光，视野也变得宽阔。

让人生事业的前行，充满了温情的力量。而在一路奋进的历程中，詹慧珍诠释了一位优秀女企业家璀璨如虹的大美境界。

第四节　担当彰显人生情怀

气质温婉、睿智高雅的詹慧珍，在立业谋局的决策上，处处向人们展示出利落刚毅、格局开阔与眼光高远的个性。

这既是她个性使然的原因，又是改革开放伟大时代造就的结果。

成长岁月里，故乡绵延壮阔的巍然群山，家乡淳朴勤劳的父老乡亲，无不在詹慧珍的心灵刻下难以磨灭的印记，留下难以忘怀的情愫。这种印记、这种情愫，深深浸入她的奋进岁月，悄然化为一种深厚的社会责任意识，凝聚成魅力四射的企业家品格。

饮水思源，事业辉煌背后，詹慧珍始终以一颗善良真诚的爱心回馈社会。

在这一过程中，她对企业家之于社会责任担当的理解，也在随着认识不断深刻中升华，并努力做到身体力行。

"一位企业家的事业境界与人生情怀，在社会责任的履行上是一个重要的鉴证标杆。"詹慧珍对此还有自己的补充见解，那即是：企业家对社会责任履行的自觉程度和力度，企业家在有能力去回报社会的时候，有能力承担更多社会责任的时候，不能缺位。

这就是詹慧珍对企业家之于社会责任担当的深刻理解，也是她对一个优秀企业家的人生事业境界高度的深切理解。

达则兼济天下。这不只是古人奉行的君子之道，也是当代推崇的一种企业家精神。

"赚得来财富，担得起责任！"詹慧珍崇尚这样的人生创造与付出境界。

担当，体现着企业家的社会责任和家国情怀。在事业之境不断向着更为高远蓝图开阔的岁月里，詹慧珍的家国情怀境界也越来越深厚。

多年来，在党和国家号召企业家助力新农村建设、投身光彩事业、参与扶贫等行动中，詹慧珍从来都是积极响应，倾力倾情。

2007年，江西省委、省政府号召全省民营企业家积极参与新农村建设，詹慧珍踊跃捐款捐物。

2013年，江西省委统战部、省光彩事业促进会、省工商联组织"双百·同心"振兴赣南等原中央苏区广昌行活动。在活动启动仪式上，詹慧珍捐款30万元。

2016年，在积极响应国家、省、市"万企帮万村、千企帮千村、百企帮百村"精准扶贫行动中，詹慧珍更是踊跃担当。

2017年2月，通过省民建同心扶贫基金会捐助扶贫基金24万元，用于资助分宜县德仁苑孤儿及贫困学生，通过爱心联盟组织捐赠服装和善款410万元。

在精准扶贫行动实施中，赣西科技职业学院对接帮扶的，是新余市渝水区姚圩镇的河埠村。

河埠村共有335户农户，赣西科技职业学院结对了该村的11户贫困户给予智力扶贫。

这11户贫困户当中，有的家庭是因病致贫，有的是因残致贫，也有的因学致贫，还有就是五保户，致贫情况不一。

小康路上，不能让一户群众掉队！精准扶贫行动实施伊始，针对这

11 户贫困户各家的贫困情况和贫困程度，赣西科技职业学院首先一一给予经济与物质上的直接帮扶，詹慧珍和学院领导一起挨家挨户送温暖。

在接下来的过程中，詹慧珍开始思考，如何改变河埠村的整体经济和未来发展状况。

长期以来，河埠村农业基础设施薄弱，村组简易公路坑坑洼洼，村民住房简陋，村容村貌差，青壮年大多外出打工，留守的老弱妇孺则以种植水稻、花生为生活依托，村民富者不多，贫者不少。

精准扶贫，最为重要的是实施产业扶贫，在于发展致富产业，从长效机制上突出脱贫致富。

"必须选准选好产业。"詹慧珍提出了对河埠村的产业扶贫帮扶大方向。

河埠村农户几百户，各家各户都有各自的具体情况，整个村庄整体经济基础薄弱。面对一个这样的大村，产业扶贫过程中的产业如何选择，产业发展具体方案如何制定？实施的举措该从哪里找到突破口呢？

为此，赣西科技职业学院成立了"精准扶贫行动小组"，由詹慧珍亲自负责统筹实施。

经过全方位的深入调研，赣西科技职业学院"精准扶贫行动小组"，最终形成了对河埠村进行爱心帮扶和产业帮扶同步实施的整体方案：

一是发挥学院社会联系广泛的优势，带头和动员企协会员单位和社会爱心人士捐款捐物，帮助河埠村扶贫对象改善当前的困境。

二是利用我们的学院平台直接安排扶贫对象再就业。学院的"校中厂"、食堂、便利店、小吃店等，直接安排愿意来此工作的帮扶对象上班，助其增加劳务收入。

三是利用学院优势教育资源提供实用技能培训，为"结对村"里的有志青年农民免费开展服装设计、计算机、汽车修理、机电等实用技术的培训，帮助他们掌握一技之长，提升就业能力。

四是引导帮扶对象发展特色农业产品，解决生产中的实际困难，利用学院食堂农副产品消费较大的优势，帮助解决农产品卖难问题。

五是选准河埠村当地具有悠久历史风味的特色传统食品，大力发展切面产品生产，做大品牌，做大规模。

这一帮扶整体实施方案，当前帮扶与长远发展相结合。即不只是帮助扶贫对象解决当前的贫困，更为重要的是要让扶贫对象通过发展产业，今后逐步走向致富。

既"授人以鱼"，又"授人以渔"。如果不是对河埠村作了深入、全面的调查研究，如果不是对河埠村的帮扶用心用情，那不可能制定出这样长远结合，帮扶精准的实施方案。

在方案实施过程中，詹慧珍3年先后投入扶贫资金15万元，帮助扶贫对象改善生产生活条件，同时，投入13万元购买机器设备，兴办起了面条厂。

此外，赣西学院还给河埠村贫困户一个很实用的"帮扶"途径：若哪个贫困家庭的孩子想来赣西学院读书的，一切费用全免，保证他们完成学业。若贫困家庭的孩子考上其他大学，又交不起学费的，学院也会给予积极的帮助。学院还可以帮助一些贫困家庭解决部分就业问题。

"现在不一样了，全村在新余华丽集团的帮扶和带动下，我们村已整村脱贫，不少之前的贫困户变成了富裕户。"

新时代呼唤新的企业家精神，要有敢于担当服务社会的精神"。企业家实业兴国，应发挥企业优势参与精准扶贫，本质上一脉相承，都是企业家精神的具象化体现。在帮助贫困人口脱贫上，企业是否为、如何为，则彰显着企业家精神的成色。

每个人都心存善念，但一个人的力量毕竟有限。

"如果能将每份爱心汇集凝聚，那就能聚沙成塔，就能实施受惠面广的公益事业项目。"

扶贫先扶智。詹慧珍认为，自己作为教育领域的办学者，有这份责任也有这方面的优势。

这一年9月，在詹慧珍提议并经前期严谨论证与方案完善基础上，赣西科技职业学院正式启动实施"扶智工程"。

赣西科技职业学院的"扶智工程"行动，针对学院一批来自贫困地区贫困村的学生，对他们同时实施助学与创新创业两大方面的帮扶。

学院经深入调查了解，确定了来自贵州、广西、云南、甘肃、四川、江西等省区的512名贫困学生为帮扶对象。在助学帮扶上，给予这521名贫困学生经济上的直接帮助，共发放扶贫助学资金102万元。在创业帮扶上，学院通过为这些贫困学生提供免费场所和创业项目的方式，帮助他们在课余创新创业，以实现在学院就读期间有一定的稳定经济收入，学院为此投入156万元。

"扶智工程"实施至今，资金总投入已达到近300万元。

这一精准扶贫举措，帮扶对象虽是在赣西科技职业学院的学生身上，然而受惠的却是贫困地区的512个贫困家庭。更为重要的是，对这些贫困的创新创业帮扶，体现了"精准扶贫"在帮扶过程中凸显长效帮扶机制的特点，即这些家境贫困的学子在大学就读期间通过勤工俭学，一定程度上减轻了家庭经济负担，甚至有些在创新创业过程中收入较高的学子还能从经济上帮助家里。

组织女企业家为农村贫困妇女、创业女能手等提供信息、资金、技术、项目等方面的扶持，促进了农村妇女增收致富，推进了城乡和谐发展。

积极参与"春风送岗位"行动，帮助返乡女农民工、女大学生、下岗失业妇女创业就业。每年"三八"妇女节期间，组织会员企业参与市妇联和市人保局举办的"春风送岗位"活动。

根据民办高校的在校生当时未能享受与公办高校学生在购买火车票时的同等优惠待遇，及时在省人大代表大会议会期间撰写二个议案，提出建议，有关部门接到提案后迅速研究，作出答复，较好地解决了这牵涉民生民意的问题，受到广大学生和学生家长的一致欢迎以及社会的高度赞赏。

2006年，在省人大、省政协的两会期间，詹慧珍依据新余市的社会经济发展，提出三个议案。其中，建议南昌铁路局牵头协商，在新余火车站增加火车停靠车次，南昌铁路局也及时给予采纳。

2007年，詹慧珍针对社会上许多孤儿、重残学生和特困学生完成义务教育后难以接受继续教育的现状，多次向江西省人大、省教育厅和有关部门提出建议和设想，并率先在学院积极探索零距离进校、零距离教学、零距离就业的办学模式，引起社会的广泛关注，受到社会各界的一致好评。

在同年3月下旬召开的江西全省教育工作汇报会上，这种颇具社会效益、能够充分体现教育公益性原则的创新模式，得到江西省教育厅领导和有关专家的充分肯定和高度评价。

……

爱人者，人恒爱之；敬人者，人恒敬之。

二十多年来，詹慧珍因在社会公益慈善中的突出表现，先后荣获国家有关部委和江西省市有关部门授予的诸多荣誉：

1999年，江西省工商联授予"抗洪抢险先进个人"；

2002年，江西省光彩事业促进会授予"光彩事业突出贡献奖章"；

2003年，江西省人民政府授予"九五助残先进个人"；

2004年，被江西省工商联、江西日报社等部门评为"江西十大爱心人士"；

2003—2005年，在"江西省大中专院校支援贫困县乡农村中小学结对帮扶工程"第一期实施行动中，因成绩突出，受到江西省教育工委、江西省教育厅表彰；2005—2007年第二期实施行动中，又因成绩突出受到表彰；

2008年，被民建中央授予"抗震救灾优秀会员"；

……

2012 年，在"2012 年度'慈善江西·爱心扶弱，善行助残全省公益接力活动'"中，荣获"先进个人"；

2015 年，江西省妇联、省妇女儿童基金会联合授予"江西省爱心使者"；

2017 年 1 月，被江西政协新闻网、中国江西网、江西手机报联合评为"第三届江西十大爱心政协委员"；同年 11 月，中央文明办授予"助人为乐类中国好人"，入选"中国好人榜"。

二十多年来，詹慧珍得到了社会各界的广泛赞誉。国家有关部委和江西省市有关部门，先后 80 多次授予她"全国外来务工青年良师益友""助学爱心大使""江西十大女杰""江西慈善企业家"等荣誉。

"我们当代的企业家，是非常幸运的，没有党和国家的好政策，没有社会的支持，就没有我的今天。致富思源，积极为社会做贡献，带动大多数人富裕起来，是我们必须坚守的使命和神圣的职责。"

面对成功和荣誉，詹慧珍始终都认为，如果没有国家改革开放的好政策，没有各级政府的支持关怀，没有社会各界人士的厚爱，那就没有自己创业和办学的事业成就。

正是因为心怀对党和国家、对改革开放进入新时代的深切感恩之情，詹慧珍把自己的公益慈善之举，理所当然地视为责任之举。

"我不是为金钱而工作，而是为社会责任与使命努力。"华为总裁任正非先生说，企业家的人生事业价值正在于此，这也是企业家不懈奋进的动力所在。

在倾情教育事业认真履职尽责的同时，詹慧珍心怀感恩之心和大爱之情，视社会责任是企业家义不容辞的责任，从助学、助残到敬老帮助困难群体；再到社会救急救灾、支持革命老区建设和国家省级贫困村。在精准扶贫、产业扶贫、智力扶贫等领域，她从来都是慷慨而为。20 多年来据不完全统计，她以个人和企业名义直接向各类社会公益事业捐款、捐物，为残疾人、孤儿、下岗职工及失地农民等社会群体免费培训各类实用技术间接付出、对贫困学生减免学杂费，回馈社会总计约 5000 万元。

勇担社会责任，彰显出企业家人生事业的高远境界与深厚情怀。

"如果说在风雨兼程的执着奋进历程中，詹慧珍创就了一片属于自己人生事业的靓丽天空，那么，她二十多年来心怀大爱的举善就是一道感人至深的绚丽彩虹，一种高远深厚的人生境界，彰显出她大爱无边的社会情怀。

图书在版编目（CIP）数据

詹慧珍 / 蒋常香著. --南昌：江西人民出版社，2018.4
（当代赣商丛书）

ISBN 978-7-210-10364-6

Ⅰ.①詹… Ⅱ.①蒋… Ⅲ.①报告文学—中国—当代
Ⅳ.①I25

中国版本图书馆CIP数据核字（2018）第085851号

詹慧珍

蒋常香　著

组稿编辑： 游道勤　陈世象
责任编辑： 胡　滨
封面设计： 章　雷
出　　版： 江西人民出版社
发　　行： 各地新华书店
地　　址： 江西省南昌市三经路47号附1号
编辑部电话： 0791-86898565
发行部电话： 0791-86898815
邮　　编： 330006
网　　址： www.jxpph.com
E-mail： jxpph@tom.com　web@jxpph.com
2018年4月第1版　2018年4月第1次印刷
开　　本： 787×1092毫米　1/16
印　　张： 17.25
字　　数： 230千
ISBN 978-7-210-10364-6
赣版权登字—01—2018—375
定　　价： 52.00元
承印厂： 南昌市红星印刷有限公司